U0898925

黎明的光

一身白衣表露出你的纯洁
微笑的脸庞彰显出你天使的模样

范志伟 著

中国出版集团
中译出版社

图书在版编目（CIP）数据
黎明的光 / 范志伟著. -- 北京 : 中译出版社,
2025. 7. -- ISBN 978-7-5001-8218-4
Ⅰ. I247.7
中国国家版本馆CIP数据核字第2025AA5505号

黎明的光
LIMING DE GUANG

出版发行： 中译出版社
地　　址： 北京市丰台区右外西路2号院中国国际出版交流中心
电　　话： 010-68002494
邮　　编： 100069
电子邮箱： book@ctph.com.cn
网　　址： www.ctph.com.cn

责任编辑： 刘　畅

印　　厂： 北京一鑫印务有限责任公司
规　　格： 710毫米×1000毫米　1/16
印　　张： 19.75
字　　数： 268千字
版　　次： 2025年7月第1版
印　　次： 2025年7月第1次

ISBN 978-7-5001-8218-4　　　　定价：88.00元

图书若有质量问题，请拨打以下电话进行调换。
电话：010-61424266

序

魂牵梦萦的坟

我上一次回到故乡，还是18年前。

那个时候土屋尚在，伙伴也还不曾老去，几座坟依旧静悄悄地立在那里。

18年后，当我再一次回到魂牵梦萦的故土时，儿时的土屋已经被高高的楼房取代，就连通往坟的泥泞小路也已经消失了。

岁月已经在我的额头上烙下了太多生活的印记，流转的光阴也已经渐渐压弯了我的脊梁。

少小离家老大回，再次回到家乡，却又是一番物是人非了。

曾经和我玩耍的那个最要好的小伙伴已中年早逝，那几座坟前的厚皮树又长高了一些。

实际上，从前每一年的清明都是父亲独自前去扫墓，而我只能在城市的某个十字路口缅怀哀思。

当坐在急诊室里的我接二连三地接诊因祭祖时接触污浊空气、粉尘、花粉或被昆虫叮咬等而呼吸道感染、皮肤过敏的患者时，听着他们的唠叨，我禁不住想：我真的很忙吗？我真的没有时间吗？还是我只是在找一个借口？

我应该回到那个我长大的地方，一定要去那等待我已久的几座坟前。

我要回到那几座坟前，告诉我的亲人这些年我过得还可以，告诉我的亲人这些年我都经历了什么。我更应该亲自去烧上一沓纸钱，磕上几个头。

于是，我将自己魂牵梦萦的几座坟记录下来，又将这些年来在急诊室里遇见过的人和事刻印下来，以缅怀我的亲人和自己过往的青春，也想借此告诉大家一些医学常识。

爷爷的坟

爷爷的坟在一个小小的山坡上，亦是皖西平原的一处麦田边，已经30多年了，里面埋着的是我的爷爷——一个爹娘死于饥荒、不知从何方颠沛流离到此的人。

爷爷的坟其实距离我家很远，至于为什么埋这么远，父亲的解释是，那是爷爷一生的起点。

我出生在皖西平原上一个普通的农村家庭，祖祖辈辈以务农为生。家里没有几口薄田，更没有多少资产。

父辈辛苦一年下来，也仅够维持温饱，甚至要靠着借粮度日。这种清贫的日子过了很久，甚至一直维持到我记事的年纪之后。

小时候的很多事情，尤其是7岁之前的事情，现在已经湮没在岁月之中了。

不过，到目前为止，我还是能够依稀记得一些的。

我人生最初的记忆可以追溯到3岁或4岁的时候。

那应该是一个阴雨天，被母亲责骂后的我来到了爷爷居住的房间。

老家的屋子都是用土坯建造的，爷爷奶奶住在前排的两间小屋内，我和父母居住在后面三间屋内。

爷爷躺在床上，床靠在窗户之下，窗户上贴着破旧的报纸。

因为爷爷曾经做过一段时间村支书，所以家中有很多泛黄的老旧报纸，直到我十几岁的时候还喜欢读那些被糊在墙壁上的报纸。

我踩在板凳上，趴在爷爷的床边，爷爷递给了我几块糖。

如今我对爷爷的相貌已经没有了任何印象，也记不起他说过什么话了，因为不久之后他便去世了。

说来奇怪，不知为何家中竟连爷爷的遗像也没有一幅。

对爷爷的第二个印象便是葬礼那天了，屋内屋外挤着很多人。

那个时候农村办丧事是很热闹的，有吹喇叭的乐队，有负责迎来送往的“办东”，有源源不断的流水席，有成堆的花圈、纸轿、“童男童女”、木马、纸衣等。

这些对孩子来说，都是能够引起极大兴趣的新鲜事物。

当然，最让人感到害怕的还是那被摆放在堂屋中央的漆黑棺材，在这口棺材的背后还有一段故事。

爷爷临终之前，父亲准备为爷爷置办寿材，虽然有孝心，却没有经济实力。

按照母亲的意思，置办一口普通的寿材就可以了，就是那种用杂树制造而成的，毕竟丧事过后还要过日子。

但是父亲却不同意，执意要用最好的木材，哪怕要借债。

为此，父亲和母亲发生了争吵。

说实话，很多年前，我是支持母亲的，毕竟家中没有余粮，还有两个嗷嗷待哺的孩子要养活。普通木料的棺材不是一样埋人吗？而且别人也看不出来。

然而，很多年后，我却“背叛”母亲，渐渐开始理解当时父亲的心理了：虽然爷爷没有什么本事，也没有让父亲过上什么好日子，但他却是父亲的来处。只要还能借到钱，就应该为爷爷办好这最后一件事。

棺材头前放着一碗米饭，米饭中央插着一双筷子，除此之外，还有一只被扭断脖子的鸡。

这是本地的习俗，现在很难再看见了。

姑姑婶婶披麻戴孝痛哭着，伯伯爸爸披麻戴孝跪在门口。

但凡有人前来吊唁，就会有专人喊道：“有客来，孝子回礼。”然后，爸爸伯伯就会隆重地给来客鞠躬磕头。

当然，那个时候的我没有因为爷爷的去世而感到悲伤。

当别人问我知不知道爷爷去了哪里时，我还在天真地回答：“爷爷在柜子里。”

“爷爷在柜子里”这句话，我自己自然已经没有了任何印象，只不过这些年来不断有人拿这句话来调侃，我才记住了。

其实爷爷是一个外来户，祖籍并非在安徽。

听父辈零零散散的描述，爷爷应该是在中华人民共和国成立前和他的姐姐一起从河南某地逃荒到此的。这个大概的地址，也只是在亲戚的口中流传而已，并没有什么证据。

爷爷原本的家境如何、爷爷父辈的具体情况都已经无从考证。也就是说，我的来处最早也只能溯源到爷爷这一辈。

每每在电视上看见某某家族传承数百年、某某家族有着厚厚的家谱，我都会羡慕上一阵，因为人家最起码知道自己来自哪里。

据推断，爷爷应该出生于 1925 年左右。

爷爷十六七岁时和他的姐姐逃荒到安徽之后，几经坎坷，终于安顿下来。他的姐姐嫁给了当地的一户地主人家，爷爷自己则做了地主家的长工。

爷爷不仅依旧以种田为生，而且在村路口开了一家小小的杂货店。

开杂货店的目的本是养家，却活生生被爷爷经营垮了，甚至破产后还不上外债。

杂货店破产的原因主要有两点：一是爷爷不会经营，总是碍于情面赊账给别人；二是他自己爱吃，吃垮了小店。

那个时候，乡亲们都过得不富裕，很多人都欠债。平日里难免要赊账买油盐酱醋，日子久了，小账便累积成了大账。

至于自己吃垮了杂货店，一直以来都是大家的笑料谈资。据说爷爷晚年很爱吃，吃很多罐头，吃西瓜还要加糖，总是折腾奶奶做各种食物。

直到我学医之后，才从种种迹象里找到了答案。

爷爷不只是爱吃，更多的是控制不住自己的味蕾。

爷爷患有糖尿病，那个时候又没有机会接受正规治疗，于是便形成了恶性循环，血糖难以控制，导致他常年口干多饮和有饥饿感，接着又不停地进食……

吃得多，喝得多，尿得也多，人莫名消瘦下去，这是糖尿病典型的“三多一少”的症状。

这也是爷爷最终死于糖尿病并发症的原因。

像爷爷这样管不住嘴巴的糖尿病患者有很多，即使到了如今也依旧如此。

爷爷生前，我对他的记忆仅此而已。

爷爷死后，他的事情却对我影响深刻。

因为爷爷没有给父亲留下什么遗产，反倒留下了高达上千元的欠款和看不见希望的日子。

即便如此，我依旧永远以我的爷爷为荣。

至于爷爷的根本死因，我也是在许多年之后才知道那是严重的糖尿病并发症，如糖尿病足等。

糖尿病足是糖尿病最严重的并发症，不仅因为花费高，也不仅因为患者有截肢的可能，更是因为糖尿病足很难治愈且其导致的感染有可能让患者丧命。

所谓糖尿病足指的是糖尿病患者合并神经病变和不同程度的末梢血管病变而导致的下肢感染、溃疡形成或深部组织的破坏。

如果不是糖尿病足没有得到及时的控制，爷爷或许还能够给我留下更多的印象。

一切都会在岁月的流逝中烟消云散，包括坟中的爷爷。

有些事情过去了就过去了，在浩瀚的历史长河中，像爷爷这样的人不知几何。

奶奶的坟

在我读小学四年级的时候，我的奶奶被安葬在了爷爷身边。

奶奶去世的时候我已经能够记清楚很多事情了，因为那个时候我已年满 10 岁。

中秋节的前一天，正在姑姑家中做客的奶奶突然出现头痛、呕吐的症状。奶奶当时被送进了医院，但我已经记不清当时做了哪些具体的诊治。

那天，奶奶可能预感到自己不行了，坚持要求回家。于是，父辈便将奶奶抬回了家中。

翌日下午，奶奶便离开了我们。现在想起来，我竟有一些不解。

在奶奶突发头痛、呕吐，继而昏迷之后，为什么没有将她送进更好的医院继续抢救？为什么奶奶自己说不愿意看了，就直接抬回了家？

长辈为奶奶穿好了寿衣，布置好了灵堂，通知了所有亲戚朋友。

至今我还能记得那年的中秋之夜，已经穿好寿衣的奶奶被放置在灵堂的正中央，我坐在奶奶的脚边，有点茫然，也有点害怕。

村里的老人在窃窃私语，大意是，奶奶一直不肯咽气，肯定是有未完成的心愿。

痛哭流涕的父亲和伯父轮流上前，对着奶奶说一些话。那晚夜色很深，大人在商量着该通知哪些人，该准备些什么东西，而我站在奶奶的身旁，看着她苍老的面孔，心里竟然还在想着一个问题：为什么奶奶的鼻子歪了，难道人在临死前都是这样吗？

那个时候我竟然还在思考自己发现的这个问题，却没有想到我即将永远失去她了。

奶奶被放置在灵堂中央，因为还没有咽气，所以并未入棺。

大人轮流上前询问奶奶是否还有什么未完成的心愿，可此刻昏迷中的奶奶除了发出微弱的呼吸，哪里还能够发出一丁点声音呢？

有长辈慌忙搬来凳子，摘下原本挂在正门墙壁上的小铜镜，说有那个镜子在，奶奶的魂离不开房间。

那个时候的我对此深以为然，现在想起来才觉得可笑和悲哀。当时的奶奶明明还有心跳和呼吸，又怎会有什么未完成的心愿哪！

虽然奶奶已病重至无力回天，但这个世界上又哪里会有离不开房间的灵魂，那只不过是奶奶顽强的心脏还在继续跳动罢了，虽然可能是室颤，也可能是逸搏心律。

家人在痛哭流涕之中错过了挽救奶奶生命的最佳时机，在这一片哀号之中用愚昧迷信的方式葬送了奶奶。

用现在的眼光来看这或许有些不可思议，但在那个年代的农村却比较普遍。有谁家的老人会在病危之时能够被送进医院抢救呢？

如果非要在不幸中寻找一点能够安慰自己的理由的话，那就是突发昏迷后的奶奶免除了气管插管、心肺复苏等抢救措施了。

奶奶常年患有高血压病，却几乎从来没有吃过任何药物。不用药的原因很简单：没有钱，舍不得花钱。

没有钱的原因也很简单，正是家中的钱还有很多借来的钱都为爷爷还债了。

作为一名急诊抢救室的医生，这些年来，我见过许许多多的脑出血患者。

对老年人来说，如果有下面几种症状一定要考虑脑出血的可能：头痛、呕吐、意识障碍、血压升高。

每一次遇见脑出血昏迷后被放弃治疗的老人，我都会情不自禁地想起已经深埋坟中的奶奶。

即使事到如今，还有人不理解那些明明有高血压病却从来不肯或者很少用药的患者。

之所以不理解，是因为他们不明白贫穷的含义。

事实上，贫穷限制的不是我们的想象力，而是我们的生命力！

在为了生计而奔走的窘境下，常年患有高血压病却不用药是很自然的事情。有人不解：真的贫困至此吗?

有一个例子，我从来不提，因为它让我感受到奶奶的伟大。大约是1991年，反正那个时候父母刚刚外出打工没有多久。村子里住着一家屠夫，与他人相比，屠夫家在当时非常富有。

有一天，上学路过一处粪坑的时候，我发现粪坑中被屠夫家丢了一块已经发臭的猪脂肪组织。

等到下午放学的时候，我便发现这副被别人丢弃的、变质的猪脂肪组织已经被我奶奶捡了回来。

我没有说话，也没有指责奶奶，因为我知道这和勤俭无关，只是同贫困相连。

在她去世的那个晚上，我做了一个梦。

在老屋里，昏暗的煤油灯散发着焦油味，我正趴在桌子上写作业，坐在另一边的奶奶正眯着眼穿针引线。

第二天，我穿着白色的孝服，打着招魂幡，听着呜呜呼呼的哀乐，在大人的指引下，有模有样地走在送葬队伍的前面。

奇怪的是，当时的我并没有一丝哀伤。

而如今，随着年龄的增长，这种哀伤却与日俱增。

我想，如果爷爷的糖尿病引起的感染能够得到及时的控制，如果奶奶能够正规服用降压药，如果在头痛之后能够得到正规的诊治，如今的我或许便不会有这些感慨。

在那广袤的皖西平原上，爷爷奶奶静静地躺着。

如果真的有在天之灵，他们会不会也能够看见这漫山遍野的油菜花和一望无际的麦子？会不会也能看见正在奋勇前进的我？会不会也为如今越来越美好的生活而赞叹？

姥爷的坟

我心中牵念的还有另外两座坟，里面埋的是我的姥爷和姥姥。

姥爷的坟在皖西平原的另一块麦地中央，被一片翠绿的“希望”包围着。

我提溜着从路边小超市买来的纸钱，走在歪歪曲曲的田埂上，远远地便能望见那个熟悉而陌生的姥爷在另一个世界的“家”。

越靠近，我越想起姥爷的一生，想起了姥爷对我的好。

姥爷 10 岁的时候，左下肢关节处因为外伤而感染。在兵荒马乱的年代，能够接受的治疗也就是一些不用花钱的土方法或秘方。

于是姥爷左下肢的感染不仅迁延不愈，还在卧床 6 年不起后出现了不太严重的后遗症：跛行。我不知道这算不算是医学史上的奇迹，但是我知道从此之后姥爷才开始他真正辛劳的一生。

因为姥爷的母亲很快便在饥荒中死去了，虽然他还有一个哥哥，但也生活艰辛。

有许多往事都已经在浩渺的历史中渐渐被遗忘了，但我和姥爷之间的感情却永远被我铭记在了心间。

姥爷在一棵大梨树之下用泥土坯子建了一间小房子，它有两个功能：牛的住所和姥爷的住所。

因为家中贫困，难以继命，我的孩童时光便有一大半都是在姥爷家中度过的，而这些时光中的许多又都是在这间早已不复存在的牛房中度过的。

老黄牛卧在房中慢慢地咀嚼着姥爷亲手打来的稻草和饲料，我开心而好奇地“咀嚼”着姥爷讲的每晚都不一样的故事。

煤油灯的气味混合着牛屎、牛尿的臊味伴随了我许久，透过小屋前那棵大梨树就能够看见的星光也一直陪伴着我。

许多年之后，我惊奇地发现文盲的姥爷说的故事竟然都来自一本叫作《寿州故事》的书。

这本书至今还珍藏在我书柜最显眼的地方，虽然我已很少翻阅，但它却是我的最爱。

因为在这本书里有着我最美好的童年时光，有着我对姥爷的回忆。

挂在床头的是一盏煤油灯，在幽暗的灯光和有些刺鼻的黑烟之下，我接受了最朴素的启蒙教育。

如今城市里的很多人都没有见过牛的模样，更不用说亲眼看见那些用牛屎做成的燃料和亲身闻见那股让我怀念的尿臊味了。

7 岁那年，我开始上小学，在姥爷家的日子也就越来越少了，但是姥爷对我的关爱却从不曾减少过。

至今我还记得那一年的春天，在距离姥爷坟前不远的小河边，他亲自送我上学的情景。

我家距离姥爷家只有步行半小时的路程，所以有时放学后我会径直去姥爷家。

姥爷送我到学校之后，不仅给我买烧饼，还给我买本子等许多学习用品。

那售价两角钱一个的烧饼是我常常在梦中看见、妈妈却从来舍不得买给我的零食。

妈妈总是教育我不要向姥爷要东西，姥爷却常常买给我。

许多年之后我才能体谅妈妈的心情，姥爷当时和小舅舅一起生活，经济上很拮据，这些费用都是靠卖粮食得来的。

年轻的父母根本没有能力养活我和弟弟，如果不是因为姥爷的接济，如今便不可能有我和弟弟的存在。

为了照顾爷爷的面子，姥爷无数次或在黄昏或在黎明悄悄地送来他亲自制作的米粉。

这就是我和弟弟在上学之前长期待在姥爷家中的缘故，也是我灵魂深处总牵念着那座坟和那些时光的原因之一。

我给姥爷烧了一些纸钱和元宝，跪在坟前磕头的时候，我突然想起了一句让我眼角湿润的话：“星期六，吃块肉！”

曾经有一段时间，我所在的学校只有周六休息，其余时间都是要上课的。每到周六的时候，姥爷就会早早地做好一大碗红烧肉或腊肉等着我。

时间久了，村子里的人看见我就会说：“星期六，吃块肉！”

那个时候我只管吃着佐料只有黄豆酱和盐的红烧肉，直到如今也觉得这应该是人间最美的美味。

慢慢地，我才知道“星期六，吃块肉”这六个字背后的含义。

我的几个舅舅早已经分家立户，姥爷并没有什么独立的经济来源，即使到了今天，我也无法用文字来准确表达姥爷对我的爱。

上初中的时候，因为要翻盖土屋，所以姥爷常常到我家帮忙。

如今我已经有些厌倦医生这个职业，但是每当我想起姥爷第一次犯病和临终前的模样，我便又充满了力量。

大家正在翻建土屋的工地，已经年逾古稀的姥爷蹲在地上，用手捂着肚子。

妈妈和舅舅都说要带姥爷去检查，但姥爷总说没有任何问题。一开始，我还以为这是干活累的。

直到如今，妈妈还固执地认为，这是因为姥爷亲自砍了种植多年的柿子树。

开始的时候，我之所以这么认为，是因为我不知道消化道肿瘤的临床症状。

多年之后，妈妈之所以还有这样的迷信思想，是因为她从不肯正面接受姥爷因癌症去世这件事。

在第一次出现症状之后的 3 个月，姥爷终于因为持续便血而被舅舅送进了离家 150 千米之遥的矿工医院。

那是一家三甲医院，姥爷在这家医院里接受了电子胃镜检查。做完检查后，医生说："有钱回家买点吃的喝的吧。"

舅舅要求医生为姥爷做手术治疗，却被医生拒绝了，因为手术已经没有任何意义。在舅舅的要求下，医生才给姥爷开了一些口服药。因为舅舅担心，如果连一点药都不开的话，姥爷一定会起疑心，甚至会难过。

直到目睹过无数生死之后，我才觉得那句话是人世间最大的谎言。病情如此，患者还能够吃些什么，还能够喝些什么？

它只是对家属的安慰，只是家属原谅自己的理由。但是对患者来说，这是看似温柔、实则残酷无情的宣判！

和大多数消化道肿瘤患者一样，姥爷被诊断时已经处于癌症晚期。

姥爷的病情在恶化，生命在一个又一个落日之后慢慢结束。

我家和姥爷家离得并不远，即使是步行半小时的路程，身患癌症的姥爷也需要中途休息八九次之多才能到达。

开始的时候，姥爷还不知道自己身患癌症，一生要强的姥爷从不服输。

他甚至还提出了这样的想法：自己种一些庄稼，用收成来换自己的医药费。

事实上，姥爷从发病到死亡，总共才花了几百块钱，而这些钱都是姥爷生前一分一分攒下的养老钱。

不是舅舅没有钱，也不是舅妈不愿意出钱，而是姥爷自己不愿意拖累别人。

只是，我亲爱的姥爷从不承想，自己竟再也没有机会看见来年的油菜花。我最后一次看见姥爷的时候，他已经处于严重的恶病质状态了，我实在不忍用“皮包骨”三个字来形容疼爱我的姥爷。

我拉着姥爷的手，看着眼神黯淡无光的姥爷。

我不知说些什么，姥爷没有力气说一个字，就这样，我有些慌张地看着躺在房屋正中央的他。

坐在姥爷的床边，我突然想起小时候睡在牛屋中，黎明的光从那扇小小的窗户照射进来，牛儿也懒散地躺在地上，而姥爷已经进进出出开始新一天的劳作了。

第二天，姥爷便带着无尽的病痛离开了这个浮沉的人间，离开了他侍弄了一辈子的老黄牛，离开了我这个尚未懂事的外孙。

姥爷咽气的当天，我正坐在教室里上课。

事实是，当时我已经知道了姥爷去世的消息。

但是，我却做出了此生极错误的决定之一：没有去陪姥爷，没有去看姥爷最后一眼。

因为家长都说，学习要紧，回来也帮不上忙。因为我自己也这么认为，等放学再回家。

但是，我却不知道，等到下午放学回去的时候，我的姥爷已经被放进了棺木。

那个时候我知道姥爷会去世，却没有想到会这么快。

我在无尽的悔恨中永失了我的姥爷，我再也看不见我的姥爷了。

从此之后，再也没有人给我讲故事了，再也没有人能够每逢周六做红烧肉给我吃了。

再次回到故乡，在姥爷坟前磕头之后，我打开了视频通话，让妈妈看一看姥爷的坟。

妈妈在手机的另一边哭泣，我在手机的这一边流泪。

那天的太阳让我仿佛置身盛夏一般，我一抬头就看见：远方有一位农人正在悠闲地放着牛儿。

那是我的姥爷吗?

姥姥的坟

姥姥的坟在另外一块麦田之中，同姥爷的坟远远地隔着，极目之下却也能隐隐望见。

姥姥去世的时候，安徽发生了罕见的大洪水，我被困在县城之中，无法回家送她最后一程。

接到妈妈电话的那晚，我站在那已有千年历史的古城墙上，望着如铁桶一般将县城团团围住的洪水，夜幕之中只有几颗零散的星星若隐若现地分布在天际。

我竟有种特别的感觉：我的姥姥并没有死去，只是变成了其中的一颗星星，她在天上看着我呢。

那个时候我已经读高中了，再也不是姥爷去世时那个不懂事的孩子了。

因为突发的大洪水，姥姥的丧事一切从简，没有哀乐，没有流水席，甚至没有过多的亲友前来吊唁，因为大家都被洪水围困住，都在救灾和自救。

她的棺木被高高地放置在牛房屋顶之上，静静地看着沧海桑田和世事变幻。我知道姥姥也在望着我，而我却再也不能握住她的手了。

也是这一次回乡，我才从大舅的口中得知关于姥姥的另一个故事。

在那几年困难时期，姥姥外出参加一些会议，会把自己舍不得吃的馒头等饭食节省下来，准备带给舅舅和姨娘吃。

回到家后，姥姥却没有带回那些自己省下的馒头，原来她将这些救命用的馒头全部送给了更加需要它们的人。

要知道，那个时候姥姥的日子也非常拮据，甚至原本排行老四的小舅舅也在饥饿和疾病的双重折磨下夭折了。

因为这件事，姥爷同姥姥进行了长期深刻的“家庭斗争”。即使如此，姥姥乐善好施的习惯也一直没有改变。

我想好人始终都是会有好报的，即使在活着的时候没有，死后人们也永远不会忘记她的。

负责接待的大表哥对我说，来祭奠姥姥的人络绎不绝。

看着姥姥坟前成堆的灰烬，还有那些随风起舞的深黄色的纸钱，我想：如果不是人们还记得姥姥的恩情，如果不是姥姥永远地留在了乡邻的心中，他们又怎会在姥姥仙逝多年后依旧前来祭奠呢?

我的童年时光都是在姥姥和姥爷的呵护下度过的，可惜那个时候我还没有能力来回报他们。

高二那年的劳动节，我回到了家乡，却不曾料到那竟是我和姥姥最后一次见面。

姥爷去世后，姥姥已经不再独自生活，而是在三个舅舅家轮流过活。

那个时候的姥姥因为脑出血而左眼失明，行动十分不方便。她和我聊起家常，问我学习如何，天冷是否知道加衣。可惜相处了半天之后，我便因急于赶上前往南京的班车而要离开。

姥姥坚持送我离开，走到村头那棵大椿树前时，她颤颤巍巍地从宽大的棉衣内掏出了两根已经有些变质的香蕉。

我没有拒绝，因为我根本不忍心拒绝，也无法拒绝。

这两根香蕉是亲友前来探望姥姥时带的礼品，她一直没舍得吃，一直藏着，专门为我留着。

接过香蕉的那一刻，我的鼻腔顿时有股酸酸的感觉。我不敢多看姥姥一眼，我害怕自己会忍不住落泪。

在那个阳光明媚的午后，姥姥站在那棵曾经多次送我离开的大椿树下看着已经长大的我慢慢离开。

100 米，200 米，300 米……

每一次泪如雨下的我回头都能看见那个拄着拐杖、驼着背的姥姥还站在原地，只是我越走越远，而她的身影却越来越小。

姥姥患有高血压病已经有很多年了，甚至经常出现头晕的症状，但她却从来没有正规治疗过。

对高血压患者来说，重要的事情有以下几点：监测血压、正规用药、防治并发症。

对一辈子被牵绊在农田和家务上的姥姥来说，这谈何容易？

即使到如今，依旧有很多人在健康方面还犯着和姥姥一样的错误。

在和几个乡邻交谈的时候，看着他们动辄抽着几块钱一支的香烟，我的内心感慨颇多：如果把这些钱用在药物上，如果当初姥姥的高血压能够得到及时的控制，我或许还有机会孝顺姥姥。

可惜的是，这个世界上永远都充斥着悔恨。

事发当天，早晨起床的时候，舅舅推开姥姥的房门便发现她已经倒在了地上，甚至已经四肢僵硬了。

也就是在那一天，家乡发生了大洪水。

接到电话的那一晚，我没有如往常那样上自习，因为我的内心无法平静。

那个时候，除了悲恸，我自然是不可能想到会有脑出血、急性心肌梗死、主动脉夹层这些可以在短时间内带走姥姥的疾病。

但是，那一晚，我内心的信念再一次坚定：我以后要做个医生，给更多像爷爷、奶奶、姥姥、姥爷一样的患者看病！

有时候看着那些全身插满管子或者已经没有意识的患者，我心中又有了一丝释然：或许对姥姥来说，这样的结局是最好不过的了。

因为如果姥姥瘫痪在床，生活不能自理，势必将承受更多的痛苦。

我想如果真的有在天之灵，他们一定会感到欣慰：因为我正在践行自己的誓言，因为我正在为让更多人了解更多医学常识而努力着。

虽然我很渺小，甚至很卑微，但我依旧坚持不懈。

这个季节的麦子刚好长过脚面，虽然天气酷热，但微风吹过，它们便会像童年的我一样欢快地撒野。

我蹲在田埂上和表哥一起做着烧饭的游戏，姥爷在不远处放着那头老黄牛，而姥姥正在田间除着杂草……

我知道这一切都只能发生在梦中了，但我不愿意相信这已经发生的一切，因为我还没来得及多看一眼姥姥，甚至还从来没有给姥姥买过一件衣服，没有带姥姥看过一次病，没有给姥姥量过一次血压。

临行前，我独自一人再一次来到了村头的那棵大椿树前。

多么希望，我一转身便能看见姥姥拄着拐杖，远远地向我挥着手。

写完这些文字，往事历历在目，我要用这本书来致敬我的亲人，来缅怀急诊工作10余年来我亲手送走的患者。

在我的心中，远不只有亲人的“坟”，还有更多的“坟”。这些“坟”，让我终生难忘，让我时刻惦念。是这些坟让我走上了医学的道路，也正是这些“坟”让我在医学的道路上继续走下去。

在工作中，我不只一次看见黎明的光照射在患者的床头，也不止一次用自己的力量去拯救一个又一个危重的患者，但大多数时候我却只能“有时去治愈，常常去帮助，总是去安慰”。

于是，便有了这本书的诞生。

范志伟
2020年4月5日
南京

目 录

家属的一句话让我泪流满面

你们也要注意防护!

2020年，农历二月十二，凌晨5点，急诊室里已经没有了患者。

因为众所周知的原因，大家都待在家里，以避免不必要的社交活动，就连往日里人潮涌动的医院也变得相对冷清了一些。

然而即使没有患者，穿着防护服的我也依然无法入睡。

我坐在办公电脑前翻看一张又一张无声的黑白影像资料打发时间，刺骨的寒风从距离我9米之外的虚掩的门缝中吹了进来。

挂在急诊抢救室正中央的电子时钟依旧在悄无声息中划走每一个人的生命，那“惊蛰”两个字更是提示我该是春耕的季节了。

我已经很多年没有在田间耕种过了，甚至已经忘记了那些耕种的技巧。

于我而言，这急诊抢救室或许便是另一种天地吧。

只是别人播下的是希望，而我送走的却是生命。

一束红绿相间的光透过急诊抢救室巨大的落地窗照射了进来，经过玻璃的折射，又晃进了我的瞳孔。

“来了一位发热的男患者！”分诊台值班护士在接到患者后第一时间拨通了急诊抢救室的电话。

“发热为什么不去发热门诊？”医院针对发热患者有着严格的分诊接诊流程，为的便是尽可能避免交叉感染。

搭班护士赵大胆告诉我："患者情况不太理想，不仅发热，而且呼吸急促，应该有呼吸衰竭！放在急诊隔离抢救室吧。"

原来患者并不只是发热那么简单，而且生命体征不平稳，急需抢救。到底是什么导致患者发热、呼吸急促呢？

病毒性肺炎、急性呼吸衰竭、急性肺水肿、急性心力衰竭……在还没看见患者之前，我便想起了这些常见疾病。

"戴好口罩，做好防护！"挂断电话、嘱咐好同事后，我便打开了急诊隔离抢救室的电动控制大门。

只见被推进急诊隔离抢救室的是一位戴着呼吸气囊、面色灰暗、呼吸急促的男性患者，甚至已经出现胸腹矛盾呼吸。

除此之外，首先引起我注意的便是患者隆起的腹部。掀开患者的衣服，豁然可见皮肤黏膜黄染、静脉曲张。

"肚子怎么这么大？有腹水吗？有肿瘤吗？"我向家属询问患者的基本病情。

陪同前来的是患者的女儿，一位30岁左右的女性。

"我爸爸有结肠癌，快半年了。"她一边回答着我的问题，一边翻着包里的病历资料。

"发热有多久了？有咳嗽吗？近期有住过院吗？有没有接触过其他发热患者？"无论什么时候，对每一个发热患者来说，都必须搞明白流行病学史。

在我询问病情的同时，赵大胆已经为患者吸上了氧气，监测了生命体征。

躺在病床上的患者已经没有了说话的力气，只是在呼吸面罩之下，他拼命地张口呼吸，频繁地点着头，用那双没有了光芒的眼睛看着我们。

"这个情况很严重，严重缺氧，呼吸衰竭，肺部有许多痰液，不插管上呼吸机肯定不行了！"在了解了患者的基本情况后，我向家属做了气管插管呼吸机辅助通气治疗的建议。

事实上，躺在我面前正在同死神殊死搏斗的患者还不到60岁。

半年前，患者因为反复便秘、腹泻就诊被发现患有结肠癌。确诊结肠癌后在医院进行手术治疗，后治疗失败，肿瘤扩散转移。一周前患者开始反复发热、阵发性咳嗽、痰中带血、不愿进食、大便发黑、间断呕血、全身浮肿……

很明显，患者已经处于结肠癌终末期，不仅存在肺部病变、消化道出血可能，甚至已经并发全身多脏器功能衰竭。

让我不解的是，患者明明一周前就开始出现发热、黑便、呕血等症状，却这么晚才来，直到惊蛰当天清晨才由女儿独自送进医院。

“已经一周了，怎么现在才来？”

听见我的质问，这位戴着黑色边框眼镜的女儿却哇的一声哭了起来：“现在发热的患者比较多，我父亲免疫力又差，担心被交叉感染，所以就拖了几天。”

听着患者女儿的哭诉，我内心竟又有一些不忍了：是啊，如果不是万不得已，又有谁会轻易来医院呢？

但是，我内心的不忍还没有维持数分钟，却又被患者女儿的要求打散了，我甚至又要愤怒了。

因为她不仅对气管插管的建议置之不理，还一再盯着我：“医生，你快给我爸爸用点氯化钾吧！”

“用氯化钾做什么？”一般情况下，只有在需要补充钾离子的时候才考虑使用氯化钾，而因为钾离子是人体重要的电解质成分，含量过高或过低都会导致恶性心律失常甚至猝死，所以临床上使用要求是比较严格的。

“之前，我爸爸因为不能吃饭就有过缺钾，全身没有力气。现在已经一周没怎么吃饭了，肯定也缺钾了，快给我们补充点吧！”她振振有词地要求着。

不可否认，她说得有一些道理，却有些生搬硬套了。

此刻患者急需的是解决呼吸衰竭的问题，而不是补充电解质。

更何况，患者出现了全身浮肿，尿量减少，我甚至要怀疑有合并肾功能衰竭、高钾血症的可能。

“这个不急，等会电解质结果出来，要是缺钾的话，我会给他补充的。现在最重要的是解决呼吸的问题，否则的话，用不了多久就没命了！”

我自认为已经解释得很清楚了，但是这位始终在哭泣的女儿却依旧在坚持：“快给我爸爸补钾吧！”

很明显，哭泣中的患者女儿已经失去了理智，此刻已经不能做出正确的选择了。

“你母亲呢？怎么就你一个人？”我必须在最短的时间内取得家属的同意，因为患者正在渐渐失去意识。

没想到还在哭泣的女儿又给我出了一个难题：“春节的时候，我妈妈推着我爸爸出门，把腿摔断了，下不了床，来不了。”

“你作为子女，又是成年人，必须决定下一步。要是不能的话，你赶快打电话问问家里人，叔叔伯伯也可以，舅舅也可以，但我只能留给你10分钟时间。”

赵大胆已经准备好了气管插管的物品，甚至连呼吸机也已经准备好了，只等待着家属的最终答案。

此刻，我们面临的不仅是一位发热中肺部感染情况不明的呼吸衰竭患者，更是一位同恶性肿瘤斗争了半年之久的癌症患者。

没有气管插管呼吸机辅助通气，等待这位患者的只有死亡；如果有气管插管呼吸机辅助通气，这位结肠癌晚期患者还有消化道出血、全身多脏器功能衰竭等一道道鬼门关要闯。

医者面临的不只是一个个衰败的器官，而且是有血、有肉、有思想、有灵魂的生命。医者要顾及的不仅是各种治疗方案的利弊，还有患者生命最后的尊严。

但是，有些可笑却又让人无奈的现实是，这一切都取决于患者的家属，既不是医者，也不是患者。

几分钟后，患者的女儿又回到了急诊隔离抢救室门前。

她依旧带着一丝幻想哀求道："先给我爸用氯化钾吧，出院时那个医生就是这么说的。"

这句话让我愤怒异常，不仅是因为我厌烦这种指导医生工作的行为，更是恼怒家属对自己多次的沟通解释置之不理。

看着躺在病床上露出两条严重浮肿的下肢和没有 1 毫升尿液的尿袋，我忍不住提高了嗓音："这样的患者大多数都是心衰、呼衰、肾衰全部存在，搞不好就是高钾血症，现在用氯化钾是救人还是杀人！"

话音未落，患者的动脉血气结果便出来了，果然除了酸中毒和呼吸衰竭，便是高达 7.1 毫摩尔 / 升的高钾血症。

这份动脉血气结果不仅意味着患者随时会因为呼吸衰竭而死亡，也会随时因为高钾血症而死亡。

"他的病情就放在眼前，之前也不止一个医生对你说过。要是积极治疗的话，只有插管一条路可选；要是放弃治疗的话，随时会死亡。你要结合患者的年龄、病情、经济情况自己确定，医生只能提供建议，一切决定还要靠你自己。"

那一刻，我觉得自己是无情的，这每一个字对从没有经历过生死的家属来说都是极难以理解的，甚至是难以承受的。

但是，我却无法选择，我必须在最短的时间内让家属理解、接受这残酷的现实。

"好吧，你插管吧，尽力就好！"患者女儿在将患者送进医院 26 分钟后终于答应了气管插管。

虽然我知道对一位发热原因不明的患者进行气管插管可能面临被感染的风险，但在死神面前我没有时间犹豫，更没有理由拒绝。

事实上，此刻赵大胆早已经准备好了所有物品，只待家属同意我便可以进行操作。

操作之前，我在急诊隔离抢救室门外找到家属，让她签字。在关闭大门的那一刻，这位一直在哭泣的女儿突然说了一句话，这句话让我的内心激流澎湃，甚至差点让我泪流满面。

她说："医生，你们也要注意防护啊，毕竟他是肿瘤患者，又发烧一周了。"

那个时候我穿着防护服，扣着面屏，戴着双层橡胶手套，雾气模糊了护目镜，泪水打湿了心间。

气管插管、呼吸机辅助通气后，患者缺氧的状态得到明显的改善，但依旧在病魔的威胁之下。

因为这位结肠癌晚期患者不仅肺部感染了，而且并发了严重的消化道出血。

没过多久，患者的哥哥赶到了医院。

一家人商量后，拔掉了患者身上的所有管路。

签字时，这位还在哭泣的女儿拿着笔停留在纸上，久久不能下笔，甚至因为滴下的泪水模糊了病历而不得不让我重新书写。

我没有催促，更没有埋怨，因为我知道她还不能够接受现实，因为我知道这对每一个人来说可能都是一生之中最艰难的时刻。

6 点，黎明的光已经再次照进了急诊抢救室。

患者永远地闭上了眼睛，他将要被直接送往殡仪馆。

临行前，患者的女儿再次向我道谢："医生，给你添麻烦了。"

这句话我受之有愧，因为这只是我的本职工作罢了，更何况我还在为自己在内心埋怨过她而后悔。

看着即将离开的他们，百感交集的我却除了“不麻烦”三个字，再也没有说出其他话来。

我不仅为患者的逝去而感到难过，更为家属友善的提醒而感动。

为了抢救患者，纵然会有因为气管插管这样的医疗操作而被感染的风险，但作为医生必须勇往直前、毫不畏惧。作为家属，能够在亲人生死一线之时，尤其是在那个特殊的时间段里不忘提醒医务人员注意防护，又怎么不让人感动呢？

那是我的父亲啊

我一直以为急诊抢救室只是一个面积有限的狭小空间，就像我曾经一度认为医学只是用于拯救那些衰竭的器官一样。

直到我在大约6年前的某一天里遇见了一位老人，直到我看见他扎在腰间的那条红腰带，直到我在深夜看见了家属脸颊上的泪痕，我才真正地顿悟：急诊抢救室绝不是被巨大落地窗户围圈起来的工作间，它包含着整个人世间的起起伏伏和悲欢喜乐。那些躺在我面前的患者，那些我已经面临、正在面临、即将面临的危重患者，绝不仅是一个或数个器官衰竭的人，而是一个个活生生的生命。

生活给了我们一道又一道磨难，生存则给了我们一个又一个考验。

如果说妇产科的同事能够有幸见证许多人的出生，那么急诊医生则注定要在更多人散大的瞳孔中寻找自己的影子。

如果说前者是上天送给医者特殊的际遇，那么后者便是生活留给我们的一道循环上演、永无止境的思考题。

只是有时候，我们还不曾明白人生的艰辛。

又或者，我们还没有学会正确直面每一个人都无法逃避的归属。

生活给了我们很多磨难，但也从来没有吝啬过给我们以希望。

15 年前，我被一身白大褂牢牢地困在急诊抢救室之中。我甚至从没有想到过那些岁月叠印起来的故事里会有如此起起落落的人间尘事。

有一天，零点刚过，一位男性家属用轮椅推着患者来到了急诊室的门口。

此时急诊室已经没有了排队的队伍，所以我可以毫无障碍地看见急诊室门外来来往往的人。

只见患者仰头躺在轮椅上，双上肢无力地耷拉着。

“怎么了？”看见家属和患者之后，我赶紧起身迎出门去，我要判断患者的基本情况。

听见我的询问后，这位 60 岁左右的家属却毫不在意，甚至笑着回答了我的问题：“没关系，没关系，就是发热了，有点烧糊涂了。”

我永远不能忘记这位家属的笑声，因为在这笑声之中隐藏着能够杀人于无形的利刃，因为这意味着家属根本没有认识到患者病情的危重性，甚至已经错过了最佳救治时间。

“醒一醒，醒一醒……”患者此刻不仅已经呼之不应，而且已经陷入昏迷，更重要的是患者口唇发绀、呼吸急促！

“人昏迷了！”我来不及向家属过多解释，第一时间将患者推进了急诊抢救室。

将患者抬上病床，第一时间接上心电监护仪，监测生命体征，心电监护仪立刻嘀嘀作响！

同我心中推测的完全符合，患者存在极其严重的呼吸衰竭，仅仅 68% 的经皮动脉血氧饱和度提示患者的半个身体已经跨过了奈河桥！

躺在我和护士赵大胆面前的是一位呈现恶病质状态的老年男性患者，深陷的眼窝、消瘦的面孔甚至让呼吸面罩不断漏气。

我一边为患者扣上了呼吸面罩，一边对没有丝毫紧张感的家属说：“如果不行的话，我要为他做气管插管，用呼吸机辅助通气来解决缺氧的问题。”

站在我身边的家属没有回答，只是淡淡地说了一句模棱两可的话：“医生，你看着办吧。我就在外面等着。”

说完他便转身离开了，甚至没有向我提供患者的病史信息。

幸运的是，为患者吸痰后，患者在戴面罩吸氧的情况下，经皮动脉血氧饱和度也能够勉强维持在 90% 左右。

但是，这毕竟不是长久之计，因为患者的肺部存在大量的痰鸣音，动脉血气也提示着严重的呼吸衰竭和酸中毒。

如果要积极治疗，气管插管、呼吸机辅助通气势在必行！

但是，有一个现实问题却是医生必须考虑在内的，那便是家属的态度。

面对一位九旬高龄、命悬一线的老人，到底是放弃还是治疗，选择哪一种方案，是需要家属来做出最终决定的。

人就是这么无奈，决定不了自己的出生，也决定不了自己的死亡。

有人说：“我们虽然哭着来到这个世界，却一定要笑着离开。”

这是多么美好的愿望，又是多么无奈的自嘲。

勉强稳住患者的生命体征后，我找到了急诊抢救室门外的家属。

这是一位头发黑白相间、胡须不规则排列着的男性，他同躺在病床上的患者一样，给我最直观的印象便是消瘦。

从他的口中，我得知了患者的基本情况：这位 91 岁的老年男性患者 3 个月前被检查出患有肝癌，没有经过治疗，一周前被明确为肝癌全身多处转移，10 个小时前出现最高 40 摄氏度的体温。

很明显，老人发热昏迷的根本原因正是肝癌肺转移后通气和换气功能障碍，当然还有严重的胸水和肺部感染。

了解老人的病情后，我终于有些心安了，因为家属对老人的病情一定有心理准备。

赵大胆说："家属到底是如何考虑的？"

"我也不知道，但不管怎么样，稳住患者的生命体征，先保命总归没有错误。"在没有得到家属的肯定回答之前，这是我必须做的工作。

事实上，有很多类似的患者在临终之时都会被家属送进医院。

有些家属是因为欠缺医学知识，有些家属是为世俗所困顿。

很多年前，初出茅庐的我甚至也有这么一种心安理得的想法：反正患者已经无力回天，家属也只是做做样子……

直到我在急诊室里工作了10余年之后，我才明白事情并非像我想象的那样简单。人类复杂的情感在重大变故面前也绝不是我们所见的那样机械单纯。

待我向家属交代完病情之后，家属却没有给出绝大多数人的答案，他认真地对我说："医生，你说的我都知道。积极治疗一定是没有什么用的，人财两空也是一定的。但他现在还没有咽气，现在还是一个活着的人，我不能不救，他是我的父亲呀！"

一时间我不知该如何回答，甚至有些被打乱了节奏。

家属说的没有错，患者还活着，能不救吗？

又有谁能够简单地说家属做出的决定便是不明智、不理性的呢？

"他还活着，我不能不救，他是我的父亲呀！"这句话撼动了我，但更加打动我的却是家属最后说的那句话："要是我自己的话，我一定不救了。我知道插管子这些抢救都非常痛苦，但作为后人，又怎么能够见死不救？"

"你能做主吗？"

"你要和兄弟姐妹商量一下吗？"

再次确认签字后，家属要求积极抢救治疗，这便意味着我要在患者身上留下各种管路。

回到抢救室后，为了方便操作，我脱下了患者的裤子。在掀开衣服的那一刻，映入我眼帘的是一条红色腰带。

这是一条用红色棉布做成的腰带，像麻花一样捆在患者的腰间。

事实上，已经开始使用尿不湿的患者根本用不上这条腰带，因为他已经卧床很久了。这条红色腰带更大的作用是承受亲人的祝福，是被寄希望于拴住那些匆匆流去的光阴。

“家属进来一下，把患者的衣服收拾起来。”

赵大胆将从患者身上脱下来的衣服交给家属，这是日常抢救工作中最不起眼、最普通不过的一项。

但是，这位家属的一个动作和一句话却让我的心突然像被揉了千百次一般。

只见他一边答应着赵大胆的话，一边又偷偷将那条红腰带塞进床垫之下。

“这个东西你还要呀？”赵大胆无意间问了一句。

他却说道：“这条腰带系着俺爹的命呢，能不要吗！”这句话突然让我莫名感动，甚至眼角都有些湿润了。

赵大胆说：“你说家属既然这么孝顺，怎么会一开始没有重视起来？”

这一点我也十分不解，明明知道患者已经肝癌晚期，为什么还要不惜任何代价积极抢救？重要的是，既然已经知道患者病情非常危重，为什么会在高热 10 个小时之后才来？不得不让人怀疑的是，高龄肝癌晚期患者深夜就医，怎么会只有一个家属？

虽然家属要求不惜一切代价积极抢救，但是面对病魔和死神，医学依旧是渺小无力的。

患者终因严重的多脏器功能衰竭，眼看着就要离开人世了。

“你还是赶快通知家人吧，衣服准备好了吗？”患者进入急诊抢救室一小时之后迎来了最后时刻。

“哦，好，知道了……”他慢慢掏出电话颤颤巍巍地拨通了一个号码。“怎么只有你一个人？”我终于还是没有忍住自己的好奇心问了起来。他又发出了一声笑声："没关系，他们都很忙。"

40 分钟之后，红色腰带并没有起任何作用，呼吸机、血管活性药也统统被撤了下来。患者再也听不见、看不见这个他眷恋或不眷恋的世界了。

家属请来了负责丧葬一条龙服务的商家，他们按照本地的风俗习惯为老人穿上了那些花花绿绿却庄严肃穆的衣服。

赵大胆整理清点着抢救药品，而我在书写着抢救记录。

这只是在抢救室中送走的又一位患者，用不了多久我就会忘记他的名字。

但是，我却没有想到，多年之后我依然没有忘记那个凌晨的故事。不仅是因为那条红色腰带，更是因为患者孙女的一句话。家属打完电话后，有一大批家属赶到了急诊室。

这些最后赶到的家属都是患者的亲戚朋友，虽然没有表明关系，但一定都是至亲骨肉。

有人围着我，要求了解老人的实际病情。

有人围着老人，红着眼睛流着泪；有人沉默低泣，有人高声张罗。

抢救室内几位家属在为死者做着最后的整理，抢救室门外一位年轻女子指责这位男家属道："你自己也有癌症，你不知道？能不能不让我们操心，这种事为什么不早通知我？"

这一串女儿对父亲的责备在那个秋天的凌晨一个字一个字被人扎进了我的心里，渗出了很多血，留下了长久的痛。

原来这位 60 岁左右的儿子竟然也是一位癌症患者！

难怪这位家属会突然冒出来一句："要是我自己的话，我一定不救了。"

听见家属带着关心口吻的责骂之后，我不由得扭过头去看了一眼这位曾被我腹诽过的儿子。

我不忍打断他们父女之间的对话，也不敢去正视这位同样罹患癌症的儿子。但有些话我还是要交代的，比如嘱咐家属带齐证件来办理死亡证明等。

直到这个时候，我才发现这位发出让我不寒而栗的笑声的家属脸颊上竟然还挂着两行尚未干涸的泪痕，在黎明的光的映照下，这泪痕竟是如此清晰。

他没有哀号，没有不甘，只是又淡淡地回了一句：“知道了。”那夜过后，我又经历了许多人的离别。

这些带着血与泪的离别，这些带着哭与笑的机遇，让我在多年之后才真正明白：永远不要轻易指责别人，因为我们根本不了解在这些所谓的事实背后有着怎样的真相。放在医者面前的永远都不只是单纯的器官衰竭或疾病，而是一条活生生的生命和这条生命背后的悲欢离合。

家属已经离开了急诊，但那些话却让我久久不能忘记，直到今天我还清晰地记得那一个又一个带着血泪的字：“他现在还没有咽气，现在还是一个活着的人，我不能不救，他是我的父亲呀！”

哥哥和保安

几年之后，我竟突然又想起了他。

转身离开急诊之后，他或许已经忘记了我，而我却永远记住了他的面孔。

几年前的某一天，我在急诊室里值班，大概是下午 5 点钟的时候，患者开始陆陆续续从四面八方汇聚在了急诊。

他们痛苦呻吟，他们高声喧哗，他们低头不语，他们孤独彷徨。

一位双鬓斑白的老年男性努力穿过拥挤的急诊走廊，拨开人群，小心翼翼地走进急诊室，站在我的面前。

这是一位 66 岁的老年男性患者，他一张口就能喊出我的名字，而我却一时想不起他是谁。

虽然一时之间想不起他的名字，但我知道这是一位老熟人！

看着这位身穿灰绿色外套、蓬松头发下的脸庞布满了沟壑的老熟人，数秒钟之后我才想起：这不正是常常在深夜到急诊室测量血压的那个人吗？！

我之所以对他颇有印象，是因为他曾经常常在深夜来到急诊室。

我之所以一时之间难以想起他，是因为最近一段时间他并没有来过急诊。

事实上，他是一名从外地来此务工的人员。有时候他会在附近的工地上打工，有时候又会做点其他可以谋生的零散工作。

他患有高血压病多年，却总是不能按医嘱正规用药。让人不解的是，他虽然从不正规用药控制血压，却常常来医院测量血压，并且总是将测量的结果记录下来。

同那些从不挂号就要强行咨询和测量血压的人相比，他要高尚有礼许多，因为他总是会挂一个号，然后客客气气地说："我能测个血压吗？"

同那些自以为挂号看病便是上帝的人相比，他更加让我由衷地尊敬，因为每次测量血压的时候，他都会主动脱去衣袖，害怕自己满是灰尘的衣服会污染血压计的袖带。

就是这样一个高素质的患者，有时候却也让人心有不满，因为他总是出现在深夜，甚至是值班医生好不容易可以休息的凌晨时分。

因为常常相见，常常被他从假寐中唤醒，所以有时候我也会认真地问他："你为什么非要在凌晨来医院测血压呀？白天不能来吗？为什么不在自己家中测量呢？"

大多数时候他总是笑而不答，有时候也会无奈说道："白天没有时间，现在刚干完活，路过医院……"

直到有一天，当我看见他带着自己的弟弟来到急诊之后，我才放下了对他常常深夜来到急诊只为测血压的些许成见。

就是这样一个让人"爱恨交织"的极普通的患者，却很快便让我对他刮目相看了。

原因并不只是我为他进行心脏听诊时一低头便看见他裤子上缝着整整齐齐的补丁，而是他似乎暴瘦的身体。

这裤子上被一针一线认认真真缝合的补丁，我曾在父母的衣服上看见过，就如同他暴瘦的身形我也同样在爷爷和其他患者的身上看见过一般。

生活总是不易的，没有谁能够总是一帆风顺。命运总是坎坷的，它甚至总是偏爱欺负那些挣扎于生活之中的人。

某种程度上，我们对这个世界来说只是可有可无的蝼蚁，即使你心比天高、不甘平凡、不愿承认，可事实总是摆在那里。我们的存在与否、痛苦或快乐、健康或病态，除了对自己和家人有一丝影响，根本不会引起这个世界的一丝反应。

对他人来说，我们孤零零地活着，其实同孤零零地死并无区别。因为我们充其量是别人口中的某种谈资罢了，因为我们不过是人世间短暂存在的一个符号罢了。唯一不同的便是，有的人已经向生活低下了头，而有的人还在同生活抗争。

赵大胆曾说："抗争有用吗？除了能给自己带来遍体鳞伤的悲痛，还能带来什么？"

赵大胆说得很对，虽然我们不甘心命运如此对待自己，又能怎么样呢？

赵大胆说得也不对，有时候活着本身就是最有意义的事情，也是最伟大的事情，更是最迫切的事情。

听见他的声音后，我抬起头看着他深陷颧骨之中的眼睛，一股不祥之感袭上心头。我并无未卜先知的特殊本事，而是患者的这种消瘦状态几乎让人在一瞬间便联想到了处于恶病质状态的那些面孔。

虽然我一直都知道他的生活条件并不是太好，甚至连购买降压药也要犹豫再三。

但是，除非是罹患了严重的疾病，否则极少会出现如此严重的营养不良。"你今天怎么现在过来了？"我以为他又只是为了测血压。

他穿着一件沾满白色油漆的破旧灰绿色外套，左手手指上还缠绕着已经泛黑的创可贴，用浓重的方言向我诉说自己的病史："从昨天晚上开始，我的肚子隐隐作痛、发胀，今天有些没有力气。"我一边请他坐下，一边听着他的诉说，一边又无意间瞥见那张被他轻轻放在桌面上的挂号单。

挂号单上 12 这个数字有些突兀地被印在了正中间，而挂号单上的信息能够反映一个人的医保状态，如职工医保、居民医保、公费医疗、自费医疗、合作医疗等。

对一个因为工作需要察言观色的急诊医生来说，通过患者的言行举止、穿着打扮初步判断患者的个人情况是一种基本功。

比如我面前这个患者，之所以全自费 12 块钱挂了急诊号，正是因为他没有医保。然而，依如今的生活条件，几乎没有人会没有医保。

“你的医保呢？”我忍不住问道。

他告诉我：“去年忘记缴费了。”

原来他一直有医保，后来却因为换工作而没有缴费，这也导致他要自费看病了。

最近进食不洁而导致腹胀腹痛、呕吐腹泻症状的患者很多，所以我特意询问道：“吃了不干净的东西吗？”

他并没有正面回答我的问题，而是接着说道：“大便颜色比较深，有点黑。”

“最近吃过猪血、鸭血之类的血制品吗？吃过什么药物吗？”黑便不一定代表着出血，有时候食用血制品和服用某些药物之后也会出现大便发黑的情况。

但是，患者又给了我否定的答案：“最近都在工地上干活，没吃过这些。而且我身体一直很好，除了偶尔有些胃痛，就连降压药都不常吃！”

他说得没错，除了常常来测血压，我真的没有见过他因为其他症状或疾病来到医院。

虽然没有症状不代表没有疾病，但最起码从表面上来看确实如此。

“你看上去特别瘦，有多久了？”我总是不放心，因为他有可能会无意间遗漏重要的信息。

“就是最近两三个月吧，可能干活比较累吧！”不错，为了生活，年逾六旬的他还漂泊在外，披星戴月地干活。

“检查一下吧？黑便意味着可能存在消化道出血，到底是什么导致出血需要进一步明确。”我之所以用了试探的口吻正是考虑到他可能会拒绝检查。

果然，他犹豫了几秒之后说道：“真的需要检查吗？开点药吃不行吗？”

如果换作其他患者，我大概要板起脸一本正经地教训他了。

此刻，除了等待他自己做出决定，我竟无话可说了。看着他黝黑的皮肤、发黄的牙齿、蓬松的头发、散发着汗臭味的衣衫、皴裂的手指，我又想到了那些同样在城市里为了活着而努力的父辈。

“真的需要，非常必要！”我再次肯定了自己的建议。

我努力想保持微笑，面对他却又心有不忍，好在一副蓝色无菌口罩替我挡下了所有尴尬。从既往的交流中，我了解到年逾六旬却终身未婚的他有着不一样的人生。

这人生对别人来说可能只是一段并不算精彩的故事，对他来说却是时时要面对的生活。

父母去世后他便带着有智力障碍的弟弟漂泊在外，他有一位同父异母的妹妹，但早已没有任何联系。也就是说，在这个世界上，除了一直带在身边相依为命的弟弟，他再没有任何亲人了。

从 1997 年开始，他便带着弟弟穿梭在这个城市里的大街小巷。你能想象这样的场景吗？

头发已经发白的他，带着同样满头白发的弟弟，在工地上汗流浃背地劳作。

有时候他会胃痛，忍一忍也就过去了。在他胃痛难忍的时候，弟弟只能呆呆地蹲在一边，甚至无法照顾他。他卧床不起的时候，如果没有工友的帮助，他和弟弟便只能饿肚子。

“好吧，还是检查一下吧。”他终于答应先在急诊完善一些基本的检查。

大便检查明确隐血试验呈阳性，血常规检查提示血红蛋白只有77克/升。

“住院不仅是为了治疗，还是为了搞明白病情，还要做CT、胃镜、肠镜、肿瘤指标等一系列检查。”和我估计的一样，他不会答应住院进一步治疗。

“要不，你回老家治疗吧？”

我本以为他会要求回家乡进一步治疗，毕竟回到家乡治疗的话会报销一部分，能节省下一笔钱，而且家乡总有一些亲朋好友，便于照顾。

让我没有想到的是，他没有回答我的话，反而一个字一个字地说道：“还是再做一个CT吧，其他明天再说。”

我只好为他在门诊做了腹部CT，结果在预料之中：考虑贲门占位！再结合患者现在的症状，胃癌这个答案呼之欲出了。

胃癌是临床常见的恶性肿瘤之一，在我国消化道恶性肿瘤发病率中排在第二位。

导致胃癌的具体原因不明，但和地域环境、饮食习惯、幽门螺杆菌感染、胃息肉、慢性萎缩性胃炎、基因等因素有关。

胃癌早期患者没有特异性症状，可能会出现腹胀、食欲减退、体重下降等症状。随着病情发展，患者可能会出现上腹痛、呕血、黑便、便血、发热等症状。

虽然早期胃癌术后5年生存率可达到90%以上，但可惜的是，很多胃癌患者在确诊时就已经处于中晚期了。

作为一名陌生人，我非常不愿意看见这个结果。可惜的是，最终我们还是不可避免地直面它了。

让我难过的不仅是患者的病情，更是因为我知道患者不久后会离开这个世界。

如果换作其他患者，我一定会异常谨慎地支开患者本人，将各种可能告知患者家属；又或者出现这样的场景：家属如临大敌一般悄悄告诉我“不要告诉他本人”。

患者自己反倒没有知情权，甚至丧失了决定治疗方案的权利。虽然这看起来非常诡异，却是多数国人难以避免的现实。

让我们感到可怕的不仅是无法治愈的疾病，还有我们无法看清的现实和不能正确面对的死亡。

然而，对我面前的这位患者来说，我却只能将关于疾病的所有信息都和盘托出，因为我别无选择，他同样别无选择。

得知了各种可能，尤其是消化道恶性肿瘤的可能后，他并没有惊慌，更没有情绪失控。“如果你能回老家治疗最好，经济压力会小得多！”在他拒绝住院治疗后，我再次提醒他。

他没有给出肯定的答复，只是留下一句话便独自离去：“我回去考虑考虑再说，要是不回老家的话，后面可能还要麻烦你！”

穿过急诊室拥挤的人群，他一转身便消失在了人海中。

然而，某一天我突然从睡梦中醒来，在值班室狭小的房间内，在弥漫着黑暗的空中，看见一个又一个正在这个人世间上演的悲剧，但也一次又一次看见黎明的光从抢救室那巨大的落地窗照射进来。

这些悲剧中的主角正慢慢地远离我们，而这主角既是他人又是我们自己。

我曾经问这位因为多次看病而同我成为朋友的患者：“你为什么不带着弟弟回老家呢，种点庄稼，养些牲口，不比在城里好吗？”

他起先只是咧着嘴笑，然后又说：“在城里能多挣些钱，以后留给他哩！”

说着话，他转过头去看正蹲在墙角怀抱着矿泉水瓶的弟弟，就像一个慈祥的父亲一般。

我看着坐在我面前的他，又看了看那位蹲在角落里的弟弟，突然觉得如果没有疾病的话，他们可能要比多数衣着光鲜的人更加幸福一些。

“都不容易啊！”我忍不住感叹着。

他却告诉我：“大家都不容易，不过现在的生活要比以前好多了，只要肯干，会有好日子呢。”

是啊，他说得不错，大家都不容易。

让我欣慰的是，发现贲门占位 3 天后，他又来到了急诊室，在拿了两盒口服药之后，他告诉我：“大夫，我明天就回老家住院去了，谢谢你。”

我本以为这已是诀别，而且此后的很长一段时间内我再也没有能够见到他，甚至就连他的名字我也已经渐渐遗忘了。然而，让人意外的是，就在大约两年后的某个夜晚，我竟然再一次遇见了他。那天凌晨，他拿着挂号单怯怯地问道：“医生，我能测个血压吗？”

我一抬头便发现这竟然是那个让我不能忘记的患者，于是欣喜之中带着淡定地说道：“当然可以！”

原来患者当年带着弟弟回到家乡后便进行了手术治疗，治疗效果还可以，甚至现在还能够带着弟弟再次来到城里打工了。

“现在交医保了吧？”

“交了！”

一问一答之间，无须多言，我和他相视而笑。我从内心里为他感到高兴!

除了这位哥哥，还有一位让我印象深刻的胃癌患者，他是一名保安，被我称呼为老张。

其实老张的年纪并不大，当年仅 64 岁罢了。

在现代这个物质文明和精神文明都高度发达的社会里，64 岁并不算高龄，对于那些 90 多岁甚至百岁的老人来说，老张甚至还很年轻。

老张有两个儿子，老大已经成家立业，小儿子尚未娶亲，最大的孙子也已经 11 岁了。在征地拆迁之后，不能侍弄庄稼的老张跟着村里人一起干起了保安，用老张的话说："我是闲不住的人，更何况每个月还能赚点生活费。你要是让我整天待在家里，我肯定是要憋坏的。"

老张和我们的父辈一样，是一个勤勤恳恳的人，也是一个勤俭节约的人。

大约半年前，老张突然开始出现上腹痛。但这种上腹痛并不明显，甚至不会影响工作、吃饭，而且持续时间也很短暂。老张并没有在意，也没有告诉家人。

直到有一天，家里来了一位客人。从客人的口中，老张的妻子才意识到老张近期明显消瘦了。

意识到老张明显消瘦后，两个儿子都要求老张到医院检查检查。可是老张并不同意，因为他始终认为自己并没有任何不舒服。家属在提了几次后也不了了之了，事后大儿子说："那个时候我们怀疑是糖尿病，却从来没有想过会是这个病。"在老张几次拒绝检查后家属便再也没有坚持要求他去医院了，但是老张的体内正在进行着一场引起质变的量变过程！

能够让人暴瘦的常见原因，并非只有糖尿病，有时候还要考虑肿瘤、癌症、甲亢等消耗性疾病的可能。

某天中午，正在值班的老张再次突发上腹痛，并且持续得不到缓解。被送进本地的另外一家医院后，老张才告诉医生，虽然自己从来没有出现过如此明显的肚子痛，但近半个月的时间自己排的都是黑便。

很明显，日益消瘦却精神很好的老张存在消化道出血的问题。问题的关键是，消化道出血的原因是什么？是消化性溃疡、缺血性肠病，还是消化道肿瘤，又或者是其他原因？

接诊医生很快为老张安排了一些常规检查，而检查结果却不提示老张存在贫血的问题，腹部 CT 也提示胃壁增厚、贲门占位。

"当时我还不相信，我父亲平日里都是好好的，连感冒也没有，怎么会是胃癌？会不会是医院搞错了？”刚开始的时候，两个儿子并不能接受这样的结果，于是他们带着老张又去了另外一家医院，并在门诊做了电子胃镜检查。

胃镜检查做得很顺利，结果却不理想，打破了兄弟二人心中仅存的幻想。因为胃镜室的医生很快便悄悄将兄弟二人拉到了一边，告诉他们老张的胃部高度考虑胃恶性肿瘤，也就是所谓的胃癌。

事实上，虽然病理结果还没有出来，但从经验来看，已经十之八九是胃癌了。

虽然难以接受，但是兄弟二人很快便做出了决定，要求医生：“一定不能让他知道。”

就这样，兄弟二人做了分工，大儿子等着检查报告单，小儿子先行将老张带回了家。当天晚上，老张家整夜亮着灯。兄弟二人商量之后，给老张的答案是胃溃疡、胃出血。为了防止母亲露出马脚，他们同样向母亲隐瞒了实情。

做完胃镜的第二天，老张便被安排住进了病房。

平日里极少到医院看病的老张对医院里的一切有着天生的反感或不安，住院没几天便闹着要出院回家。很多患者都有这样的心理，有的人是担心花费，有的人是自欺欺人，担心自己的病情被发现。

虽然老张有些不配合治疗，但在两个儿子的劝说下好歹勉强接受了现实。

大儿子将近 40 岁，皮肤黝黑，举止干练。小儿子不到 30 岁，尚未成家，有些张皇失措。完善检查、评估结束之后，老张被安排了手术。这让老张很难理解，胃溃疡不是输液就可以吗，为什么还要手术？

老张的疑虑很正常，因为和他住在同一个病房里的患者都先后接受了手术治疗。对一个平日里身体健康的人来说，突然需要手术，自己看见听见的几乎都是这样的患者，除非自欺欺人，否则又怎么会不起疑心？

面对老张的疑问，两个儿子又打起了马虎眼，后来老张再也没有提起这个问题了。

手术后，老张又经历了 5 次化疗和长期的中药辅助治疗。身体日益虚弱的老张，再也没能回到自己的保安岗位上。他不仅赚不到工资来补贴家用，而且花了许多钱来治病，只能将自己的身体交给医院和病床。

5 天前，深夜 11 点多钟。在突然大量呕血 40 分钟后，一家人将老张送进了医院。老张还没有被推进急诊抢救室，他的大儿子便悄悄拉住了我的衣角，示意有话要对我说。

“怎么了？”

大儿子悄悄地说：“我父亲是胃癌晚期，你不要告诉他。”

“患者自己不知道？”

大儿子有些犹豫地说道：“他应该心中明白，我们从来没有说过，他要是不问，你就不要说了吧。”

“知道了，我不会说的，要说的话我也会让你自己说的。”

实际上，那个时候我也根本没机会告诉老张他患胃癌的事实，因为大量呕血后的老张已经处于休克状态，难以沟通了。

被推进急诊抢救室的老张血压仅有 70/34 毫米汞柱，心率更是高达 140 次 / 分钟。很明显，生命体征并不稳定的老张已经因为消化道出血而命悬一线了。

此刻，距离老张做完电子胃镜检查已经过去了 26 个月。

在急诊抢救室里，我一边为老张补液，纠正休克，对症治疗，一边翻开老张近期的检查治疗情况。事实上，老张一周前刚从一家肿瘤专科医院出院。出院前的检查提示，老张的胃癌已经完全处于失控状态，肝脏多发转移、腹膜后转移、腰椎转移……

“还能撑多久？”小儿子开始慌张起来。

“医生从来没有告诉过我们会出血呀。”面对突如其来的呕血，大儿子也开始有些慌张起来。说实话，面对一位胃癌晚期患者，我不太相信之前的医生没有交代过患者有发生消化道出血的可能。

胃癌晚期的老张已经处于风雨飘摇之中，生命之灯随时随地都会熄灭。

“如果出血止不住的话，随时随地都会死亡。”我给出的答案并非危言耸听，患者已经循环衰竭，有无食管胃底静脉曲张破裂、有无肿瘤破裂出血都不得而知。

治疗后，老张的血压没有进一步下降，神志也有所好转。

虽然依旧没有力气开口说话，他却已经能够努力抬起手指示意了。老张再也没有力气询问自己患了什么病，或者他心中早已经有了答案吧。

两个儿子达成一致：放弃一切有创抢救措施，继续输液治疗。

但是，老张的妻子却有不同的意见。

始终没有人明确对老张说出他患胃癌的事实，但几个月前两个儿子便已经向老张的妻子说出了事实。

两个儿子短暂地离开了急诊室，老张的妻子找到了我：“大夫，我们什么时候能够回去？”这个问题在我的心中激起了一丝波澜，原来她还不知道两个儿子的要求：放弃创伤性抢救，输液对症治疗，直到心跳、呼吸停止。

说实话，两个儿子做出的决定并没有什么错，反而相当理智。对一个走近生命终点且治无可治的患者来说，与其考虑生命的长度，倒不如考虑生命的宽度。

但是，要做到这一点又何其困难。

“我已经和你家孩子说好了，你再和他们商量商量。”担心家属之间没有沟通到位，我没有直接回答她的问题。

她有些恍然地喃喃自语：“我怕他回不了家就走了。”

黎明时分，液体复苏后的老张已经略微好转，虽然这只是暂时的现象，但总归被我暂时从鬼门关拉了回来。

听见他的呻吟声后，我走到他的床边查看。

只见老张缓缓睁开了眼睛，嘴唇上还有一丝血迹。“你怎么样？”我低下身询问道。

老张先是摇了摇头，继而又点了点头。

他缓缓说着：“这个病是不是看晚了？”我有些错愕，没想到患者会提出这个问题。

“现在还不算太晚，你安心治病吧。”我一边找来纱布替他擦拭掉嘴唇上的血迹，一边安抚道。

老张又呻吟了两声，低声说道：“开刀的时候，我心里就有数了。”果然，老张早已明白。

“你的两个儿子都很孝顺，已经给你用了最好的药。”

当我说完这句话后，老张不再说话了，又缓缓闭上眼睛，开始呻吟了。

那一夜对我来说，只不过是又一个在忙忙碌碌中飞逝的夜晚，但对老张来说，肯定是一个痛苦而漫长的夜了。

天还没有完全亮，急诊室还在清晨的鸟叫虫鸣中矗立着。

一阵哭声和连接在老张身上的心电监护仪发出的报警声一起传入了我的耳朵。

没过一会儿，老张的两个儿子又找到了我：“我们要回去了。”

就这样，胃癌晚期的保安老张要被家属带回家了。

“我觉得是时候告诉他实情了，也许他会有些话要说，有些事情也是要安排的。”临行前，我忍不住这样交代老张的两个儿子。

就在家属收拾好东西带着他离开之时，老张却做了一个让我至今难以忘记的动作，只见他突然举起了右手，努力向我挥了一下手。

这个动作或许是感谢，或许是道别。

我知道此刻的老张心中一定是平静的，或许更欢喜的是，他很快就要回到自己家中，而不是一直待在喧嚣的医院里。

虽然老张挥起的手臂只持续了数秒钟，却让我至今难以忘怀。

实际上，很多消化道肿瘤患者在确诊时都已经处于中晚期，因为消化道肿瘤在早期基本没有什么明显症状。但让人欣慰的是，老张并没有感到太多痛苦。

赵大胆曾提出一个问题："生命的长度和宽度到底要如何选择？"这是一个仁者见仁、智者见智的问题，永远也不会有绝对正确的答案，而且老张在人生的最终阶段既没有太多的痛苦，也一直有亲人相伴，这便是最大的幸福了。

我思考了许久，回答赵大胆："这不是终点，而是另一种新生！"

宝贝，再坚持一下

那天快要下班的时候，120 救护车送过来一位意识模糊的 78 岁的老年女性患者。

家属提供的病史是，患者 3 个小时前开始出现胸闷不适伴脸色苍白、大汗淋漓，口服速效救心丸无效，在 120 救护车到达医院 10 分钟前开始意识模糊。患者既往有高血压、冠心病、经皮冠状动脉介入治疗病史。

跟随 120 救护车来到医院的是患者的老伴儿和儿子、儿媳等一家人，家属的态度非常积极：尽一切办法抢救！

“我把她的情况跟你说一下。”患者的老伴儿是一位白发苍苍的老爷子，他刚见到我就用颤抖的双手在随身携带的包袱里寻找患者的既往病史资料。

也许是因为年纪大，记忆力不好，也许是因为太过紧张，说完这句话后，他在包袱里找了好久也没有翻出他想交给我的东西。

将患者抬上抢救病床，进行检查后，我直接接过老爷子手中的包袱，从一沓沓的检查资料中翻寻需要的资料。

有四五十页各种住院记录，检查结果都被家属按照时间顺序仔细订在了一起，甚至还有一些手写的用药记录。

从这些被精心保管的资料来看，这位白发苍苍的老伴儿一直都在精心照顾着患者，对患者的病情也非常了解。

老人想找出的是一张患者 3 年前因为急性心肌梗死而住院手术的记录，上面详细记录了当时的情况。

原来眼前这位 78 岁的老年女性患者在 3 年前曾因为急性心肌梗死住院治疗过。

这一次又是什么导致患者在胸闷后很快陷入意识模糊状态呢?

床边心电图提示患者极有可能再一次发生了急性心肌梗死，而且从心电图来推测，很有可能是左主干出现了问题。冠脉的左主干起自主动脉根部，是冠状动脉的左支主干，其开口位于左冠状窦内。当左主干发生狭窄或闭塞时，会导致极大面积的心肌缺血或心肌梗死，病情非常凶险。

同上一次发生急性心肌梗死相比，患者这一次的情况相当危急，不仅存在急性心肌梗死，而且已经出现心源性休克，血压仅有 60/35 毫米汞柱。

换句话说，患者已经命悬一线了!

患者的儿子将我悄悄拉到一边，向我透露了自己心中的打算：“我对我妈的病情非常清楚，上一次住院的时候就做好了准备。我的意思是尽一切努力抢救，抢救不过来我也能接受。”

不用我做过多的解释，患者的儿子已经做好了充分的心理准备，这番话不仅表达了他的想法，更是一颗定心丸。

然而，我紧接着又听到了一句让人不安的话，他说：“我父亲可能接受不了现实，你要注意有什么话不要对他说，告诉我就行了。”

这句话无疑给我泼了一盆冷水，医生只能尽力而为，并不能保证什么，更不可能因为家属接受不了现实就会出现奇迹。

“好的，我知道了，你们自己先沟通一下，达成共识，不然我也很为难。这么大年龄，基础病这么多，病情这么重，我只能说尽力。”患者的病情不容我和家属在沟通上耗费太多时间，我必须在第一时间保证患者的生命体征，必须保证稳定循环，如保护气道等。

急诊抢救室内不仅有许多危重患者，而且患者也需要接受一些抢救措施。为了不影响抢救，家属是需要被请出急诊抢救室的。

但是，一直拉着患者手的老伴儿却不愿意配合。

“老爷子，你在这里也帮不上忙，先到外面休息一会儿，有什么情况我会找你的。”我委婉地请他暂时离开。

他却给了一个看似荒唐但让我无法拒绝的理由：“我在这里陪着她，让她配合你们的工作。”

从老爷子的言谈举止来看，这是一位有着一定文化涵养的家属。

“她已经没有了意识，听不见你说的话了，我们会尽力的。”然而，老人家还是不愿意挪动脚步。

倒是他的儿子说话了：“你看着难受，有什么事医生会告诉你的。”

离开前，老人家双手合拢向我鞠躬，客气地说道：“辛苦你们了，辛苦你们了。”

如果说这位白发苍苍的家属此刻还没有引起我的重视的话，那么紧接着的一幕便要让我内心感慨万千乃至有些不安了。

儿子搂着他的肩膀转身离开，尚未离开数步，老人家便双手捂着眼睛失声痛哭起来。

老人家突然的哭声吸引了在场所有人的目光，他布满褐斑的双手根本抵挡不住从眼角喷涌而出的泪水，而这些泪水透过他的指缝滴落在急诊抢救室冰冷的地板上，又溅落在我的心间，还带着一丝温度。

赵大胆说：“少年夫妻老来伴，这份感情你们是不能理解的。”我没有接她的话茬，因为我并不是不能理解，只是不愿表露出来罢了。

气管插管后患者的呼吸得到了保障，使用了血管活性药后患者的循环暂时稳定了。

下一步需要解决的问题便是，明确诊断，进一步治疗。

患者胸闷后休克、意识障碍的原因真的只是急性心肌梗死吗？如果急性心肌梗死存在的话，以当前的情况能否进行急诊介入治疗呢？其中的风险，家属是否能够承担，又是否愿意承担呢？

在充分沟通后，儿子似乎不愿意再让患者去做那些创伤性检查了，更加不愿意看见患者死在手术台上。

但是，患者的老伴儿却还在犹豫。

他颤抖着手抹了一把眼泪，问道："不做的话，会不会死？"

我看了看站在一边的儿子，又看了看老人家，虽然有些不忍，但又不得不告诉他："她现在病情很重，随时会离开。"

老人家只是提出一个要求："我再进去看看她吧。"

我无法拒绝一位老人家这样的要求，又将他带到了患者的病床边。

气管插管的患者扭动了一下脖子，即使在丙泊酚镇静之下，依旧有一些烦躁。

"宝贝，再坚持一下。"满头白发的他慌忙上前一步，伸手摸着妻子的额头安抚着。

这突如其来的一句宝贝让站在他身后数步之外的我有些尴尬，因为在老人面前我从来没有过这样的经历。

我有些进退两难，因为我既想为老人家解释患者的病情，又不想打搅两位老人之间的交流，哪怕只是单方面的交流。

那一刻，我唯一能做的似乎只是站在原地，看着白发苍苍的老人迈着小碎步快速上前，一边喊着宝贝一边抓住患者的手。

那一刻，我不禁在想，躺在病床上的老人不仅是我们眼中的老人，更是爱人心中的宝贝。

她不仅是某人的妈妈，不仅曾是某人的女儿，更是他的妻子，是他一生呵护的宝贝。

为了明确病情，我和赵大胆亲自带着患者去完善 CT 检查。在放射科 CT 室，需要将患者从抢救病床上抬上机器。

在搬动患者的时候，老人坚持要自己动手，虽然他并不能出多少力气，甚至还有一些耽误事。

即使儿子再三要求他离开，他却倔强地不愿意离开："你搬，你搬，你妈要是疼了怎么办？"

"她都昏迷了，哪里还知道疼？"

父子两人在 CT 室里发生了来到医院后第一次短暂的争吵，结果以老人家获胜而告终。

"宝贝，没事的，我在这里。"老人拉着患者的手说完这句话后才不情愿地离开了 CT 室。

很快，患者的所有检查结果都已摆在了我们面前。

虽然我早已评估了患者危重的病情，但是检查结果依旧让人大吃一惊。

患者不仅罹患急性心肌梗死，而且存在夹层动脉瘤，而且贯穿整个主动脉。

抛却急性心肌梗死不谈，这个巨大的夹层动脉瘤就会随时要了患者的性命。

无论是急性心肌梗死还是夹层动脉瘤都是已经张开了口袋的死神，更何况两者同时存在。

再一次追问病史，老人家才回忆出患者发病前的具体细节，原来早在一周前，患者就突发腹痛，但因为持续了一个多小时后便缓解了，所以两位老人并没有重视。

也许，那一次腹痛便是主动脉夹层发作的开始。也许，患者体内的主动脉夹层早已存在，和这一次腹痛并没有关系。也许，这一次冠脉的问题正是和主动脉夹层有着密不可分的关联。

这些都已经不再重要，毕竟事实已经摆在了眼前。

这个事实无疑给原本还心存希望的老人家当头一棒，即使亲眼看见儿子签下病危通知书，他也没有再提出会不会死的疑问。

孩子商量后，最终给出了一致决定：内科保守治疗。

所谓内科保守治疗，也就是输输液、用用药，放弃一切有创伤性的操作，万一患者病情恶化甚至死亡，家属也能接受。

正如事前预料，几个小时后犹如在风中摇曳的患者病情恶化了，先是出现了室早二联律，紧接着又出现了短阵室速。

儿子儿媳前去为患者准备最后的新衣了，只留下老人独自等候在急诊抢救室门外。

我打开急诊抢救室的大门，让老人再一次走进来。

他站在病床前，直盯着病床上同样白发苍苍的老伴儿。

不久前，还没有陷入昏迷的患者在被唤醒后也曾用同样的目光盯着这位已经佝偻了的老人家。

昏迷中有些烦躁的患者无意识地动弹了一下，老人家一把抓住妻子的手，再也没有喊出“宝贝”两个字，而是哇的一声哭了出来。

他哭得像个孩子，在抽泣了一会儿后又开口说道：“宝贝，没事的，没事的。”

看着眼前的一幕，再次听见“宝贝”两个字，我内心突生一丝震动，我知道这或许便是他和她的最后一别。

都说少年夫妻老来伴，这一声“宝贝”又流露出多少往日的情感和生活的色彩。就在大家都以为患者即将走到生命终点的时候，老人家却做出了一个惊人的决定：“该救就救，一切后果我都明白。”

于是，患者被送进了手术室，然后又被送进了 ICU 病房。

赵大胆说：“这个患者会得救吗？”我告诉她：“我不知道。”

在急诊抢救室忙碌的工作中，我甚至很快就将这两位恩爱的老人忘记了。但大约两个月后，我竟然再次遇见了那位坚持要积极治疗的老人。他告诉我：“小伙子，我告诉你，我老伴儿被救活了，现在虽然身体不好，但好歹还可以，自己吃饭、自己上厕所都不是问题。”

我再次翻开患者的住院病历才发现，在两个月的时间内，患者先后经历了冠脉介入和主动脉夹层腔内修复术的手术治疗，可谓历经万难。

老人的经历让我震惊不已，我看着眼前这位白发苍苍的老人，心中不禁泛起浪花，难以平静，毕竟患者如此高龄且病情如此危重，但一时之间我又不知该说些什么，只能说：“老人家，你也要照顾好自己！”

老人只用一句话便缓解了尴尬，也化解了我因当初认定患者必死结局而生成的内疚，他说道：“那是自然，家有一老，胜过一宝，更何况还有两个呢？”

两个 16 岁的孩子

很多年前，有人曾对我说过这样一句话：“同死神做交易的医生是没有资格流泪的，因为他们被钉在十字架上的灵魂早已被风干了。”

那个时候我并不以为然，脖子上还挂着泛黄的听诊器，在急诊室里亲手埋葬着自己和别人的日益衰老的宿命。

那些背负在白大褂上的灵魂慢慢压弯了我的脊梁，而江淮之间年复一年的寒潮又冻裂了我的胸膛。

殷红的鲜血从身体里流出后灌满了走过的每一个脚印，口感略咸的泪水也一滴滴滚向了急诊室里水平最低的角落。

这些年来，即使我曾去而复还，但始终没有逃离。

不是不想，也不是不敢，而是满是彷徨。

每当自己想要离开时，总会想起自己的初心。

每当看见患者在生死之间挣扎时，我总会想起自己已经逝去的亲人。

虽然夜幕覆盖天地，但我总能在翌日又看见那黎明的光。

我不得不看着自己和患者的鲜血慢慢冷却、凝固。我必须用生命去记录那些饱含无数故事的眼泪汇聚起来在阳光下慢慢升华的时刻。就像一个战士一样，就像一个挣扎地活着却又抵挡不住死神召唤的患者一样。

直到有一天，在急诊抢救室里，她坚强地告诉我：“我已经流干了眼泪，明天还要继续。”

说完这句话的时候，我正站在她的身后，却没有意识到这是一个谎言。

她是一位妈妈，一位年轻的妈妈，一位苍老的母亲。

看着双眼深陷、意识模糊，却似乎一直在盯着妈妈的孩子，我突然明白了多年前的那句话：被风干的不是医者的灵魂，而是所有人的。眼泪只是告别的仪式，不用去在意它们从哪里来，又将流往何处。

凌晨 3 点，月光刚好透过巨大的落地窗照射进抢救室。

她站在孩子的病床前，一只手托着下巴沉默不语，赵大胆拉起了隔帘好给她独处的空间。

病床上的孩子还在同死神做着垂死挣扎，而他却不知道自己的命运已经早早地被决定了。

患者只是一位 16 岁的孩子，却已经患上系统性红斑狼疮 8 年了。

在遇见这个孩子之前，我从没有见过如此年轻的系统性红斑狼疮患者。

她没有言语，而我却还在等着她的回应。

那一刻，我甚至觉得自己同死神没有区别。

不同的是，黑夜中黑色的死神将要带走的是患者的灵魂，而身披白大褂的我却要逼迫一位妈妈来决定自己孩子的生死。

7 个小时之前，120 救护车将患者送进了急诊抢救室。

被送进急诊抢救室时患者四肢不停抽搐，双眼向上凝视，嘴巴里流出口水伴呕吐物。

很明显，患者正在发生癫痫，但这却只是表面现象。

“家属呢？有什么病史？”我向将患者送进医院的急救人员询问。

得到的答案却是：“不知道，没有家属，昏倒在路边，路人拨打 120 的。”

患者身上没有身份证等任何有效信息，我们难以第一时间联系家属。

虽然患者看上去并非单纯癫痫发作那么简单，而且短时间内又联系不上家属，但病情危重，丝毫不能耽误。

开通绿色通道，一切都按照正常的抢救流程进行。

他的病情果然很严重、很复杂：丘脑出血、肺部感染、胸水、腹水、严重贫血等。

一个看上去花一样年龄的少年，怎么会有如此严重的疾病呢？

很显然，这些疾病并不是一朝一夕的，也不可能有人会无缘无故地患病，更不会莫名其妙地突然陷入绝境。

只不过我们没有注意到那些身体早已发出的求救信号，只不过我们都忽略了那些早已存在的细节罢了。

既然患者病重，而且还是一个未成年人，又怎么会独自一人外出并昏倒在马路边呢？

家属呢？

患者的既往病史又是什么呢？

这一切谜团都让人不解，而更加让人不安的是连接患者的心电监护仪上不断报警的声音。

正当我为此而愁眉不展时，民警带着患者的妈妈来到了急诊抢救室。

因为无法取得患者的身份信息，所以我一开始便报警寻求帮助了。

被带进急诊抢救室的是一位 40 多岁的女性，她径直来到病床前，双手抱在胸前，一言不发。

“你是家属？”看见她走进急诊抢救室后，我赶紧迎上前去介绍了患者的情况。

没想到的是，得知孩子的病情后，这位妈妈直截了当地告诉我：“医生，他活着也痛苦，保守治疗吧！”

任何人都明白，她的决定便是要放弃患者的生命了。然而，躺在抢救病床上的还是一个孩子呀，更何况并未真正到了事不可为的地步！

我甚至不忍心用“患者”这两个字去称呼躺在病床上昏迷的孩子，因为如此年轻的生命不应该承受病魔和死神的折磨。

虽然心中有万分的不解和不舍，但是面对患者妈妈的抉择，作为医者的我又能说些什么呢？

对这样一位存在多系统疾病的孩子来说，病情极其危重，如果采取所谓的保守治疗，意味着他在短时间内就会死亡。

最起码不能及时纠正的呼吸衰竭就会要了患者的性命，而纠正呼吸衰竭势必要气管插管、呼吸机辅助通气。

事实上，当她说出要采取所谓保守治疗，并且要带患者回家的时候，在场的所有人都震惊了。

虽然我知道在我们看见的表面背后，必定还有不为人知的辛酸故事。

虽然我心间犹如被压了一大块石头一般压抑，但是我依旧不得不重申："他现在病情很重，是脑出血，人已经昏迷，如果不进行积极的治疗，很可能会死亡！"

但是这位母亲态度坚决地告诉我："他活着也是遭罪，而且这个病根本治不好，死亡对他来说或许是一种解脱！"

赵大胆忍不住偷偷对我说："这位妈妈现在一定是脑子混乱了，你等一会儿再和她说说。等她冷静下来的时候，再说一下。"

我看了看赵大胆，只见这位平日里风风火火的姑娘眼中竟然也挂着即将滴落的泪水。我告诉赵大胆："我知道，我心里有数！"

从这位妈妈的口中，我得知了患者的更多信息。

原来这个 16 岁的孩子，在 8 岁的时候便被诊断为系统性红斑狼疮，曾经在全国各地著名的医院治疗过。

虽然花了很多钱，尝试过许多治疗方法，但病情却依旧日益恶化！或许因为孩子的病，又或许因为其他情况，几年前孩子的父母离婚了。

父母离婚后，患者便再也没有得到过正规、系统的治疗，其间他的病情也急剧地恶化过几次。

这一次，他最终可能因脑出血而要走到生命的尽头了。

这位母亲站在孩子的病床前沉默了许久，我站在她的身后沉默了许久。

签字离院前，她说："这些年来我已经流干了眼泪，真的没有任何办法了，这样对孩子来说也是解脱。"

我不知道该怎样回答她，或许她根本不需要我的回答。我拿着放弃积极抢救的知情同意书，打算让她签字。在最后一次告知她签字意味着何种结果后，她却犹豫了。我从她颤颤巍巍的手中看见了那胜似千斤的力量，我说："要不你再考虑一会儿吧，反正现在孩子正在接受治疗，也不急这一会儿。"

她停止了签字的动作，转头告诉我："我花了几乎所有的精力，现在我也不知道该怎么办。"

我知道她说的都是事实，我知道她经历的都是无奈。

即使她说的话只是托词，我也无法反驳，更加无权指责。

"困难是现实的，但有孩子在，总归有一丝希望。我作为医生只能提供建议，并不能替你做任何决定，但我希望你能够慎重决定。"说这句话的时候我甚至有些失去了医生该有的理智和冷静。

所谓系统性红斑狼疮，指的是一种临床表现有多系统损害症状的慢性系统性自身免疫性疾病。

虽然它的临床表现具有多样性，但是它却可以侵犯人体的每一个系统，它在人体内主要会导致炎症反应和血管异常。

对活动期的患者来说，超过 90% 的人会出现不明原因的发热、体重下降、疲倦乏力等不适。

当然，典型的症状就是患者的脸颊部会出现蝶形红斑、盘状红斑。

最致命的是它会侵犯患者的浆膜、肺部、肾脏、心脑血管系统、血液系统、消化系统、眼部、神经系统等。

例如，原本可以像花一样茁壮成长的少年便具有肺部感染、胸腔积液、腹水、高血压、脑出血、严重贫血等症状！

虽然系统性红斑狼疮不能治愈，但是经过合理治疗后可以得到明显缓解。

可惜的是，现实生活中，患者很难接受合理治疗，当然其中可能有医者的原因，也可能有患者自身的原因。

比如，这位让人扼腕的少年，如果中途没有经历家庭变故，如果有足够的经济支撑，或许便是另外一种结局了。

几个小时后，这位妈妈找到了我，泛着泪花说道："还是再努力努力吧！"

我深知这个决定意味着要有多大的勇气和要付出多大的努力，我甚至对这位妈妈说："困难只是眼前的，如果只是钱的问题，大家可以一起想办法，医院可以根据实际情况减免一些，可以向相关部门申请一下，还可以向社会求助。"

就在我和这位妈妈将要达成共识的时候，另一个转机出现了，孩子的父亲来到了急诊抢救室。

原来在接到前妻的短信后，远在外地的他便第一时间赶了回来。

看见这个风尘仆仆的男人后，我内心也有了一丝希望，虽然我知道患者的病情极其危重，但说实话，那毕竟是一条 16 岁的生命，如果就这样放弃的话，太让人心痛了。

我向这位常年身处外地的父亲介绍了孩子的病情。

这位父亲没有犹豫，给出了肯定的答复："该怎么治就怎么治，实在治不好，也就算了。"

我原本以为这对离异夫妻会因此而争吵起来，却没有想到这一次他们意见又统一了。

于是我撕掉那些原本已经准备好的医疗文书，为患者办理了住院手续。20 多天后，这个孩子从医院走了出去。

虽然系统性红斑狼疮可能会伴随孩子一辈子，甚至可能会再一次让孩子身陷绝境，但好歹闯过了眼前这一关，又能够去拥抱更多的明天了。

还有什么比这更值得让人开心的呢？赵大胆说：“如果当时你没有多劝一会儿的话，可能就是另外一种结果了。”可我并没有回应赵大胆的话，因为我知道这位妈妈始终都没有想过放弃自己的孩子。

说起这个孩子的故事，我又想起了另一个 16 岁的孩子。

那年，立冬日，下夜班后我站在医院门外，头顶着没有温度的太阳才突然觉得，似乎前一天还被困在秋老虎的余威里，当天便突然要穿上棉袄了。

有人告诉我南京的春天来得很早，也有人告诉我南京的冬天来得也很早。

整日在急诊室里来回奔波，我似乎只感受到了人世间的冷暖，而从来没有在意过春来的消息。常年在抢救室中反复挣扎，我似乎只看见了死神病魔的身影，而从来没有听见冬去的信息。

或许，春天太短。或许，冬日太久。

冷风吹过，我下意识地将手伸进裤子口袋准备离开，离开这个我又为之彻夜不眠的地方，离开这个又让我心生彷徨的房间。

但是当我插进裤子口袋的手触及一件物品时，我又停止了动作，甚至内心又百感交集起来，因为它让我想起了那个孩子。

急诊抢救室里总是一片喧嚣，看上去甚至有些乱糟糟的。

夜班刚接班的时候，急诊抢救室如同往常一样躺满了患者。但是，我刚推开急诊抢救室的电动大门，便在茫茫人海中被一位患者吸引住了目光。

因为所有患者都盖着被子，而这位侧身躺在抢救病床上的患者却没有盖被子，不仅没有盖被子，甚至还只穿着 T 恤。

要知道，虽然气温较低，但是医院里的中央空调尚未打开。身穿着白大褂尚且感到一丝寒意，更何况仅穿着 T 恤的患者呢。

抬头一看，连接患者的心电监护仪同样在嘀嘀作响，不仅心率波动较大，就连监护屏幕上的波形也在发生致命的改变！

“什么情况？”我赶紧问正在和患者家属沟通的同事。

同事头也不转地回答：“频发的短阵室速，严重的低钾血症和心力衰竭！”

“血压也很低，休克了！都用了什么药？”说着话我已经翻起赵大胆递过来的检查资料。

让我震惊的不仅是检查资料上各种致命的指标，还有患者的年龄一栏赫然标记着 16 岁！

“才 16 岁？”有些诧异的我忍不住询问起来。

或许是因为听见了我的话，患者转过身来，只是看了看我后又继续呻吟着：“我的老天爷啊，什么时候才能饶过我？”

听见我和同事的对话后，陪伴在床边的家属站了起来，努力想听听我们会说些什么。

但同事并没有说什么，只是摆了摆手示意我们一起离开。

我正在为自己的冒失而感到一丝不安，因为我看似不经意的一句话便有可能为患者和家属带来更为沉重的心理负担。

离开患者的病床前，同事小声向我介绍了患者的情况。

这是一位 16 岁的女孩，因为突发胸闷气喘 4 小时被家属送进了急诊抢救室。

10 个月前，女孩因为下肢疼痛被确诊为骨肉瘤。

骨肉瘤是一种大多发生在青少年身上的恶性肿瘤，又被称为成骨肉瘤，是源于间叶组织的恶性肿瘤。

这种病在初期大多没有典型症状，疼痛和肿胀是主要临床表现。

被确诊骨肉瘤后，患者进行了包括右下肢截肢术在内的一系列治疗。可惜的是，她的病情依旧在恶化，甚至在两个月前便已经出现了肺部转移。

这一次因为胸闷气喘被送进急诊抢救室后，经过严密的评估后，一个无情的事实摆在了我们的面前：这个已经合并严重心力衰竭、呼吸衰竭、恶性心律失常的孩子病情极其危重，随时有发生死亡的可能。

“家属有什么打算？”我即将接手急诊抢救室的夜班工作，所以必须明确家属的态度。

“家属正在考虑要不要放弃治疗。”同事摇了摇头。接班后，我又特意来到患者的床前。

直到此时，我才发现原来小女孩的右腿安装着假肢，只是在衣裤的遮挡下难以被发现罢了。

“你冷不冷？要不要盖被子？”患者的脸让我不忍直视，因为这副五官上分明还流露着一股稚嫩的孩子气。

患者没有回答我，倒是她的妈妈慌忙起身拒绝了我：“她不冷，嫌热！”

“哦，热一点不要紧，着凉就麻烦了！”我一边替她整理着吸氧用的鼻导管一边问道，“你现在感觉好一点了吗？”

这位短发的姑娘呻吟着盯着我：“我感觉透不过来气，我还有救吗？”

“不准胡说，药水还没有用完呢，怎么会有效果！”憔悴的妈妈打断了女儿的问题。

我明知这只是善意的谎言，却不得不配合她妈妈一起哄她：“药水还没有起效呢，等一会儿就好了！”

事实上，包括患者父母在内的每一个人都知道，对于这个 16 岁的女孩来说，放弃治疗便意味着必死无疑，积极治疗也绝不会起死回生。

但是，谁又能轻言放弃呢？

毕竟正躺在病床上呻吟着的是一位花季少女，终究在我们眼前挣扎着的是一条年轻的生命。

我将女孩的父母请到了一处较安静的角落里，想给这苦难的父母一刻安静的时间，想听听他们最后的意见。

人，谁不曾为人子女？人，谁不曾为人父母？

花儿一样的生命就这样在病痛的折磨中凋零。眼睁睁地看着自己的孩子陷入死神的深渊，这是人世间最残忍的事情，这是我们难以理解的痛彻心扉。

父亲的眼睛里布满了血丝，蓬松的头发里也散发着绝望的气息。

母亲站在父亲的身后，双手捂住了口鼻，努力不让自己发出哭泣的声音。

“你们现在有什么决定吗？”

接班之前，在和同事的谈话中，患者的父母已经透露了要放弃治疗的意思。

为什么要放弃治疗？

其实放弃治疗的原因和经济能力没有任何关系，而是因为父亲担心女儿再也没有机会回家了，也是因为患者本身拒绝住院治疗。

“我们输完液就回家吧？”患者的父亲扭过头对着妻子说。正手捂着嘴巴流泪的妻子并没有回答，只是蹲在了地上。

“你知道回家意味着什么吗？我只是想确保你了解患者的真实病情和风险。”

作为医生，我必须向家属提供最真实的病情和意见，最终决定权掌握在患者自己和家属手中。

停顿了几秒钟之后，患者的父亲哀伤地说道：“这种情况当初开刀时医生就说过了，只是没想到会这么快。我知道回家就会死，但住院也治不好她。”

“我已经和家里人都商量过了，输完液就带她回家，我怕她死在外面，回不了家了！”

“回去多陪陪她吧。”母亲掩面哭泣道。

“那输完液就回去吧，如果有什么特殊情况再来医院吧。”说完话我又戴着厚厚的无菌口罩转身进入了急诊抢救室。

除了这看似冰冷的敷衍之语，在面对一条终将凋零的年轻生命时，在面对悲痛欲绝的父母时，我又能说些什么呢？

我从不觉得自己有多么伟大，因为面对大多数生命的劫难时我都无能为力。我从不觉得自己有多么高尚，因为面对人间的悲痛时我不得不袖手旁观。我不知道该对患者说些什么，我不忍说出实话，谎话更加让我心如刀绞。

我不忍再对家属说些什么，因为我说出的每一句话都会像刀子一样一把把地扎进他们的心里。

沟通签字时，患者的父亲已经记不清日期，甚至就连双手都微微发颤。

那一刻，在这身白大褂之内，在这无菌口罩之后，我甚至觉得是自己在逼迫他们向死神递交了投降书。

患者的父亲离开了医院去张罗回家的车，母亲还趴在病床前低声祈祷着。

挂在急诊抢救室墙壁上的电子钟还在以同样的速度划走我们所有人的生命，我站在女孩的床头替她守护着心电监护仪上生命跳动的节奏。

“现在好一些了吗？还觉得喘不过气吗？”我看着女孩，女孩也看着我。

在对症处理后，患者的症状稍稍有一些缓解，但这只是暂时的迹象，在她的体内，病魔正在吞噬着血肉。

女孩呻吟了两声之后，长叹了一口气：“好一些了，老天爷什么时候才能饶过我？”

女孩口中反复说着的这句话是对现实的不满，是对现代医学的讽刺。

然而，我除了保持沉默，纵使满腔言语也只能保持沉默了。

这个世界上哪有什么老天爷，就像童话里的故事都是骗人的一样。

“用的药慢慢起效了就好，你看现在不是好一点了吗？”我竟又忍不住开始欺骗她了，就像哄孩子一样。

“医生，谢谢你！”原本趴在床边口中低声祈祷的母亲突然开口致谢。

我宁愿她不理我，这样我尚且能心安理得。她的一句谢谢，又让我羞愧难当了。

因为我根本不配这句谢谢，因为在急诊抢救室的深夜里，我没有分毫能力去替她阻挡时间和生命的流逝。

在整理病历资料时，我无意间瞥见赵大胆的脸庞上竟也挂着两行泪痕。但我没有问她为何，因为这是任谁也无法做到铁石心肠的一幕。

凌晨1点钟，我们又跨进了新的一天。

患者的父亲不知从何处找来了可以让女孩躺着的车，他们要将患者接回家去了。

临行前，女孩的父亲又解释为什么要将她接回家：“我怕她再也回不了家了！”

我唯有报之以苦笑，点头道：“人之常情，没有办法。”

“老天爷啊，什么时候才能饶过我！”胸闷气喘的症状让一直无法入眠的女孩再次呻吟起来。

我不忍直视这放弃希望的场景，甚至不忍再去直视那尚且稚嫩的眸子，但女孩却又向我招手了。

我来到她的床前，护士已经撤下了连接在她身上的所有管路设备。“给你个橘子！”她微笑着伸出手来，那一刻她似乎并没有任何疼痛不适。

那一秒，空气是凝固的；那一刻，我的内心是百感交集的。这样放弃治疗的场景我经历过许多次，这样深夜离别的时刻我见证了许多次。我甚至自诩铁石心肠，却从来没有想过这个反复呻吟着的女孩会送给我一个橘子，更加没有预料到自己会因为一个小小的橘子而难过得想哭。

我没有故作拒绝，当然也不会让别人透过无菌口罩看见我的表情变化，下意识地从她手中接过了橘子：“谢谢！”

她没有说不用谢，也没有说再见，只是微笑着说着拜拜后被父亲抱离了急诊抢救室。

急诊抢救室外，我目送这一家人离开，在幽暗的急诊走廊里，只见他们的身影越来越远，他们的声音也越来越小，直到在转角处消失不见。

我知道自己再也不会见到这个被截肢的女孩了，甚至再也不会在深夜里听见那句：“老天爷啊，什么时候才能饶过我！”

转过身，我将橘子装进了口袋，又将自己埋在了厚厚的无菌口罩和冰冷的急诊抢救室之中了。

没有人会看见我内心悲伤的溪流，也没有人能听见女孩深夜的哀愁。

虽然我们只是萍水相逢的陌生人，虽然这个女孩只是一个又一个被我送走的患者之一，但那晚之后，我却再一次明白了这个道理：作为医生，我没有资格流泪！

我必须将眼泪收起，我必须去同病魔、死神战斗，为了我的患者，也为了我内心中的自己。

难以忘记的遗憾

“我还要回家种地呢！”躺在病床上的张大娘眼巴巴地看着我，费着劲再一次提出了回家的愿望。

此时的张大娘已经被宣告病危，病情随时都会恶化。连接着她血管的输液皮条里正在源源不断地同时输着多达 5 种药物，而心电监护仪上的数字也在不断变化着。

“现在她精神状态还不错，但估计撑不了多久了。”站在我身边的搭班护士赵大胆低声说着。

赵大胆说得不错，张大娘已经时日无多。

张大娘眼巴巴看着我，而我也在专心致志地看着她：身材瘦小，两鬓斑白，面色灰暗，鱼尾纹里储存着没有蒸发掉的汗水，湿漉漉的头发，呼吸急促，手掌上有着泛黄的老茧……

将她搭在床沿上的手掖进被子里后，我终究还是做不到装作不理会，而是告诉她：“把这些药输完就可以回家了。”

听见我的话后，张大娘点了点头，似乎已经明白了我的话，又似乎根本没有明白我在说什么，她又说了一句：“我还要回家种地呢！”

“好，回家种地好，自己种的菜都没有污染！”赵大胆像哄孩子似的哄着张大娘。

那是一个夏天的黄昏，雷雨过后。

一位怀里抱着孩子的中年妇女将 77 岁的张大娘送进了医院，从她额头上流下来的不知是汗水还是雨水。

此刻坐在轮椅上的张大娘虽然神志依旧清楚，但很明显精神萎靡。

“血压很低，只有 60/30 毫米汞柱，人还算清楚。”赵大胆一边将张大娘转移到病床上，一边汇报着生命体征。

“坏了，这不是休克了嘛！”听见张大胆汇报的数据后，我又看着面色灰暗、精神萎靡的张大娘，一股不祥之感瞬间涌起。

我赶紧复测了张大娘的双上肢血压，确定她已经处于严重的休克状态。

“这种状态已经持续多久了？最近有什么不舒服？”我扭过头去询问这位怀中抱着孩子的家属。

家属告诉我：“她没有病啊，中午还好好的，还下地干活呢。”在急诊抢救室里，很多家属都会这样想当然地回答医生的问题。

事实上，并不是患者没有症状或者没有疾病，只不过是家属没有发现或者想起患者早已存在的症状或疾病罢了。

“没有病你来医院做什么？她肯定是有病，而且现在病得很严重。把你知道的情况都说出来，比如她以前有过什么病，吃过什么药，这两天有没有说过哪里不舒服？”急诊医生大多是急脾气、大嗓门，尤其是在面对垂死挣扎的患者时。

说话时，赵大胆已经为张大娘打开了静脉通道。

或许是因为我质问的语气比较急，家属也开始有些慌张起来：“她中午还是好好的呢，也没说有什么不舒服。就是两个小时前开始说后背酸痛，然后没过多久就头晕站不起来了，流了很多汗。”

“有没有高血压、糖尿病这些基础病？最近有没有发热？平日里有没有服用什么药物？”

面对我的追问，这位怀抱孩子的家属却给出了一个更加让我震惊的答案：“我不是她家里人，我是帮忙将她送过来的。”

“她家里人呢，怎么没有来？”

“她家里人还在河北呢，让我先帮忙送过来。”

“你是大娘什么人？”

“我是她孙子的一个朋友。”

我终于基本搞清楚了眼前的情况：张大娘平日里一个人生活，两个小时前突发背部酸痛伴头晕不适，由乏力逐渐加重至不能行走，因为家中无人，遂由其孙子的朋友帮忙送进了医院。

“体温 38 摄氏度、血压 65/31 毫米汞柱、心率 152 次 / 分钟！”赵大胆又汇报了一下张大娘的生命体征，在我听来这些数字都是催命的丧钟。

除此之外，更要命的是降钙素原和血乳酸均已严重超标！

“快速补液吧，记得抽血培养。”我又向赵大胆下了医嘱。

虽然病情危重，死神已经探出了脑袋，正准备收割性命，但躺在病床上的张大娘却还有清晰的意识，她甚至还在用干瘪的嘴巴告诉我：“我还要回家种地呢。”

张大娘告诉我：“除了心脏病，我什么病也没有。”

我不知道张大娘口中的心脏病到底指何种疾病，甚至根本没有办法完全听明白她口中的话语。

到底是什么原因让张大娘突发背部酸痛，继而头晕乏力、大汗淋漓，甚至不能行走了？张大娘休克的原因又是什么？

会不会是主动脉夹层？毕竟张大娘有明显的背部酸痛，而此刻又处于休克状态。

会不会是心源性问题？因为张大娘自诉有过心脏病，而且大汗淋漓、呼吸急促。

会不会是失血性休克？虽然张大娘没有呕血、便血、黑便等情况，但谁又能够断定在来医院之前没有过呢？

休克的原因会不会只是大汗淋漓后低血容量这么简单？

会不会是脓毒血症性休克？张大娘有明显发热，而且经常下地劳作，但感染灶又在哪里呢？

在第一时间稳定张大娘生命体征的同时，还有许许多多的问题需要去思考。

要解决这些问题，第一需要完善检查，第二需要进一步了解患者更详细的病史信息。

“不会有生命危险吧？”自称是张大娘孙子朋友的中年女性显然有些慌了。

我看了看躺在病床上有些嗜睡的张大娘，又将这位中年女性拉到了一边，告诉她：“老人病情很重，血压很低，心跳很快，具体病因一时间也搞不明白，随时都会进展死亡。你还是赶快通知她家属过来吧。”

“她家属还在河北呢，赶回来也要一段时间。”说着话她竟有要哭的迹象了。

我害怕她情绪失控，只好安慰道：“你先不要急，赶紧将老人的病情电话通知她家属，然后去挂号，等会儿准备给老人检查一下。”

叮嘱之后，我便转身关上了急诊抢救室的电动控制大门。

从外表上看，这是一扇普通的大门，甚至因为曾经被醉鬼打砸过而遗留了一些伤痕。然而，就是这扇大门分隔着生死，阻拦着死神。

“再快一点，液体不够！”在为张大娘快速补充了 2500 毫升晶体之后，她的血压才稍稍稳定，心率也下降到 120 次 / 分钟左右。

此刻我才突然想起来，那个挂号的朋友为何还没有回来？

打开急诊抢救室大门，喊了许多遍，我才不得不接受一个现实，这位自称张大娘孙子的朋友的中年女性不仅没有挂号缴费，而且已经不辞而别、一去不复返了！

“怎么办？”赵大胆摊了摊手征求我的意见。

面对正在垂死挣扎的张大娘，此时此刻还能怎么办？

“汇报领导吧，开绿色通道，毕竟人命关天。”我将张大娘的病情和没有家属的事情汇报后开通了先抢救后付费的绿色通道。

“先抢救吧，诊治方案你先看着办，以保障患者安全为原则。”领导的话就是“尚方宝剑”。

有了“尚方宝剑”又报了警之后，我便可以放开手脚救治张大娘了。

在亲自陪同张大娘去做 CT 检查时，她还在对着我要求道：“我还要回家种地呢。”

我已经记不清张大娘说过几次同样的话了，甚至已经不知道要怎么来回应这句话。

在和护工师傅一起将她抱上 CT 机的刹那，我内心突然想到：这是谁的老娘，在她亲手耕耘、念念不忘的地里又种着什么样的希望？

陪着张大娘检查的那一刻，我的内心是充满矛盾的。我既希望 CT 检查能够发现问题，这样就可以明确诊断、尽快治疗了。但是，我又不希望 CT 检查发现明显问题，因为我知道，一旦发现问题便是致命的存在。

CT 检查倒是没有发现明显异常的结果，最起码没有明显的感染灶。心电图、心肌酶检查暂时也并不支持急性冠脉综合征的存在。主动脉 CT 血管造影、肺动脉 CT 血管造影也可以完全排除主动脉夹层、肺动脉栓塞等危急重症。除了明显升高的白细胞、反应蛋白、降钙素原，张大娘的血红蛋白、尿素氮基本正常，似乎也不支持失血性休克。

血糖、血酮也不支持高渗状态的判断，甚至连心脏超声除了射血分数偏低也没有发现赘生物、心包积液等明显异常。

那么，张大娘身陷绝境的根本原因又是什么呢？难道真的只是感染性休克吗？如果只是感染导致了这一切，那么感染灶又在哪里呢？

多学科会诊之后，我们依旧没有头绪。

我唯有继续对症治疗，丝毫不敢懈怠，因为那终究是一个鲜活的生命。

深夜 11 点半，张大娘正在急诊抢救室里被积极抢救着。

赵大胆一边蹲在地上为张大娘仔细计算着尿量，一边对我说："明天家属会不会来？"

说实话，我也没有底气。

那位自称张大娘孙子朋友的中年女性只是透露了家属正在赶回来的路上，却并没有说明何时会赶回来。

对于这种失联状态，我嘴上没有说，心里却不得不有些埋怨自己。我应该第一时间从中年女性手中拿到家属的联系方式，而不是放心让她去挂号。

面对病危之中的张大娘，我最担心的并不是尚未完全明确的病情，而是我还不太了解的家属。

毕竟为了抢救张大娘，医院已经垫付了8000多元的费用，家属会不会认这笔账，如果不认的话，我该怎么办？

最充满不确定性的便是，家属能否理解张大娘的现实病情，还是同那位中年女性一样咬定："我们本来好好的……"

这些担心绝不是杞人忧天，都是从一些鲜活的故事中总结而来的。

"家属来不来不都是这么治吗？按原则办事就好。只要家属没有明确拒绝积极抢救，就默认当作积极救治。人命可不是儿戏，也没有后悔药可吃。"

被夜班熬红了双眼的赵大胆没有回答我，发热到39.7摄氏度的张大娘也没有再吵着要回家种地。

她们都将自己的生命一点点地留在了急诊抢救室中，不管愿意还是不甘。

正常人的体温在体温调节中枢的控制下都会在正常范围之内波动，产热、散热始终保持在动态平衡之中。但在病理状态之下，不同的情况导致产热增多或散热减少，就会使得体温超过正常范围。能够引起发热的疾病有很多，绝不是我们所谓的"发炎"就可以解释一切的。

发热大体可以分为感染性发热和非感染性发热，其中能够引起感染性发热的病原体主要有细菌、病毒、支原体、立克次体、螺旋体、真菌、寄生虫等，能够引起非感染性发热的因素主要有吸收热、变态反应性发热、中枢性高热、输液输血等。

简单地说，发热只是一种症状，并不是一种病。在对症治疗发热的同时，还需要逐一甄别，揪出幕后黑手。

但有时候寻找“真凶”又谈何容易，这便是“内科怕发热，外科怕腹痛”的原因了。

天还没有亮，急诊走廊里的白炽灯也还没有关。

一位中年男子来到急诊室，他自称是张大娘的儿子。

他刚从河北某地赶回来，还没有回家便径直来到了医院。

这是一位年约50岁的中年男性，身着灰色夹克，短发，皮肤有些黝黑。看见张大娘的儿子后，我悬着的心终于可以放下了。

“老人现在病情很重，来的时候已经休克了，随时有生命危险。虽然联系不上你，但我们已经先给老人看了，现在就等你来进一步做决定。”

让我意外的是，我不仅没有得到一丝感谢，反而只得到了一句冰冷冷的回答：“我哪里有钱呀。”

也许家属只是随口一说，但我却几乎立刻石化，只觉得一盆冷水从头上浇了下来。

曾几何时，我多么想在同患者和家属沟通时，永远只是单纯地讨论病情，而不是考虑包括金钱在内的复杂问题。

可惜的是，这个看似简单的梦想却是永远无法实现的梦。

对一线医生来说，治病救人，更多时候是一个同别人钩心斗角、斗智斗勇的博弈过程。

听见他说自己没钱后，我并没有接话，而是话锋一转：“所以，这个重大的决定没有人能替你做主。你还是同其他家属商量商量吧。”

我将他带进了急诊抢救室，看了看已经处于意识模糊状态的张大娘。

从张大娘的儿子口中我得知了一些更详细的信息，张大娘在入院前17个小时便出现了低热和背部肌肉酸痛的症状，而不是中年女性口中所谓的好好的。张大娘所谓的心脏病是指心房颤动，确诊8年多来一直没有正规治疗过。

这个风尘仆仆的儿子在了解了张大娘的病情后，只是表示等天亮后自己的妹妹也会赶过来，到时候商量后再做决定。

赵大胆开心地说："家属来了，赶快把欠下的费用缴一下吧？"

我实在不忍心打击对家属望眼欲穿了一整夜的赵大胆："家属说等天亮再交。"

好不容易挨到了天亮时分，还差一刻钟便是早上7点。张大娘的女儿也从外地赶了回来。

站在病床前，她轻声呼喊着张大娘，眼泪簌簌而落。

但她却始终没有得到张大娘的回应，因为体温高达39.7摄氏度的张大娘已经意识模糊，难以回应了。

兄妹两人商量后找到了我，他们要求放弃治疗。虽然这个答案在我的意料之中，毕竟家属的态度早就摆在了那里，但真要面对的时候，我却有一些不甘心了。

"我还欠着五六十万元外债呢！"儿子解释了原因。

我同样没有接这句话，因为我觉得无论什么原因都已同医者无关。

既然已经做了这个决定，就不必再解释了。如果非要解释，也应该对内心的自己解释，而不是对素不相识的他人。

虽然张大娘的病情危重，但并不是一点希望都没有，甚至经过一整夜的抢救后患者的生命体征已经基本稳定了。

我为这个吵着要回家种地的张大娘奔走过，为她汗流浃背过，为她提心吊胆过，为她绞尽脑汁过。

因为我想知道张大娘的体内到底发生了哪些病变，也想知道张大娘念念不忘的地里到底有没有种下绿色的希望。

然而，面对子女这样的决定，我又能做些什么呢？中午时分，患者的孙子和那位之前失联的女性也赶到了医院。原来她失联是通知患者的孙子并筹钱去了，并非我们想象的那般不堪。

在了解了情况之后，孙子并不愿意轻易放弃："我从小就跟着奶奶一起生活，现在我总要努力一下，有没有希望是一回事，有没有尽心尽力是另一回事。"

"可你的父亲不是这个意见。"我提醒他。

"你不用管，这个事情我掏钱，所以我做主。"他的态度不容置疑。就这样，患者被送进了重症监护病房继续治疗去了。

一周后，我在急诊厕所门前遇见了患者的孙子，他告诉我："奶奶已经从 ICU 转进了普通病房，现在都还可以。"

听着他的话，我突然觉得特别高兴，甚至有些溢于言表，但又忍不住想起了自己当年没有积极治疗便去世了的奶奶。

我之所以难以忘记这位患者，不仅是因为家属在突发疾病面前的表现，也不仅是因为我曾为她拼过命，更是因为患者在弥留之际还在惦记着自己的庄稼，就像我的奶奶和姥姥一样。

事后我将这个消息告诉了赵大胆，她笑着说："这下不愁没有人种地了！"

被放弃的和微笑着的

“放弃”这个决定可能说起来很容易，但真的要做出时却又万般为难。

就像我们看着别人呻吟、号叫，总会觉得有些小题大做，真轮到自己时却又撕心裂肺了一样。

因为除了理解和同情，我们并不能真正感受别人的痛苦。

如果换作我们自己，或许要比这对兄妹更加犹豫、纠结、心痛。

然而可以预言的却是，这一天我们每一个人早晚都要面对，无论你愿意还是不愿意。

“怎么决定？”急诊抢救室门外，我盯着这对兄妹，态度严肃，言语利索，甚至有些强迫而急切地想从家属口中得到答案。

无论这个答案是肯定还是否定，无论这个答案对患者有利还是不利。我需要的只是一个答案：救还是不救？

患者的女儿红着眼睛一直在哭，患者的儿子一脸茫然，犹豫不决。身穿白大褂的我则如同热锅上的蚂蚁一般焦急不安。

因为我知道抢救室内的患者已经没有时间留给家属考虑了，他已经危在旦夕。

等不到家属的回答，我转身离开，离开之前我丢下一句话：“如果你们没有明确的意见，我就默认要按照最积极的方案来，我不管你们怎么想，也不管患者痛苦不痛苦，我只要保证患者的生命安全。只有先救命，后面才有机会去治病！”

“好，好，你先按照你的方案来吧。”患者的儿子只留给我这么一句话便再也不言语了。

凌晨 1 点钟，患者被家属用轮椅推进了急诊室。

坐在轮椅上的患者被家属用一根绳子捆绑着，又用一条毛绒毯子包裹着。

第一眼看见时，我甚至被吓了一跳，如果不是分诊护士告诉我被包裹着的是一位患者的话，我甚至以为他们推着的是一件物品呢。

“怎么回事？”我赶紧问道。

只见患者儿子一边解开绳子一边回答道：“突然发烧了，在家里量体温快 40 摄氏度了。”

原来是一位发热的老年患者，可既然如此高热，又为何全身盖着毛绒毯子呢？

“快把毯子拿开，高热 40 摄氏度，还不赶紧散热……”我扯掉了这条毯子。毯子被掀开后，我看见了患者，气喘吁吁的患者更加让我大吃一惊。

不仅是因为患者已经意识模糊，更是因为患者异常消瘦，而且患者的头皮上散发着一股股异味。

“这人看着快不行了，赶紧抬进抢救室！”我来不及分说，便将患者送进急诊抢救室，从经验来看，此刻的患者分明已经呈现濒死状态。

“以前有什么病吗？”在搬运患者的时候，我抓紧时间询问病情。

患者的儿子说：“肺癌，但我们一直在吃靶向药。”听见“肺癌”两个字后，我心中便大致明白了一些。

原来这是一位肺癌晚期且发热的患者，患者正在经历着绝大多数肺癌患者临终前的状态。

“指脉氧多少？心率多少？呼吸多少？血压多少？”

连上心电监护仪后，我迫不及待为患者监测生命体征。

心电监护仪立刻发出了此起彼伏的报警声，其中最引人注目的便是仅能维持在60%左右的经皮指脉氧，这不仅意味着患者严重呼吸衰竭，更意味着患者完全有可能在短时间内出现心跳、呼吸骤停。

患者为何会这样?

事实上，多数肺癌晚期患者都可能出现这种状况，这也是多数肺癌患者去世的直接原因之一。肺癌肺内转移、肺部感染、大量难以咳出的痰液、越来越多的胸水等影响患者的呼吸功能。

这个时候，我所关心的也是第一时间需要解决的并不是体温，而是呼吸。

“这个情况要插管，不然风险太大了。”我一边为患者扣上呼吸面罩，一边让同事准备气管插管所需物品，一边对家属解释现在的情况。

患者危在旦夕，气管插管、呼吸机辅助通气势在必行。

但是，家属却犹豫了，儿子说：“有这么严重？”

“是的，不插就会死，不上呼吸机就没有任何机会！”急迫的形势让我无法顾及家属能不能接受“死”这个字的冲击，我必须在最短的时间内解决患者的问题，也必须在最短的时间内让家属知道患者真实的病情。

然而，患者的儿子却迟疑了。

“医生，你先等一会儿，我要和我妹妹商量一下。”

“我等不了你多久，耽搁了的话，一切后果你自己承担。”这话虽然直白，却也是在患者危在旦夕之时最有效的语言了。

“没事，没事，我知道了。”这位不到50岁的儿子拿起电话走了出去。

使用了一会儿面罩之后，搭班护士赵大胆又为患者进行了吸痰。

从患者口腔之内吸出了源源不断的黄脓痰，一块接着一块，甚至要将吸引器堵塞了。

即使吸出了大量的痰液，又用了高流量的呼吸面罩，我眼前这位瘦骨嶙峋的肺癌晚期患者依旧只能维持在80%左右的经皮指脉氧指数，而动脉血压分析中更是有许许多多的危急值。

肺癌指的是来源于支气管黏膜上皮的恶性肿瘤，大多发病于40岁以上的男性，但近年来女性肺癌的发病率呈明显上升的趋势。

能够引起肺癌的原因有很多，常见的有长期大量吸烟、大气污染、砷、镉、石棉、电离辐射等工业接触以及基因变异等。

虽然以上这些是常见原因，但不可否认有很多肺癌患者是没有确切患病原因的。

肺癌患者的临床症状表现不一，主要和癌肿的部位、大小、是否压迫或侵犯邻近器官、有无远处转移有关。

在疾病早期，患者可能只是有咳嗽、咳血、发热、乏力等非特异性症状，而在中晚期可能会出现声音嘶哑、上腔静脉阻塞综合征、胸痛、吞咽困难以及头痛、骨痛等转移症状。

在实际工作中，我不仅能遇到因为“看咳嗽”而发现肺癌的患者，也能遇见很多在体检中发现肺癌的患者，尤其是现在高分辨率的胸部CT越来越多地被加入体检项目。

5分钟过去了，患者的儿子还在打电话。

我必须知道他做出了什么样的决定，打开急诊抢救室大门，只见他还在打着电话。

一位佝偻着腰、两鬓斑白的老太太却拉住了我：“怎么样，怎么样……”

说着颤抖的话，不由自主地蹦着双脚，老太太甚至开始带着哭腔了：“你救救他，救救他。”

不用说，这位老太太一定是患者的老伴儿了。

“正在救，正在救，老人家你先坐一会儿，有消息我们告诉你。”招呼护工师傅将老人扶到了急诊抢救室门口的长凳上，我向患者的儿子大声喊道：“怎么说？”

几米之外的他却只是朝着我摇了摇手，并没有回答，继续给妹妹打电话。

看到这里，有人会说：“患者病情危急，还不及时抢救，为什么非要听家属的意见？”

这句话非常有道理，毕竟在疾病面前，医生才是最有发言权的，家属的话仅能作为参考。

但是，有些现实的情况却也是不得不考虑在内的，尤其是面对一些经济和人伦问题时。

我曾经不止一次遇到下面这样的情况：患者病情危重，没有家属或者暂时联系不上家属。积极抢救后，家属甚至有些患者不仅不会感谢，还会埋怨：“谁让你们抢救的？我求着你们抢救了吗？你们抢救不收费吗？”

我也曾遇到这样的情况：“明明知道要人财两空，你们还要抢救，还要让患者受罪，你们就是为了赚钱，就是没有医德。我们不懂，你们医生还不懂吗？你让患者受了这么大的痛苦，能保证治好吗？”

这些都是血与泪的经验，都是由一个个案例总结出来的现实状况。

这样的肺癌晚期患者往往都会面临这样的矛盾：积极抢救的话，或许可以保一时的心跳、呼吸，终究要面临死亡；不积极抢救的话，患者就要在眼前一点点地被病魔吞噬掉生命，这又违背医生救死扶伤的初心。

没有医务人员不希望自己的患者能够从死神手中逃脱，但没有人在面对这样的矛盾现状时能够让患者少一些痛苦，多一些尊严。

纵有一腔热血，在现实面前却也不得不多一分冰冷。

甚至有难以做决定的家属会这样问：“医生，如果是你的家人，你会怎么办？”

我通常不会直接回答，不是因为我不高兴，更不是因为我无法回答。

相反，我有我的答案，但我也绝不会告诉提问者“治或不治，救或不救，插管或者不插管”。

因为每一个患者的病情都是不同的，每一个家庭的情况也是不同的，每一个人对现实打击的承受能力也是不同的。

最重要的是，我首要负责的便是患者的生命和尊严，其次才是他人的顾忌或想法。

又过去了 5 分钟，患者的女儿也赶到了医院。

兄妹两人还在商量着患者下一步的抢救治疗方案，他们的母亲依旧坐在抢救室对面的长凳上等消息。

在面罩的帮助下呼吸的患者已经处于昏迷状态了，这个世界留给他的时间已经不多了。

虽然患者被送进医院的时间并不长，但是他却在家中和来医院的途中耽误了将近一个小时。

确诊肺癌 47 个月之后，他就要离开了。

患者的女儿哭红了眼睛，言语之间流露着丝毫没有做好心理准备的状态："我们不是好好的吗，不是一直都在治疗吗，现在就这么严重了？"

患者的儿子没有说话，患者的老伴儿站在女儿身后焦急地听着我们的谈话。

"确诊肺癌已经 47 个月，明确全身转移也已经超过 16 个月，能撑到现在已经算很好了。就算一直在治疗，也只不过是在减少痛苦和延缓生命，总会有这么一天的。"

患者的儿子试探着问："能不插吗？"

这个问题一开始我便回答了，现在却又要再次强调："不插也可以，就是人会死亡；插也可以，就是给患者一个机会，尽量拖一段时间，为后续治疗争取一点时间和机会。"

实际上，类似这样的患者，家属都会做出下面三种选择中的一种：一是不考虑经济压力，不顾及患者有没有尊严，全力抢救，一切按照流程来，自己能够接受人财两空的结果；二是放弃一切积极有创抢救措施，要么立刻带回家，要么让患者最终在抢救室里闭上眼睛；三是接受在急诊抢救室范围内的抢救措施，却拒绝进一步住院，尤其是拒绝进入重症监护病房，拖上几天后，要么回家，要么等待殡仪馆来人。

如果再不插管、呼吸机辅助通气的话，患者的情况便真的要在呼吸窘迫之中越发严重了。

我没有时间可以留给家属考虑了：“要么插，要么不插，你们要是没有明确不插的意见，我就要按照最积极的方案来了，我能考虑的就是患者暂时的生命安全，你们的想法我就顾及不到了。”

此刻距离患者被送进急诊室已经过去了近20分钟，每一分钟都是生死考验。

患者的儿子对自己的妈妈说：“不要让他受罪了，就这样昏迷着，不知不觉走了更好。”

哭红了眼睛的妹妹除了点头，再也没有说一个字出来。

反倒是焦急不安的老太太给了最后的决定：“听我儿子安排吧。”就在我以为家属要放弃之时，万般纠结的兄妹两人最终还是做出了选择：再努力一下！

就这样，我和赵大胆又拼尽全力去和死神战斗了。赵大胆说：“这个患者应该还有脓毒血症！”

所谓脓毒血症，也被称为脓毒症，是一种全身性的感染疾病。它指的是化脓性的细菌或其他病原微生物（如病毒、真菌、寄生虫等）入侵血液后，在其中大量繁殖，并通过血液扩散至宿主的其他组织和器官，产生新的化脓病灶。

赵大胆说得不错，在解决了呼吸的问题后，紧接着就要面临脓毒血症这个棘手的问题。

但好在经过一整晚的抢救后，在呼吸机的支持下，在血管活性药的帮助下，在抗生素的作用下，患者的生命体征终于在黎明的光照进急诊抢救室的时候得到了有效控制。

翌日中午时分，患者被送进病房进一步治疗了。从急诊抢救室离开前，家属向我道谢：“虽然最终的结局我们都知道，但还是要谢谢你多给了他一点机会。我们也想能多陪他一天。”

对于身为急诊医生、见惯生死的我来说，这只不过是日常工作中最常见的一幕罢了。

但是，对大多数普通人来说，那个决定却是太难、太痛了。

生活中没有人愿意经历这种痛苦的选择，人的一生中也没有谁能够逃避这样的事实。

或许，我们应该早一点正视生死，学会接受死亡，更应该思考一下如何抉择生命的尊严和生命的长度。

就在处理完这个患者没有多久，我又在急诊室里遇见了另一位患者。

和前面这位未放弃治疗的肺癌晚期患者相比，眼前这个患者要年轻太多。

凌晨 3 点，她坐在了我的面前，默默掏出一本病历本，翻到了其中的一页，淡淡地对我说：“医生，麻烦你给我开这些药就可以了，要一模一样的。”

初听这种指挥医生看病的话，让我心中有了一些不愉快。是何病情、有何问题尚未可知，便要开药？

万一有问题怎么办？出了意外谁来负责？

在急诊并不是没有出现过这样的事故，所以我的原则便是不亲自看见患者绝不开药，不了解病情绝不轻易用药。

或许她看见了我不由自主皱起了眉头，便又补充了缘由：“我这个病诊断明确了，是我的主治医师让我用这些药的。”

这个原因引起了我的注意，原来患者在来医院之前已经和医生有过联系。我抬起头看了看她，很快又收回了目光。

在那数秒钟的时间内，我的内心经历了漫长而跌宕的情感变化，从好奇到震惊，从惊讶到难过。

虽然是夏季的深夜，她依旧戴着一顶大大的蕾丝花边帽子，帽子上绣着动画片《猫和老鼠》的动画形象。

虽然在帽子和口罩的遮挡下我根本看不清她的面部表情，但我依然在那数秒钟的对视中观察到一丝异样，她的皮肤黝黑，帽子底下没有一丝秀发，说话略有些含混不清，目光黯淡……

将目光从患者的身上移至病历本上，只见上面写着的是一周前用过的药物：甘露醇、地塞米松……

病历本上的右下角写着诊断：肺癌Ⅳ期。

肺癌Ⅳ期意味着患者已经出现了远处转移，而她使用甘露醇、地塞米松这些药则意味着可能已经出现了脑转移。

肺癌晚期的患者有很多，我在急诊室常常可以遇见，并没有什么特殊之处。但是，那一刻我却有些震惊了。

我震惊的原因并不是我知道她在接下来的日子里会遭遇哪些痛苦，而是她的年龄——29 岁！

29 岁，比我还要小上许多岁，却不得不准备要和这个世界道别了。

29 岁，多数人刚刚成家立业，她却要在盛夏的深夜独自在急诊室里同死神抗争了。

“做过脑 CT 了吧？有没有脑转移？”既然患者能够深夜独自来到急诊，必定对自己的病情有着彻底的了解，沟通起来也没有什么遮遮掩掩的必要了。

她干咳了几声，又笑了笑，说道：“两个月前就发现脑转移了。”

“脑转移的风险你应该也知道了吧？不仅会头痛、呕吐，多数人还有发生抽搐、意识丧失的可能，就跟癫痫发作的情况一样。”我之所以补充了这些肺癌脑转移患者可能会出现的症状，是为了告诉她，半夜三更，她一个人来输液不行，最好有家属陪同，照顾起来方便一些。

这个建议被她拒绝了，而且她又做了一个让我更加震惊的动作，只见她突然摘掉了自己的帽子，指着自己掉光了头发的脑袋对我说：“你说活着有什么意思？”

一时间我无言以对，想说些什么，却发现说什么都不合适。彼时彼刻，最合适的或许便是做一个沉默的听众吧。

直接跳过这个问题，我一边在电脑上为她开了临时医嘱，一边忍不住询问道：“发现这个病多久了？”

患者又戴上帽子，用稍有些含混不清的语调告诉我：“14 个月了，就是在你们这里确诊的。原本来看咳嗽的，结果整出了肺癌。”

说完这句话，她笑了，我也笑了。她笑得很真诚，我笑得很虚伪。

14 个月前，她只是来看咳嗽，或许以为只是支气管炎、肺炎这些不少人都会得的常见病，却没有想到被发现肺占位。14 个月来，她从一个生活事业刚起步的年轻人渐渐变成了即将离开这花花世界的终末期患者。

我知道她看透了人生，否则又怎会如此坦然。

我知道那笑声，甚至那玩笑，都是真诚的言行。而我呢？

面对这样年轻的患者，我的内心依旧不能平静，甚至要在蓝色无菌口罩的背后装作无动于衷。

我没有继续问下去，毕竟此刻我已经完全掌握了患者的病史信息和需要解决的问题，担心自己过多的话会有些不合时宜。

我本想问她，何至于此？

但我却始终没有问出这一句，因为我总是觉得这句话太过残忍。我又看了她一眼，虽然看不出她口罩后的面部表情，但我深知她已经心静如水，默默接受着现实。

在离开急诊室前，她又自嘲起来：“自己害了自己，前阵子没有听医生的话吃靶向药，信了别人的秘方，现在后悔也来不及了。”

这临行前看似无意的话，在那个盛夏的深夜无疑犹如一枚深水炸弹在我的内心引发了激荡。

类似这样的患者并非少数，总是幻想有某种药可以起死回生、药到病除，总是在慌乱之下病急乱投医。

在急诊，我见过太多这样的悲剧。

只是眼前这位肺癌晚期的女性患者太年轻了，年轻到本不应该承受这样的痛。

不用去追问，她为何会身患肺癌。不要去深究，她被何种秘方耽误。

毕竟一切都已发生，这个世界上也不存在如果。

她现在最应该做的便是，有尊严、有质量地活着，去告诫那些有可能犯下或者正在犯下同样错误的人。

说完话，她便拿着病历本离开了急诊室，只将背影留给了我，还有那顶绣着《猫和老鼠》动画形象的卡通帽子。

我坐在急诊室里，突然发现自己能够做的也只有喊一句："挂水的时候要是有什么不舒服，及时喊我。"

她微笑着回答："好，谢谢。"

20 多天后，我在急诊室里再次遇见了她，她告诉我另一个消息，她说："我马上要去外地了，那边医院说现在有一种新药，效果还不错，我想去试试。"

虽然我对抗肿瘤药物并不了解，但我依旧替她感到高兴，因为那毕竟是一种希望。

我和这位患者相处的时间并不长，就像日常工作中接触的一个又一个看似普通的患者一样。

然而，就是这短暂的相处让我难以忘怀。

我将这段在他人看来毫不起眼的生活片段记录下来，只为告诫那些正在犯错的人，只为自己在未来还能够通过这些文字来缅怀曾经与我萍水相逢的患者。

人生或许会有很多不幸，甚至有许多事是我们所不能控制的。

但如果真的要面临这种不幸，你又是否能够做到坦然面对？

那夜我抢救了三位“80后”

第一位患者

初夏，深夜11点。

立夏之后，气温逐渐升高。即使已经将近零点，急诊室里依旧有许多患者和家属，甚至连空气中都弥漫着一股焦躁的气氛。

急诊室突然来了一家人，患者是位81岁的老太太，陪同前来的是两个儿子、一个女儿和两个孙子。

事实上，患者还没有出现在急诊室时，我便已经听见她拼命呼吸的声音。为什么会未见其人先闻其声？

因为患者的两肺在怒吼，哮鸣音、痰鸣音相互交织，让人听后不由得毛骨悚然。两个儿子一左一右将患者架进了急诊，剩余的家属不慌不忙跟在身后。

很明显，家属没有意识到老人病情危重。

否则，他们又怎么会没有拨打120急救电话呢？要是他们能够意识到老人病情危重的话，也不至于慢慢吞吞地跟在身后了。

我第一时间将老人送往急诊抢救室，口唇发绀的患者虽然神志清楚，却已经满头大汗，汗水甚至已经浸透了衣衫。

因为严重缺氧，患者在抢救病床上烦躁不安，甚至一度试图站立起来。

“这种情况持续多久了？”

“这几天一直都是这样！”患者的一个儿子回答了我的问题。

我扭过头去看了一眼这位皮肤黝黑、胡子拉碴的家属，接着问道：“这么严重有多久了？”

患者不可能如儿子所说的那样，因为如此严重的呼吸衰竭会在短时间内致人死亡，在患者身上一定有慢性疾病急性加重的过程。

果不其然，患者的另外一个儿子立刻给出了答案。

这个儿子听见模棱两可的回答后，开始怼起了自己的兄弟：“是你说的那样吗？已经喘了好几天了，今天夜里特别严重！”

其中一个女性家属圆场道：“一直都这样，平日里不也是这样嘛。”

我没有兴趣听家属之间的矛盾，因为患者严重的病情根本不准许我稍作一分钟的停留。

虽然患者的病情很严重，但病史却很清晰。

81 岁的老人患有高血压病和慢性支气管炎将近 40 年，几乎在每年季节变换时都会出现咳嗽咳痰、胸闷气喘的症状。

这样的老人大多合并有呼吸衰竭和心力衰竭，甚至还会出现肾功能衰竭等其他脏器的病变。

几个家属陆陆续续又提供了其他病史：从一周前开始，老人出现了颜面部和双下肢的浮肿，从 4 天前开始出现了夜间阵发性呼吸困难，3 小时前开始烦躁不安。

很明显，老人是因为呼吸道感染诱发了急性左心衰。急性左心衰是一种可以致命的急症，它主要是由心脏瓣膜疾病、心肌损害、心律失常、左室前后负荷过重导致急性心肌收缩力下降、左室舒张末期压力增高、排血量下降，从而引起以肺循环淤血为主的缺血缺氧、呼吸困难等临床综合征。其主要的临床表现包括呼吸困难、咳嗽咳痰、心源性休克以及急性肺水肿等。

面对如此严重的病情，急诊抢救室能解决的也只是暂时稳定生命体征，患者需要住院进一步治疗。

零点刚过，急诊室里传来患者一阵阵痛苦的呻吟声。

为患者用上无创呼吸机之后，我将患者的两个儿子拉到一边，告诉了他们老人的病情和下一步的处理方案。

白发爬上了患者大儿子的鬓角，在黑色T恤的映衬下，他的脸颊显得更加黝黑，穿着蓝色上衣的小儿子显得稍稍年轻一些。

听完我的话后，老大说："非要住院不可吗？"

"如果你要治疗的话，非要住院不可！"从老大说话的语气之中可以得到一个信息：家属必定是出于经济或其他原因而不愿意住院，却不愿意主动说出口。

"外地的医保卡能报销吗？"

原来这一家子都是从外省来到本地务工的农民，因为两个儿子都在本地工作，所以才将老人从老家接了过来。

事实上，患者所谓的医保卡是指外省的农村居民基本合作医疗卡。

"可以报销一部分。"外地医保同样是可以报销的。

"你说那些做什么，不报销就不看病了吗？"一直没有说话的小儿子又开始怼起了自己的大哥。

最终两兄弟表示要商量一下，毕竟患者病情危重，花费也必定不少。因为用了利尿剂，所以老人想要小便。

但病情危重的老人根本不能自主如厕，更何况老人身上还有各种抢救管路。

护士拿出了尿盆，让老人在病床上小解。

虽然这是大多数老年患者最常用的解决方式，但对这位老人来说却异常困难。

"如果实在不行的话就插导尿管吧？"老人翻来覆去无法解出小便，导尿势在必行。护士赵大胆也提出了异议："这样的患者不仅要监测尿量，而且要尽量少活动，插尿管势在必行。”

事实上，对这种严重呼吸衰竭、心力衰竭，同时有合并肾功能衰竭和肺部感染的患者来说，监测尿量是非常重要的一项工作。

然而，老人却坚决拒绝导尿。

女儿一边拉着患者的手一边流着眼泪：“导尿吧，不然解不出来怎么办？”我也在一边哄着患者：“把小便放出来就舒服了，导尿后我送您去住院！”

可是老人的回答却让我沉默了，她气喘吁吁地说：“我都是快要死的人了，活着就是浪费粮食，还要住院？”

“住不住先不说，先导尿吧？”

患者没有再回答我，但明确拒绝了导尿的建议。

起初我还在埋怨患者为何如此固执，导尿并不是一项非常复杂或者痛苦的操作。

只要简单地导尿，就能解除难以小便带来的痛苦，为什么不愿意？

后来我才略有所悟，患者之所以坚持拒绝，是因为事关尊严。

虽然是一位老年患者，虽然病情危重，但患者是一个还有着清晰意识的人，即使是在抢救之中，我们也应该注意维护患者的尊严，哪怕是仅有的一丝尊严。

看着老人额头上的汗水，听着老人肺部发出的喘鸣声，我似乎突然理解了老人。

要知道老人也是人，也是有尊严的人，也是有自我意识的主体。

习惯了平日里自主小便的老人，怎么可能会在短时间内习惯躺在病床上小便呢？

平日里可以自由活动的老人怎么可能会在一时半会儿接受在嘈杂的抢救室里被导尿呢？

虽然患者的病情危重，但这并不代表我们可以忽略患者的尊严和需求。

又或者，在患者的心目中，一旦导尿便意味着病情危重，便意味着不能回家了吧？

无奈之下，赵大胆收拾好各种管路之后，为患者搬来了便携移动式的尿盆。

我协助两个儿子一左一右再次艰难地将患者从病床上抬了下来，又小心翼翼地将患者安放在移动式尿盆之上。

虽然只是从床上到床下这样简短的搬动，但对患者来说却是一生之中最远的距离。

她气喘吁吁地坐在尿盆上，右手扶着把手，左手拉着儿子，又不得不将头倚靠在女儿的怀中。

我赶忙为老人拉起了帘子，或许相对隐秘的空间更加有利于小便吧。小便后，我再次艰难地将老人抬上抢救病床继续治疗。

老大提出了放弃治疗的要求：“挂完水，我们就回去了！”

这对兄弟的话并不多，甚至从来没有追着我询问患者的病情，反而是我三番五次主动与其沟通。

“你知道如果不治的话会有什么后果吗？可能会要命的！”我生怕家属没有意识到患者病情的危重，不由自主地加重了语气。

“她一直都这样，我们带她回去输输液看吧。”老大的意思是回到当地诊所继续治疗。

以我的经验来看，老人如此严重的病情，几乎不可能会有诊所医生愿意为其输液治疗，因为这意味着巨大的风险。

最重要的是，以乡村诊所医生的现实条件，面对这样的患者大抵也爱莫能助了。

“老人的病一直都有，但现在特别严重。要是不解决肺功能衰竭、心力衰竭、肾功能衰竭的问题的话，有可能在短时间内加重甚至死亡！”

老大沉默了，想说什么却没有张开口。

倒是一直在怼大哥的小儿子开口了：“医生，没关系，我们带回去看看，不行再送过来。”

“这种来回折腾的风险你们想好没有？是要自己承担的！”我必须确认家属知道各种风险和可能。

小儿子说道：“我们都知道，这么大把年纪，病了这么多年，肯定是会这样的。”

话已至此，无须多说。

家属已经下定决心带患者离开，作为医生，我除了交代好注意事项又能如何呢？

家属签完字后，两兄弟坐在走廊的板凳上，两个十六七岁模样的孙子还在专心致志地玩着手机。

他们等待输液完毕就带患者回家，却没有告诉我是回远方的老家还是城市里短暂的家。

经过利尿、降压、扩冠、平喘等对症治疗后，老人胸闷气喘的症状明显好转，但老人蜷缩在病床上，依旧不停地哼着我听不懂的话。

“你们打算回老家吗？”我试探着问抢救室内一直照看患者的女儿。女儿说：“等天亮后再商量着看吧。”

生活中有一部分老人，随打工的子女在城市中生活，虽然有医保却再难回到家乡去。

他们身患小病时，很少得到正规治疗，一是因为缺乏健康意识，二是舍不得花钱。

他们身患重病时，同样也很少能够得到有效治疗，不仅是因为经济条件，更是因为子女都在城里打工，不可能回到家乡长时间照顾老人。

这也是老人在81岁高龄还要生活在这个同自己没有多少关系的城市之中的原因，更是许多人不得不面对的现实问题。

“我这么大把年纪了，不看了，看不好了……”一直在呻吟着的老人突然再次开口。

女儿忍不住说道：“住院不好吗？住院好好看看。”

老人却只是摇着头、摆着手，以示拒绝。

“俺娘脑子不糊涂，清楚得很！”女儿拉着老人的手，忍不住的泪水顺着脸颊流了下来。

我知道，患者一直都不糊涂。

我明白，患者一直都很清楚。

否则又怎么会坚持拒绝导尿呢？否则又怎么会反复开口要放弃自己呢？

听着老人自我放弃的话，我一时间不知该如何回答。

我想说些什么，话到了嘴边却又被咽了回去。除了尴尬的沉默、除了内心的不甘，我能做的，也只有扮作一个冷血无情的路人了。

除了感到惋惜感叹，我甚至有些羡慕嫉妒这位患者，因为她毕竟还能够为了尊严自主地拒绝导尿，因为她毕竟还能在痛苦中抱怨。

更多的人却连保住尊严的机会也没有，甚至连回家的机会也没有。

夏季的黎明总是来得早一些，凌晨 4 点 40，夜幕已开始慢慢退去，黎明的光再一次照进了急诊抢救室。

输液完毕后，两个儿子在我的劝说下终于做了一个决定：在急诊室治疗几天看看再说。

这种权宜之计也是不得不做的选择，毕竟能够更加安全地保障老人的生命健康。

3 天后，老人的病情明显好转，老人不仅能够下床活动了，而且没有了胸闷气喘的症状。

那天下午，我因为上夜班而在家休息。

两个儿子带着好转的患者离开了医院，他们没有机会同我道别，我也没有再次遇见他们。

但是，护士赵大胆向我转达了他们的话：“谢谢那个有点胖的医生！”这句话让我感到无比自豪。

第二位患者

就在我想方设法将这位患者留在急诊室先行治疗后，120 救护车又为我送来了另一位“80 后”患者。

凌晨 4 点，整个城市都在熟睡。

有人却难以入眠，有人为了生活而奋斗，有人为了生存而挣扎。

朋友圈里的心灵鸡汤有时会出现这样直击心灵的问题：你见过这个城市凌晨 4 点的样子吗？

每每看见这样的问题，我总要问自己：“我算见过吗？”

我算见过吧？

因为我每隔几天便要熬上一个彻夜不眠的通宵，要在喧嚣的急诊抢救室里同那些不期而遇的患者会面。

我算没有见过吧？

虽然我会风雨无阻地行走在凌晨的急诊，却从不曾踏出医院大门一步，甚至没有仰头看过这夜空一眼。

见过或没有见过，又有什么分别呢？

我们总要在这人世间走上一遭，我们不免要经历那些人生的悲欢离合，当然还有病痛、苦恼。

“医生，能帮我们想想办法吗？”

说话的是一位满头白发的老年女性，她佝偻着身躯，站在我的身后哀求着。虽然她才 70 岁，但沧桑的面容让她显得更加苍老一些。

事实上，这是我上夜班以来她第三次这样哀求我了。

而我除了说一些“敷衍”之词，根本无能为力。

患者是一名 84 岁的老年男性，因为发热、意识模糊两天被子女送进医院。

5 年前，患者因为突发脑出血而不能言语、肢体偏瘫。最重要的是，5 年来，患者又因为气管切开而反反复复出现肺部感染。

这一次，患者同样是因为严重的肺部感染、感染性休克、呼吸衰竭而被送进了急诊抢救室，子女将患者送进医院的同时，甚至将寿衣也带了过来，以备不时之需。

患者的病情极其危重，随时有病情恶化甚至死亡的可能。

子女对此已经有了足够的心理准备，也已经做了明确的要求：如果患者病情恶化，拒绝心肺复苏、气管插管等积极抢救措施。

虽然患者本人已经没有了任何意识，子女也有着非常明确的态度，但患者的妻子，这位同样年逾古稀的老人却似乎依旧抱着极大的希望。

“我们会想办法的，但这样的患者总是会越治越差的！”她第一次问我时，我不忍直接告诉她，她的子女已经签字放弃了患者。

在我想来，既然家属带着寿衣来到医院，一定是有了充分的心理准备。

“他现在已经昏迷了，肺里有太多痰，很多这样的患者最后都是因为痰太多而走掉的。”她第二次问我时，我才意识到这位深夜留在抢救室照顾患者的老人可能并不明白，于是只能婉转地告诉她患者很快就要不行了。

“你帮帮我们吧？这样太可怜了！”站在我身后的老人等我暂时忙完之后又开口央求道。

“会的，我们不是一直在帮你吗？你看，我们已经用了最好的药物，也吸了很多痰。”

“我们受了很多罪，你一定要帮帮我们。”

“会的，会的，你放心吧！我和你的子女早就说过了。”

我不知道这样的回答老人能否听明白，我也不知道老人是否能够听出我的言外之意。

如果不是职责所在，我非常想逃离这个生与死交汇的地方。

如果不是性命相托，我特别想逃避老人的视线和不停的哀求。

因为这些时时发生的病痛死亡，让人看不见希望；这些常常印证人性凉薄的故事，让人感到绝望。

因为我已无能为力，因为我不忍直视老人满是泪花的眼睛，因为我不忍听见老人渴望生命的声音。

“人要是老了，最可怕的就是卧床不起，一旦不能动了，就会出现各种并发症，像这种肺炎往往是致命的！”我找来一张板凳让老人坐在我的身后，趁着空闲同她说了起来。

长期卧床的并发症主要包括以下几种。

（1）压疮。身体重量长期压迫某处组织，导致局部组织受压，血流不畅，容易继发感染、坏死、溃烂。这种情况在腰骶部、髋部、臀部、足跟部最为多见。因此，卧床的患者需要定期翻身，局部加气垫，以减少压迫。

（2）坠积性肺炎。与长期卧床、痰液积聚、咳痰困难、胃食管反流等原因有关，可能导致肺部感染和呼吸衰竭等问题。

（3）深静脉血栓和肺栓塞。长期卧床导致血液循环不畅，容易形成血栓，特别是下肢深静脉血栓，进一步可能引发肺栓塞。

（4）尿道感染和泌尿系统结石。与长期尿潴留、钙盐晶体沉积有关，可能导致排尿困难、尿痛等症状。

（5）腹胀和便秘。由于活动减少及排便不习惯，胃肠道蠕动过慢，容易出现便秘和胃肠功能紊乱等问题。

（6）肌肉萎缩和骨质疏松。长期卧床导致肌肉长时间处于放松状态，容易发生失用性萎缩，特别是四肢的肌肉。同时，骨骼长时间处于静止状态，缺乏运动，容易导致骨质流失，增加骨折的风险。

所以，我常常会对患者和家属说："能坐着不要躺着，能站着不要坐着。"

我不知道子女有没有将最终的决定告诉老人，但此刻的我不仅想宽慰她，更想通过最通俗的话让她明白患者此刻的病情。

"你知道吗？我在地上睡了5年，每隔两个小时就为他翻身拍背……"话还没有说完，老人便泣不成声。

照顾一个不能言语、气管切开、瘫痪在床的患者是一件非常辛苦的事情，更何况几年来每隔两个小时就为他翻身拍背。

大多数子女做不到这一点，有些伴侣也做不到。

但这位满头白发、身躯佝偻的老人却做到了，最直接的证据便是患者身上没有任何压疮。

"我们会尽力的，也会想办法的，这些都和您的子女交代过了。"我从口袋里掏出纸巾，递给了泪流满面的老人后便起身离开座位，投入新的抢救工作之中了。

我不知道自己的话到底算不算敷衍，但我却不忍浇灭这位数次哀求于我的老人心中的希望。

或许，我应该更加直白地告诉她患者的实情。或许，身为医者，我不应该如此矫揉造作。

死亡是每一个人都不可避免地要面临的，病痛同样是每一个人都要经历的历练或折磨。

只有学会了直面人生，才能抛弃那些必要或不必要的烦恼。

只有懂得正确面对死亡，才能够在人生的最后时刻更加从容。

也许患者的子女不忍将残酷的现实告诉妈妈，也许这位老人只是装作糊涂，不愿接受现实吧。

忙完抢救室里的新患者之后，天已蒙蒙亮。"宝宝，要乖一些，乖一些就不难受了……”

一个声音引起了我的注意，因为我记得此刻抢救室里根本就没有儿童或年轻人，又怎么会有“宝宝”呢？

循声而去，原来口中说着“宝宝”的正是这位数次哀求于我的老人。

患者痰堵，护士正在为患者吸痰，而吸痰引起的刺激反应让患者有些躁动。

虽然患者只是微微有些躁动，但老人始终一手拉着患者的手，一手抚摸着患者的头部，不停地安慰着。

我和护士都不知道昏迷之中的患者是否还能够听见老人的声音，就像我们也不知道这个城市凌晨 4 点的景色一样。

“宝宝，宝宝，我们该怎么办啊……”

赵大胆一边吸着痰，老人一边自言自语地哀叹着。

而我除了扮演一个冷血无情的陌生人，不仅要无能为力了，甚至连一句安慰的话也说不出来了。

那一刻，我除了在心中抱怨患者的子女让老人来陪护、不同老人沟通清楚，也只能躲在抢救室的角落里，躲在厚厚的蓝色无菌口罩之后眼睁睁地看着这个世界上最普通却又最无情的一幕了。

“宝宝，我们该怎么办啊？”

看着眼前这位最老的“宝宝”，听着老人口中近似自言自语的哀求，我一时之间感到满身疲惫，又感到异常愧疚。

阳光又透过急诊抢救室巨大的落地窗照射进来，时钟却依旧不慌不忙地在一个又一个格子之中爬行。

打开急诊抢救室的电动大门，有人迎来了新生，有人接到了死神。我站在患者的床边，为早交班做着最后的准备。

除了那些不断变化的生命体征，映入眼帘的还有昏迷中的患者和趴在病床边已经熟睡的老人，还有两位老人紧紧相扣的手。

那个时候，我只希望昏迷之中的患者感受不到来自身体的痛苦，希望趴在床边熟睡的老人能有一个没有忧虑、哀怨的好梦。但黑夜终究要迎来黎明，睡梦也必将结束。

老人哀求道："大夫，你能不能再想想办法，救救他？"

看着眼前这位老人，我只能安慰道："放心吧，我们一直在救治呢，你早点回家休息吧！"

对这样严重肺部感染的患者来说，现在既可谓命悬一线，又可谓惊心动魄。虽然患者的子女已经做好最坏的打算，但作为医生，我们不能轻言放弃。

赵大胆在为患者反复吸痰后，忍不住问我："你觉得希望大不大？"

"就算是希望再小，也不能轻易放弃，更何况人家还是一个'宝宝'。"我被这对老夫妻之间的感情所折服，更为患者顽强的生命力而叹服。

在急诊抢救室经历了两天两夜的积极抢救后，患者的病情最终稳定下来，并且在经历了ICU、呼吸内科病房一个多月的治疗后，顺利康复出院了。直到如今，我还是能够清晰地记得那一句"宝宝"。

第三位患者

清晨6点钟的时候，我还在忙碌着，第三位"80后"患者被送进了急诊抢救室。

"到底该怎么办？"站在病床边的护士手里拿着吸痰器犹豫不决地问我。

病床上的老人除了还能够睁着眼睛，再也不能做任何动作了，甚至连一个字节也发不出了。

她睁着眼睛看着站在床边的护士或是护士手中的吸痰管，喉咙间来回涌动着痰液的声音在凌晨3点响彻了急诊抢救室的所有空间。

我想逃避老人不能移动的视线，却发现自己无处可逃；我想听不见老人不能控制的痰鸣声，却发现它响彻全世界。

听完赵大胆的询问后，我从另一位患者的床前来到她身边，迟疑几秒后，还是狠下心来：“不要吸了。”

赵大胆争辩道：“这么多的痰不吸怎么办？她没有自主咳嗽的能力，怎么能不吸？”

“不要吸了！”我没有直接回答同事的问题，只是无情地重复了自己的医嘱。

我知道任由那些涌动在老人气管和喉咙中的痰液肆虐会有什么样的后果，但我却无能为力，因为老人的家属多次明确拒绝吸痰。

赵大胆喋喋不休地收起了吸痰设备，老人却依旧睁着眼睛盯着那个方向。

心电监护仪上的数字在不断跳动，就连那原本曲曲折折的 QRS 波也渐渐变得稀疏起来。

站在老人的床头，我多么想告诉她停止吸痰其实并不是我的本意。立在生死之间，我多么想拍打自己的灵魂去撕掉那救死扶伤的旗帜。

然而，我能做的却只是看着清晨 6 点钟的时钟，听着耳边整夜响着悲凉如铜号般的呜咽。

躺在病床上的老人已经 80 岁了，瘫痪在床也已经超过半年了，是两个儿子和一个女儿一起将老人送进了急诊室。

面对嗜睡状态的老人，子女显然有着不同的意见，甚至起了争执。

我还没有开口询问病情，老人的女儿便哽咽着哀求道：“医生，你帮我妈妈看看吧，你救救她吧！”

此刻，躺在我面前的老年女性患者依然意识模糊，并不能进行交流。

测量生命体征后发现，经皮动脉血氧饱和度仅能维持在 80% 左右，监护设备顿时响起了报警声。

“患者严重缺氧，痰太多了，如果吸痰改善不了的话，要气管插管，上呼吸机！”甚至不用听诊器也能够听见老人两肺间正在发生着的痰鸣音和湿啰音。

没有人回应我的要求，只是听见其中一个儿子在训斥着女儿：“胡说八道什么，医生不正在看嘛！”

“谁能做主？”我必须同有决定权的家属进行沟通。

女儿拉着老人的手低泣起来，戴着眼镜、穿着皮夹克的大儿子站在床头一言不发，二儿子则远远地站在抢救室门边东张西望。

“这是我大哥，有什么问题同我大哥说吧。”趴在床边的女儿望着大哥说道。

双鬓有些斑白的大哥似乎并没有意识到患者病情的危重，只是淡淡地说道：“她就是有内火，发热了，挂点消炎水就可以了！”

留下协助护士吸痰、穿刺的女儿，我将兄弟两人带到另一边，告诉他们患者的真实情况。

事实上，急诊室里常常出现类似病情的老人。

“发热也好，内火也罢，都只是你们看见的表面现象。现在最致命的问题就是肺部感染、呼吸衰竭，大量的痰液堵塞在呼吸道内。如果不及时解决呼吸衰竭的问题很可能会在短时间内丧命，而且这种感染不仅有扩展的可能，短时间内还难以控制！”家属只能理解发热这种症状，甚至只会用“内火”这样的名词来形容，他们根本不知道感染可以导致休克、脓毒血症、器官功能衰竭，也不会知道这些咳不出来的痰液正在一点点吞噬老人的生命。

对于我的话，大哥并不认同，他告诉我：“没有这么严重，她这个样子已经半个多月了，除了吃饭少一点，其他都正常。”

“我不管老人以前是什么样，我只对现在的病情负责，而老人现在的状况很差。更何况，任何疾病都有发展的过程，如果不是前面已经拖了半个月，说不定现在还没有这么重！”从简单的沟通中我已经能够感受到这位有着绝对发言权的大哥性格的固执和对老人病情认识的执拗。

简单吸痰后，高热中的老人生命体征暂时得以平复，但死神依旧窥探着她的躯体。

从女儿口中我得知了老人的信息，原来这位80岁的老太太既往有高血压、脑梗死、脑萎缩病史，平日里便有些认知功能障碍，但好在还能够自由行走。

半年前，老人在一次散步时意外摔倒，从此之后便卧床不起。

这半年来都是由已经退休的大哥亲自照料，半个月前患者开始出现咳嗽、咳痰，口服抗生素后有好转，但5天前老人又出现了发热，在意识模糊之后才被送进医院。

“咳嗽半个月，发热5天，为什么不早一点送进医院？”如果老人能够早一点被送进医院或许不至于危重至此。

她没有回答我为什么要在家中拖延如此之久，只是红着眼睛沉默地拉着妈妈的手。

“对这些卧床的老人来说，有时候最致命的并不是心脑血管疾病，而是感染，尤其是肺部感染。大多数这样的老年人往往都死于反复的肺部感染或因为难以控制的感染而引发的并发症！”

除了女儿会主动向我询问一些问题，两个儿子并不主动与我交谈，除了缴费，只是站在一边。

老人病情稍稍稳定后，我开了单子准备为老人进行下一步检查：胸部CT。

对这位有着大量黄脓黏痰的老人来说，胸部CT检查必不可少，因为我需要知道肺部病变的具体情况。

虽然在检查之前我已经和三个子女做了沟通，但大哥却持反对意见：“要是将老人搬来搬去出现问题该怎么办？”

他的担心没有错，这也正是我所担心的。毕竟老人病情危重，有发生心跳、呼吸骤停的可能。

虽然不能完全排除突发情况发生的可能，但是此刻患者的病情已经得到控制。如果不抓紧时机检查的话，我怕再也没有机会了。

“风险是有，但拖延下去的话风险更大！”

“我们来到医院就是为了安全，必须百分百安全！”大哥提出了让人难以答应的要求。

他的这个要求不仅让我难以答应，甚至让我觉得有些哭笑不得。

“没有百分百安全，像老太太这种情况，随时会因为一口痰堵住而送命，医院里也只能提供比家里要安全一点的抢救措施，谁能保证百分百安全？”

大哥却说：“要是不安全的话，送医院来做什么？医院不是救死扶伤的吗？收了钱难道不应该有效果吗？”

谈话不欢而散，最终只能安排床边 X 片大概看了看老人的肺部感染情况。

在等待检查结果的间隙，老人的女儿悄悄找到我：“医生，你不要生气。我大哥以前不是这种脾气，这半年来照顾我妈妈太辛苦了。”虽然在急诊抢救室里几度被大哥训斥，她却依旧想着替大哥解释。

“我没有生气，这种心情可以理解。但是老太太的病情很危重，有些检查是替代不了的，有些抢救治疗手段也是必需的。当然，这些都是在积极抢救的前提下。”

事实上，在这之前我已经就老人的病情同兄妹三人做过多次沟通。

沉默了几秒后，她忍不住埋怨道：“我一开始就要求带老太太来看病，我大哥不让。今天要不是我坚持，还在家里拖着呢！”

“为什么不愿意来医院呢？”

“他总认为吃点药就可以了，来医院也是看不好的，而且来医院后一定要抽血化验、做CT等。”

“是因为钱吗？老人不是有医保吗？”事实上，这位老人不仅有医保还有二次报销，自己根本花不了多少钱。

她有些尴尬地回答道：“不是因为钱，大哥就是认为我妈没有救了，来医院都是折腾。”

黎明前，抢救室里灯火通明。

这正是一天之中最黑暗的时刻，户外漫天的黑色和冰冷的寒风正透过急诊抢救室那巨大的落地窗浸透进来。

有人敲开了急诊抢救室的电动控制大门，放进来一股凉意，直射我的胸膛。

黄脓痰再一次占领了老人的喉咙，赵大胆用一根根吸痰管为老人打开生命通道，却被来人阻止了：“不要吸了，不要吸了，本来肺部没有大问题的，却被你们吸出肺炎了！”

这位照顾了老太太半年之久的大哥代表三兄妹做出了最后决定：“不要气管插管，不要心肺复苏，不要深静脉置管，导尿管也不要上，吸痰也不用，所有可能带来痛苦的措施都不用！”

“那老人要是不行了我怎么办，眼睁睁看着吗？”家属主动提出的要求让我有些意外，因为老人虽然病情危重却不至于此。

“用点药就可以了，就算这次治好了，下次也还是会这样！”子女的想法不无道理，但听起来却总让人有那么一丝难过。

事实上，此刻的患者在赵大胆吸痰后已经有所好转，甚至已经能够自主睁开眼睛。

“你们确定知道这样做的后果吗？”签字前我最后一次向两个儿子确认着。“老大，你签字吧！”极少说话的老二催着大哥签下了名字。

艰难地熬过了最后几个小时，清晨的一缕白光投射进了急诊抢救室。

赵大胆再也没有机会给老人吸痰了，甚至连药水也没有输完，家属便催促着将老人带走了。

大哥张罗着车，二哥早已不见人影，女儿还趴在病床边，似乎从没有换过姿势，只有老人自己在心电监护仪的报警声和自己的痰鸣声中难以入眠。

临行前，我又来到床头确认老人的意识状态。老人依旧在浮肿的眼睑下睁着眼睛，或许白内障改变的眼睛让她难以看清眼前的事物，但作为一个陌生人，我却分明在她的眼角看见了堆积着的泪水。

那一刻，我想问问这位连一个音节也发不出的老人，会替自己做出什么样的选择。

那一秒，我甚至想问问我们自己如果身陷绝境又会做出什么样的选择？然而，五官健全的我却没有发出哪怕一个音节的声音来。

外面很冷，我知道那些堆积在眼角的泪水一出门就会失去温度。

屋内喧闹，我却不知道那些曾在自己心间翻滚的热泪在某一天是否会干枯。

他人的生死悲欢似乎同我无关，却又和我息息相关。我永远也忘不了那几句话："我都是快要死的人了，活着就是浪费粮食，还要住院？"我永远忘记不了那句深情无奈的话："宝宝，我们该怎么办啊？"我永远记得那堆积在她眼角的泪水。

赵大胆曾说过一句话："在选择生命的宽度和长度时，我们需要找到一个相对平衡的点。过度追求生命的长度可能会让我们忽视生活的质量，而过度追求生命的宽度又可能让我们错失那些转瞬即逝的机会。"

她说得不错，可要做出正确的选择，却又是一件万难的事情。

乔装的儿子

2014 年端午节刚过没几天，路边的早餐店里还在兜售各色粽子。上午刚接班的时候，查房还没有结束，120 救护车便在 110 警车的陪同下，给正在值班的我送过来一位患者。

被抬进急诊抢救室的是一位老年男性患者，看上去非常消瘦，颧骨高高隆起，胡子拉碴，还包着泛黄的尿不湿。

不用多说，也不用多问，一眼便能看出这位患者窘迫的生活环境。因为在距离患者几步之外便能够闻到一股浓烈的刺激性气味，这种气味中混合着大小便的味道、汗液的味道、呕吐物的味道……

“家属呢？”我环顾四周，陪同而来的除了民警、120 急救医生、护士、担架工，并没有其他人。

虽然消瘦异常，但神志清楚的患者精神状态倒还不错。他瞪大了眼睛看着周围，没有回答我的问题。倒是民警回答了我的问题：“暂时联系不上家属，你们先看病吧。”

说实话，这句话让我顿时掉入了冰冷的现实。连民警也联系不上家属，会是什么情况？

再结合患者明显严重的病情和邋遢的现实，这会不会意味着在疾病背后还有着复杂的家庭问题、社会问题？

“要是问题严重的话，我们会以抢救生命为优先。但是，如果问题不严重，没有危及生命，肯定是需要家属到场的。不仅是因为要付费，更是因为要有人签字，有人做主，要有家属知道病情才可以。”

听见我的唠叨后，民警没有回答我，120 急救医生朝我笑了笑，患者自己倒有些不耐烦了，只听见他有些气喘吁吁地说道：“你们呀，唉，不要烦，我自己有钱，我自己做主。”

躺在我们面前的是一位 66 岁瘦得皮包骨头的男性，因为腹痛 3 小时寻求邻居帮助，邻居报警后被送进医院。

“你之前有什么病吗？比如胃病、肝病？”我怀疑患者早就患有某种疾病，如消化道肿瘤等。因为如此消瘦的状态，不可能是短时间内出现的。

没想到患者却给出了让我表示怀疑的答复：“我没有病，就是不想吃饭。”

既然这位异常消瘦的患者否认了既往病史，现在又有着持续腹痛的症状，那么便要去完善一些检查了。

“你带钱了吗？马上去做检查看看情况吧？”我说出这句话时根本没有任何底气，因为我眼前这位患者身上除了一件上衣和一部手机，身上便没有其他东西了，几乎不可能有钱。

听见我的话后，患者将手伸进了口袋，摸索了许久之后掏出了一张皱皱巴巴的人民币。

看着患者手中的 20 元人民币，我竟有些哭笑不得，原来这便是患者所谓的自己带了钱来看病。

现在，我能怎么办呢？

120 救护车因为着急赶下一趟任务连救护费也没收就离开了，民警随后也走了，毕竟还要去继续联系家属。

“收起来吧，20 块钱根本不够！我来想办法吧。”这 20 块钱对患者的病情来说无异于杯水车薪。

将患者的情况向上汇报后，得到了开通先救治后付费绿色通道的答复。很快，患者便完成了腹部 CT 等基本的检查。

这位66岁的患者不仅神志清楚，而且还能够熟练地使用智能手机。

在等待检查结果的空隙，我努力尝试同他沟通，希望能够问出一些有用的信息。很可惜的是，大多数时间患者都只是睁着眼睛看着我，并不能进行有效的沟通。

开始我还认为是疾病消耗了患者大部分的精力和力量，后来我才明白他只是不愿意说出来罢了。

“你有几个孩子？”

他看了看我，缓缓伸出了一个手指头。“你爱人呢？她怎么没来？”

他又看了看我，突然露出一丝可怕的笑容，欲言又止，最终沉默下去。不到两个小时，所有的检查结果便已经放在了我的眼前。

意料之中的是，这是一位肿瘤晚期患者。

事实上，刚看见患者的时候，我便已经在心中暗暗推测出这是位肿瘤晚期恶病质状态的患者了。

但是，出乎我意料的是，通过患者的腹部CT来看，近期内患者分明在某处已经做过CT检查，甚至是增强CT。

明明已经做过检查，患者为什么要否认呢？会不会是故意隐瞒呢？看见患者的CT检查后，这个疑问立刻浮现在我的脑海之中。

我拿着腹部CT片子再次询问患者：“你是不是前不久在其他医院做过检查？”

他看着我，听着我的质疑，像是被戳破了谎言的孩子一样，突然又难为情地咧开嘴笑了笑。

“你是不是知道自己患有肿瘤？”从腹部CT来看，患者应当是患有胰腺癌，并且胃部、肝脏、淋巴结似乎都出现了转移灶。

胰腺癌是一种起源于胰腺导管上皮及腺泡细胞的恶性肿瘤，常常被我们称为“癌中之王”。其发病原因尚未完全明确，但研究表明，长期吸烟、不良的饮食习惯、体质指数过高和胰腺的慢性损害等因素可能会增加患胰腺癌的风险。胰腺癌的症状一般在疾病进入晚期时才显现，包括黄疸、消瘦以及腹部不适或疼痛。

此刻患者腹痛的原因已经找到了，但他的家属却始终没有联系上。

虽然没有联系上家属，患者又仅有 20 块钱，但基本的治疗还是需要上的，毕竟这是一条生命。

对这位患者来说，最大的难题并不是治疗。毕竟患者已经处于癌症晚期，并没有什么起死回生的特效治疗，需要做的只是对症支持治疗。患者真正需要的便是家庭照顾和关怀安慰。

“家属一时半会儿不来怎么办？”赵大胆开始担心起来。

我却没有想得那么复杂，如今独居的老人有很多，说不定子女真的在外地出差呢。

“反正已经开了绿色通道，先这么治着吧，也许家属正在赶来的路上呢。”

有谁会对自己癌症晚期的父亲置之不理呢？事实证明，我想得太简单了。

几个小时之后，民警说已经联系上了患者的儿子，他的儿子用不了多久就会赶来医院，民警将患者儿子的电话号码留了下来。

拨通电话之后，那头传来一阵低沉的男声：“你们打错了！”我明明已经自报家门，又再三核对了电话号码，怎么会打错呢？无奈之下，我再次报警。

再次确认号码无误后，在民警电话催促患者的儿子后，我又拨通了他的电话：“您现在能来医院吗？”

我满心以为家属一定会在第一时间赶到医院，没想到现实又给我泼了一盆冷水：“我在外地出差，10 天之后去医院看他。”

这句话犹如晴天霹雳，为什么要等 10 天之后才能来医院，10 天之后或许患者已经驾鹤西去了。

“这怎么可能？他现在病情很重，癌症晚期了，而且需要家属照顾。我们只能负责看病，不能时刻照顾他呀！再说了，谁来签字？谁来付钱？这些问题都要解决呀！”

电话那头，一阵沉默之后，给了答案：“我 10 天之后会去的，钱也不会少的，现在离不开。”

挂断电话之后，我忍不住想骂人。这是什么儿子？

将自己癌症晚期的父亲推给医院，推给社会，自己却不管不问。这是什么样的家庭？

除了在外出差的患者儿子，我竟然再也找不到任何人能够来医院照看患者。

我想从患者口中套出一些关于他儿子的具体信息，却始终无功而返，因为他总是闭口不言。

“怎么办？没有人能来照顾你了。”我站在他床头告诉他。

患者倒是看得很开，甚至有些面无表情地说道：“我不需要，挂完药水之后我就回家了，我不要躺在你这里，冷得很。”

我下意识地看了看天花板上中央空调的出口，发现当天并没有开空调。

没有人了解老张的过去，因为我能掌握的仅有民警提供的一丝信息。

除了姓名、年龄、再也打不通的家属手机号码，我唯有对着老张的腹部 CT 叹息了。

老张进入急诊室没多久，腹部疼痛便渐渐缓解了。

虽然他口中说着输液完毕后就要回家，但是癌症晚期的他根本没有力气走路，又怎么可能回家呢？

他尝试着下床离开，却始终迈不开双腿，甚至差一点摔倒在病床边。

还有一个关键的问题便是，回到空无一人的家中，没有家属的照顾，岂不是要活活饿死？

与其让老张回到家中，倒不如留他在医院里，这样安全一些。就这样，已经丧失自理能力的老张被滞留在了医院。

时间一分一秒地流逝了，老张的生命也在一点点被癌症吞噬。老张躺在那里，不言不语。

他尝试着翻身，却只能唉声叹气着放弃。

他想说些什么，却又看着天花板闭口不言了。

来到医院后的凌晨 3 点，老张终于想吃点什么了。

赵大胆将加热后的稀饭拿了过来，又找来调羹一口口地喂他。但老张吃了几口之后便闭紧了嘴巴，再也不愿意吃了。

“吃吧，吃点饭就有力气回家了。”护士想劝劝老张。

没想到老张一把推开赵大胆的手，仰着头，开始不满地抱怨道：“你们害死我了，这个不好吃，我不吃。”

赵大胆有些无奈地劝说着：“你现在只能吃这些，其他买不到，就这些还是我自己掏的钱呢。”

“吃吧，明天我给你买包子吃。”

虽然替被老张冤枉的护士感到委屈，但我也只能继续安慰老张了，谁让他是一个将死之人呢。

又吃了两口之后，老张再也不愿意进食了。

在喧嚣的急诊抢救室内，无时无刻不在上演着生与死的故事。像老张这样的人，抢救室里曾有过许多。

他们来过，他们存在过，他们活过，他们痛苦过，可谁会在意呢？

就连他们的亲人都不在意，甚至连他们自己也毫不在意，别人又能怎么样呢？

第二天，同事如约买来了包子。

老张却对包子没有了兴趣，又提出要吃粽子的要求。

消化道肿瘤晚期的老张自然是无福消受粽子的美味了。

在数次尝试坐起来失败后，他只能将一条腿沿着床沿伸出来，做着有节律的晃动。

5 天后，老张的家属依旧没有露面，虽然电话打了将近几十次。

我在等待他的家属，老张却已经没有多少等待的时间，因为癌症细胞即将彻底打垮他了。

“你给你儿子打个电话、发个信息吧？”

老张手里一直有一部智能手机，还有力气的时候他也曾举着手机发信息。

但是，每当我劝他亲自给家属打电话或发信息的时候，他都摇头拒绝或者装作听不懂。

实习同事恍然大悟后悄悄说：“这就是被遗弃了吧？”

我不知道该如何回复这个问题，虽然老张的遭遇已经算是事实上的遗弃，但他的儿子却又明确回复 10 天后来医院探望。

屡次上报，多次报警，却并不能解决实际问题，所有人都会说：“按原则来办，该治疗便治疗，该检查便检查！”

然而，又有谁能够明白，此刻的老张最需要的并不是灵丹妙药的治疗，而是临终关怀。所谓临终关怀，不过是一碗热汤、一条热毛巾、及时清理大小便、一句安慰罢了。

那天下午，老张陷入了浅昏迷。

有人来到了医院，一位穿着黄色上衣的中年男子，自称是老张的邻居。

“这么多天没有回家，我来看看是不是死在了外面。”邻居看了看老张，对我说。

“你怎么知道他在医院？”我对这位邻居的突然到访感到意外。但转念又想，这位邻居是不是受家属所托来打探情况的？

邻居回答道：“他走的那天我知道，现在快一周了还没有回去，我来看看是不是不行了。”

“你知道他家儿子的情况吗？老人病得这么严重，电话打了许多，一直不来，说是出差，10天后才能来。”

“他老婆呢？除了儿子就没有其他人吗？”

邻居俯下身，探过头去看了看昏迷之中的老张，发现老张没有任何反应，摇了摇头：“看来真是不行了！”

从邻居口中，我大概得知了老张的过往经历。

老张同原配妻子离婚后，与唯一的儿子多年不曾来往。离婚后的老张重新组建了家庭，却一直不曾生育。

几年前，老张的现任妻子卷走了拆迁款，留下老张独居。

天有不测风云，人有旦夕祸福。几个月前，老张被查出了癌症，渐渐便失去了生活能力，最终被送进了医院。

得知这些基本情况后，我终于明白老张父子关系为何到了今天这般地步。

但是，不管怎么样，老张即将走到生命的尽头，他的儿子真的连最后一面也不见了吗？

最后，我请这位邻居带话给老张的儿子：“老张随时都会死亡，留给他的时间已经不多了。”

我不想说遗弃罪的严重性，也不愿意说倒苦水的话。

我知道这位邻居绝对不会贸然来到医院，他一定会将老张的实际情况告诉他的儿子。父子之间不管有什么样的过往，在生死面前还不能化解吗？

老张会怎么样，不是医生所能决定的，也不是老张自己的意志力所能决定的，而是由癌症、死神决定。

老张的儿子会做出什么样的决定，同样不是他人能够左右的。

这个世界的生死都是我们自己的事情，从来没有人能够替代。在世间，我们每个人的悲欢离合也是毫不相通的，因为从来都没有真正的感同身受。

邻居走后的第二天，老张一大早就醒了过来。

虽然血压很低，依旧缺氧，但他的精神却很好，甚至吵着要下床大便。在得不到满足后，他甚至还会有气无力地骂人："你们害我！"

听见老张的话后，每个人都笑了。

"你尽管大便好了，我给你换尿不湿！"同事安抚着老张，让根本翻不了身、下不了床的他平静下来。

老张挣扎失败了，只好闭着眼睛在病床上呻吟着。似乎在蓄积着力量，老张突然又冒出一句让人猝不及防的话来，他说："真是要谢谢你们哦！"

急诊抢救室里迎来了许多人，也送走了许多人，其中便包括老张。因为几日后，待老张缓解后，便有人来接老张回家了，来人正是那位曾经自称其邻居的男子，只不过这一次他的身份变成了老张的儿子。

我看着老张的儿子，十分好奇他为什么之前不肯同老张相认，现在却又亲自来接老张出院了。

当然，这可能永远是一个秘密了，最重要的是老张能够转危为安，继续生活下去了，哪怕只是短暂的时光，也是一种希望。

而希望正是我们最需要的东西！

赵大胆说："治病救人，从来都不只是一个单纯的医学问题。你不总是将这句话挂在嘴边吗？现在却又当局者迷了？"

她说得不错，可现在的纠结总是要比文字的罗列要更复杂。作为医者，我们要永远记住一句话："永远不要轻易指责别人，更加不要腹诽别人做出的决定，因为你根本不了解疾病背后发生的故事，更何况这个世界上本就没有绝对的对错。"

我们需要做的其实也只是不因爱心泛滥而错失理性客观，不因毫无原则而使患者受到伤害。

那只飞走的麻雀，有没有带走我的患者？

夏季的黎明总是早早便来了，带着让人不能直视的光芒。

清晨 6 点，一只麻雀停在了抢救室巨大落地窗前的梧桐树上。

它“衔”走夜幕后，又用敏锐而灵动的眼神看着抢救室内忙忙碌碌、来回奔波的人们。

它站在枝头上，偶尔会叫上几声。

一缕阳光从紧闭的门缝中透了进来，带着盛夏赋予它的热度。

我坐在办公桌后，一抬头便看见了那些被羁押在屋内的灵魂、那些在抢救室内从我手中流逝掉的生命。他们拥挤在这日与夜交织的门缝之中，又似乎挣扎在昼与夜分隔的光线之内。

他们不仅发出呻吟的声音，还有欢笑的声音，也有哭泣的声音，还有更多坚毅而沉默的声音。

同他们一样，在熬了通宵之后，我想出去走走，伸伸懒腰，闻闻花香，听听鸟鸣。

但我害怕打开房门后扑面而来的阳光会将自己灼伤，更害怕直面这人世间的纷扰。

抢救室内是一个世界，抢救室外是另一个世界。

如果打开房门，放任带着热量的光线进来，会不会将老张眼角的泪珠蒸发？而我和我的灵魂又将在何处安身？

最重要的是，打开房门便意味着躺在抢救病床上的老张将要更加接近那人生之中最后一次的黎明的光了。

那一刻，我多么希望时光能够停留，又多么懊恼自己的无能为力。

凌晨两点，月亮悬挂在急诊大楼之上，患者拥挤在急诊室之中。

我刚亲自看护一位重症患者做完检查，还没有打开大门将患者送入抢救室，便突然听见一阵女人焦急的哭喊呼救声。“医生，快给我们看看！”

我下意识地扭过头去，只见一位年轻女性正推着一位老年男性站在抢救室的门口。

女子红着脸、带着哭腔呼救着，焦急慌张到跳脚。

坐在轮椅上的患者已经没有了意识，头斜扭向一边，口角有明显的分泌物。

毋庸多说，凭直觉来判断，眼前的男性患者已经病情危重，甚至有性命之忧。

我赶紧让护工师傅将刚做完检查的患者推进抢救室，便从女子手中接过了毫无反应的患者。

在判断了患者存在呼吸和心跳之后，我稍稍有些放心了。

但就在我准备同女子一起将患者从轮椅抬上病床之时，患者的病情突然急转直下，突发全身肢体抽搐。

“怎么办，怎么办，医生你快救救他！”眼前正在抽搐的患者让女子更加慌张了。

来不及戴上手套，顾不上患者嘴角和衣服上的呕吐物，我一边用手扶着患者的头部，以免他出现呕吐物窒息，一边给搭班护士赵大胆下达医嘱。

使用了安定之后，患者渐渐停止了抽搐，陷入了被镇静的状态。待患者病情稍稳定之后，我才有时间向家属了解具体情况。躺在我面前的老张，是一位年仅 62 岁的男性。

这位只会慌张跳脚落泪的正是老张的女儿，一位 30 岁左右的年轻人。从她的口中，我得知了老张的具体病情。

老张患有高血压病20多年，平日里大量抽烟饮酒，虽然服用降压药，但是从未有效控制过。

“血压高的时候，我们也劝过他，但他不听劝，还要同我们吵。我妈不给他钱买烟买酒，他就到处向别人借……”

患有高血压病的老张不仅没有有效控制血压，还有大量抽烟、酗酒的不良生活嗜好。

直到3年前，长年累积的病变终于暴发，老张发生了急性脑梗死。它的发病机制极为复杂，其病因可以是血管、血液、血流动力学的异常造成大脑动脉的狭窄和堵塞，主要危险因素包括高血压病、冠心病、糖尿病、高脂血症、吸烟、饮酒、肥胖等。

急性脑梗死虽然没要了老张的命，却给老张带来了严重的肢体残疾。从此之后，老张仅能在拐杖的帮助下站起来略作行动。

27个小时之前，老张在家中自行锻炼时不慎摔倒。“当时为什么没有来医院？”

既然老张在27个小时之前便已有过摔倒的情况，既然家属如此关心老张的病情，又怎么会耽误了如此之久的宝贵时间呢？

同刚到医院之时相比，老张的女儿已经恢复了些理智。

她告诉我：“刚摔倒的时候我不在家，回家后我看他除了不想说话并没有什么，就想着再观察一段时间。”

“那为什么现在又送到医院来了？”老张的病情必然不会像他女儿说的那般轻描淡写。

“我妈夜里起床才发现他不能动弹了，就像3年前脑卒中一样！”

这个世界上从来不会有人无缘无故患病，更加不会有人突然陷入绝境。只不过是因为我们没有发现那些早已存在的病变，没有重视那些身体发出的求救信号罢了。

“现在也有可能是脑卒中，等病情稳定之后要做一些检查。下次遇见这种情况应该早点来医院！”做完必要的沟通之后，我终究还是没有忍住心中对老张被耽误了 27 个小时的不满。

检查后，我的推测被验证了，老张意识不清伴肢体抽搐的根本原因正是又一次脑卒中。

只不过 3 年前是急性缺血性脑卒中，这一次则是急性出血性脑卒中。

缺血性脑卒中是各种原因引起的脑部局部组织缺血，从而引发的功能性障碍。缺血、缺氧会引起局限性的脑组织缺血性坏死或软化。其中，脑血栓形成和脑栓塞是缺血性脑卒中的两种主要类型。脑血栓形成通常是由于动脉粥样硬化等因素引起脑血管局部病变，形成血凝块堵塞脑血管。而脑栓塞则是由多种疾病产生的栓子进入血液，阻塞脑部血管所引发的。此外，短暂性脑缺血发作（TIA）也是缺血性脑卒中的一种表现形式，其症状持续时间通常小于 1 小时，最长不超过 24 小时。

出血性脑卒中则是指脑部血管破裂出血导致的脑卒中。自发性脑出血是出血性脑卒中的常见类型，通常由高血压、脑动脉硬化、肿瘤等因素引起。另外，蛛网膜下腔出血也是出血性脑卒中的一种。它通常由脑表面和脑底部的血管破裂，血液直接流入蛛网膜下腔所致。

需要强调的是，无论是缺血性脑卒中还是出血性脑卒中，都是紧急且严重的医疗状况，需要立即就医，进行专业治疗。

如果说 3 年前的脑卒中只是让老张从一个行动自如的正常人变成了行动不便的瘫痪者的话，那么这一次脑卒中则会要了老张的命，因为出血量不仅很大，而且已经形成脑疝。

面对电脑显示屏上的头颅 CT 片子，老张的女儿再次慌乱起来。

她左手捂着自己的嘴巴，右手紧抓着我的座椅靠背，除了抽泣声，并没有任何话。

停顿了几秒钟后，我率先打破了沉重的气氛：“我马上请专科医生会诊，看看下一步是开刀手术还是保守治疗。你现在打电话通知家里人，你的妈妈，你的兄弟姐妹。这么大的事情，应该商量一下！”

“很严重吗？”

看着眼前这位因为浅快呼吸即将发生过度通气的女儿，我虽然觉得自己的话有些残忍，却不得不如实告诉她：“不仅很严重，而且要命，随时会要命！”

“可我妈还在家带孩子，来不了，怎么办？”

原来她的孩子刚满 1 周岁，丈夫还在外地出差，所以才会在凌晨独自一人将老张送进医院。

生活中这是非常普遍的社会现象，老人帮忙带孩子，不能生病，不敢生病，不能及时就医，因为老人一旦病重，孩子就要无处可托了。

“那你的兄弟姐妹呢？”

“我哥哥也在外地，赶回来至少要两个小时！”

“那你能做主吗？”

躺在病床上已经昏迷的老张正在同死神进行着殊死搏斗，抢救室内的医务人员正在为挽救老张而不懈努力着。

面对抉择，老张的女儿却犹豫了，不能做主了。

电话的另一头，正在赶往医院的儿子要求道：“暂时不要手术，不要住院，等我到了之后再做决定！”

在告知了病情和风险之后，我不得不再三强调：“患者病情随时会变化，死亡可能非常大，你要为自己耽误的时间负责任！”

自发性脑出血最主要的原因便是高血压、脑内细小动脉硬化，此外还有先天性动脉瘤、脑动静脉畸形、淀粉样脑血管病、动脉炎等。

除此之外，白血病、血小板减少症、血友病、抗凝、抗血小板治疗也有可能导致脑出血。

在实际工作中，自发性脑出血多见于 50 岁以上高血压控制不良的患者，一般会在情绪激动、干体力活时突然发生。每一个患者的临床症状都不完全一样，这主要是因为出血部位、出血量、出血速度不同。

如果出血量小的话，患者可能只有头痛、头晕等轻微症状，出血量大的患者可能会在极短时间内陷入昏迷。

颅内压升高、脑疝、呕吐窒息则是脑出血患者在急性期死亡的主要原因。

凌晨 3 点 40 分，就连抢救室内因为心力衰竭而不能平卧的患者都已经睡下了。

老张的儿子，一个胳膊上文着关老爷的男子赶到了抢救室。

“不是说没有事情嘛，怎么成这个样子了？”他赶到抢救室之后的第一句话便是质问妹妹。

“开始是没有问题，夜里才发现的。”妹妹红着眼睛、抹着眼泪辩解着。

很显然，他对妹妹的答案不满意：“下午不是说头痛的吗？为什么下午没有来医院看？”

直到此刻我才知道，原来事情的真相并非如老张女儿说的那样！最起码，她向我隐瞒了患者跌倒后曾有明显头痛的事实。

可惜的是，如今这一切都已经不重要了，因为老张已经踏上了奈河桥，老张的血压、心率等生命体征都在逐渐下降。

看着眼前的这对兄妹，我除了保持沉默、充当看客，又能做些什么呢？

办公室里，老张的儿子签下了自己的名字：“放弃积极有创抢救，拒绝住院，拒绝心肺复苏，自动离院，后果自负！”

这几个字虽然常常出现在我的日常工作之中，但每一次面对它们的时候我都会觉得无比沉重。

因为这几个常用字不仅代表着一条生命的流逝，不仅意味着抢救室内可能又要增加一条被羁押的灵魂，也预示着一个完整家庭的毁灭和一段辛酸往事的开始。

这几个字虽然书写起来并不困难，但当我们提起笔的时候却又会发现它们字字堪有千斤。

在人来人往的抢救室之中，我站在办公桌的一边看着老张的儿子一个字一个字地写下它们，听着他急促的呼吸声和笔摩擦纸张发出的写字声。

深昏迷之中的老张已经不再可能有任何意识了，他自然也不会知道天明后自己就会被带离医院。

心电监护仪上变化的数字不停发着警报，趴在床边的女儿不停发出抽泣声，签字后的儿子不停打着电话，开始为老张准备后事。

我站在床头，看着眼前这位素昧平生却又让我费尽心力的陌生人，看着这位没有同我说过一个字却又让我心急如焚的患者，突然一股悲凉袭上心头：是不是每个人都注定有这么一天？

事实上，等到天明后，家属就会找来车辆，将老张带回家。

到那时，我要做的便只是将老张手上的留置针、导尿管拔出，然后静静看着家属带走老张或者带走一具尸体。

在此之前，除了默默看着这人世间最常见的一幕，我已经没有任何抢救工作可以做。

我坐在角落里，背对着落地窗外比黑色还要黑的黑夜，面对着比千斤还要沉重的患者。

时光总是要流走的，就像生命终将逝去一样。

儿子不仅已经联系好了车辆，甚至已经准备好了寿衣等一切必备的物品，只要老张的心跳、呼吸停止，一场轰轰烈烈的白事就会上演。

“医生，你看我爸流泪了，是不是还有救？”

哭红了眼睛、哭干了眼泪的女儿在为老张梳头时突然发现了老张眼角的泪水，慌忙向我呼喊。

我知道瞳孔已经散大到边，心跳、呼吸正在消失的老张哪里还有什么希望，但除了摇摇头，我不忍心对她说出更加残酷的话来。

我不知道这个世界上是不是真的有灵魂，我不知道我们这个世界之外是不是还有另一个世界，我甚至不知道为什么许多濒死患者的眼角都会流下那晶莹的泪珠。

但我知道，在老张们眼角没有落下的泪珠里，一定饱含着一生的酸甜苦辣、喜怒哀乐。

但我知道，老张们这最后一滴泪水，不仅不会干涸，而且会流进我们内心最深处。

清晨6点35分，挂在抢救室墙壁上的电子钟还在不慌不忙地奔跑着。

忙碌了一整夜的儿子用沙哑的声音向我道别，我将病历本交给他，将所有检查治疗单交给他，还将老张交给他。

看着被家属像抬尸体一样抬走的老张，看着站在人群外围的儿子偷偷用手拭了拭眼泪，看着打开抢救室大门时蜂拥而至的阳光，看着被人声惊吓而振翅离开的麻雀，看着抢救室门外那熟悉而又陌生的世界，我知道新的一天到来后，又将有无数个老张同我发生着素昧平生却生死攸关的关系。

那只麻雀飞走了，老张也被带走了！

如果老张能够及早正确控制自己的血压，又或者老张能够在刚发病的时候便来到医院，或许又是另外一番结局了。

对老张来说，一切都已经晚了。

但对我们来说，一切都还来得及。

我该拿什么去救他

“你是患者的什么人？”我询问着。

眼前这位女性家属却说出了一句让我有些诧异的话，她说道：“我是他孩子的妈妈。”

这句话让我心中一紧，因为正常人极少会用这种委婉的表述。

“你是他的妻子？”事关生死，而且还有一些医疗文书需要签字，所以我必须确认她和患者的关系。

只听她淡淡地回答道：“我们已经离婚了。”

原来如此，难怪她会用“孩子的妈妈”来描述自己和患者的关系。

“这些字你还是找他的孩子或者父母来签吧。”虽然是她将患者送进了医院，但是从法律层面来说，当患者自己没有能力替自己做主的时候，前妻不能作为签字的第一人选。

虽然眼前这位女性只是患者的前妻，却是她将患者送进了医院，所以我还是将患者的实际情况向她做了详细交代。

我搬来一把椅子让她坐下，又找来了患者的检查资料，将一些主要的指标标记出来。

“他现在的情况很严重，已经到了生死关头，随时都可能没命。”她从包里掏出一片纸巾擦了擦眼睛，点了点头：“我知道。”

“你看这些打了五角星的指标，每一项都会要了他的命。最关键的是，他现在已经病入膏肓，就算是用药，也只能延缓一段时间，减轻一些痛苦。癌症到了这个地步是治不好的，你心里有准备了吗？”虽然这些等同于宣布死刑的话说起来有些残忍，但我作为接诊医生，在治疗患者的同时必须让家属了解最真实的情况。

所谓打五角星的指标指的是危急值，提示患者可能存在严重的疾病或生命危险时，医生需要及时了解并采取相应治疗措施的一种预警机制。

她没有了声音，只是又点了点头。

或许她早已做好了接受患者死亡的心理准备，又或许她在听了我的话后只是慌张到不知所措。

我作为一名急诊抢救室医生，对这样的场景已经司空见惯，但家属一生中却极少有这样的经历。

我停顿了一下，留给她一些整理思绪的时间。

“我和你谈话的目的有三点：第一是确保你知道患者现在的实际情况，知道可能会出现的结果；第二是要提前了解，一旦患者不行了，要不要做积极的抢救，包括胸外按压、气管插管、电除颤等；第三是你们有没有风俗习惯，比如一定要让患者留着一口气回家，能不能接受患者在医院里走。如果要求回家的话，我看着差不多了就让你带着患者回去了。”

这三点几乎是我每一天都要和不同患者、不同家属沟通的内容。

“这些我也不好做主，等他妹妹来了再说吧。”她明白了我的话，也给了我这样的回答。

收拾好检查资料后，我又关上了急诊抢救室的电动控制大门：“等他家人来了，你第一时间告诉我。”

急诊抢救室内，躺在3号床上的患者已经进入了昏迷状态。

我站在病床前，不由自主地端详起了这位年仅44岁的男性患者：深呼吸、形如枯槁、眼窝深陷、颧骨高耸、皮肤黏膜黄染、腹胀如鼓。

随着呼吸，患者皮肤下的每一根肋骨都变得清晰可见。腹部则因为腹水而最大限度地舒张了每一寸皮肤和每一个细胞。

扒开患者的眼睑，我发现他不仅有尚未散大的瞳孔，还有黄染的巩膜。

“醒一醒，醒一醒！”我一边拍打着患者的肩膀，一边在他耳边呼喊着。患者自然是没有醒过来，甚至对疼痛刺激也没有了反应。

“不是昏迷了吗？你能喊醒？”赵大胆说道，“这个人很年轻。”

赵大胆说得不错，患者年仅 44 岁，却就要因为原发性肝癌晚期而撒手人寰了。

原发性肝癌起源于肝脏的上皮或间叶组织，其中由上皮起源的被称为原发性肝癌，是常见的、危害极大的恶性肿瘤；由间叶组织起源的被称为肉瘤，较为少见。肝癌的病因及确切分子机制尚不完全清楚，但被认为与多种因素有关，包括乙型肝炎病毒和丙型肝炎病毒感染、黄曲霉毒素、饮水污染、酒精、肝硬化、性激素、亚硝胺类物质、微量元素等。

“功名利禄有什么用，健康才重要啊！”

赵大胆没有接我的话，又看其他患者去了。

虽然死神已经站在了抢救室门口，用不了多久就会将患者的灵魂装进自己的口袋，我的患者却并不甘心就此离开。

几个小时后，患者从昏迷之中渐渐醒了过来，不仅醒了过来，甚至还能够发出一些声音。

见到患者在治疗后醒了过来，我又将他的前妻喊进急诊抢救室：“你来看看他在说些什么。”

坐在抢救室门外的前妻听见这个消息后慌忙站起跑了进来，就连手中的黑色包袱也掉在了地上。

来到床边，患者张着嘴巴看着眼前的前妻，依旧只能发出两声让人听不明白的声音来。

前妻同样一头雾水，不知所措。

“他妹妹来了吗？其他家属呢？”距离上次谈话已经过去了 3 个多小时，除了他的前妻，其他家属还是没有赶到。

她并没有回答我，只是突然掏出了手机，对着患者说："你是不是想见孩子，我现在就打电话。"

他们的孩子现在身在国外，出于某种原因不能赶回国内。眼见她打通了视频电话，我也识趣地回避了。

坐在几米之外的办公桌后，看着患者一家最后的团聚，我这个外人内心竟然突然生出一股悲伤来。

也许这个家庭之前曾经有着不为人知的故事，但当最后的离别到来之时同样让人感慨、感伤。

实际上这最后的团聚并没有持续多久，因为几分钟后患者便再次陷入昏迷。

下午两点多钟的时候，患者的妹妹赶到了医院。

我将患者的妹妹和前妻请进了谈话间："情况你们心中都有底了吧？"

患者的妹妹还有些不死心，哽咽道："就没有办法了吗？再救救他吧。"

"我们已经在救了，但效果肯定不会太好。肝癌晚期，指标摆在那里。你要做好心理准备。"我又将患者的检查资料拿了出来。

从患者妹妹的口中，我得知了关于患者的一些基本情况：13 个月前，患者在一次体检中被发现肝占位，进而被明确诊断为原发性肝癌。虽然经过多次积极治疗，但肝癌已经扩散到了全身。半个月前，患者从外院出院。出院后，一直由妹妹和前妻轮流照顾。

实际上，原发性肝癌是生活中很常见的恶性肿瘤之一，肝癌患者又以 40~50 岁的男性居多。

因为肝癌早期并没有什么特异性症状，所以多数肝癌患者在确诊时就已经处于中晚期了。

所以，一旦出现肝区疼痛、黑便、呕血、消瘦、食欲减退、皮肤黏膜黄染等症状，一定要及早就医，尤其是那些本来就有病毒性肝炎、肝硬化的患者。

肝癌一旦出现了典型症状，诊断上并没有什么困难，AFP 检查、肿瘤标志物、CT、超声、核磁共振等有助于鉴别诊断，甚至有经验的医生一眼便可以推测出十之七八。可惜的是，一旦到了这种程度，便意味着患者病情已进展到了中晚期。

“他没有肝炎，怎么会得肝癌？”患者的妹妹了解了现在的情况后，红着眼睛发出疑问。

我知道这个问题她一定问过很多医生，也一定说起过无数遍，甚至在心底问过自己很多次。

她现在再一次提出这个问题，与其说是想得到一个答案，倒不如说是为了抒发自己心中的悲痛。

我无法回答这个问题，甚至觉得没有必要回答这个问题。此时此刻，沉默才是最好的答案。

与两位家属简单沟通后，患者的妹妹签下了最后的字：“一旦出现心跳、呼吸骤停，放弃一切积极抢救。”

“该准备的东西要准备好。”这是我仅能做的最后提醒了，毕竟家属已经陷入了悲痛中。

签完字后，我又将家属带进了急诊抢救室，不是为了见最后一面，而是为了让家属看看患者此时的情况，包括心跳、呼吸等基本的生命体征。

来到病床前，在妹妹和前妻的呼喊下，昏迷之中的患者竟又再次缓缓睁开了双眼。

“我来看你了。”妹妹站在患者的右边，前妻站在患者的左边，我站在患者的床尾。

患者努力发出了声音，却没有人能够听明白。

妹妹靠近患者，继续呼喊道：“你想说什么？”患者张了张嘴，紧接着便闭上了眼睛不再言语。

大家都不由自主地看着患者的妹妹，想知道患者到底说了些什么。只见她侧过头来看着我，没有说话，眼泪却止不住地流了下来。

“他说救救他。”

这五个字就像一把利刃深深地扎进了我的心脏，又像一坛陈年老醋倒进了我的鼻腔。

我知道没有人能救得了他，我不能，老天爷也不能。

这样诀别的场景时常会在急诊抢救室里发生，但从患者口中发出这样的声音却极少。

虽然没有人清楚地听见患者发出的声音到底是什么，虽然这也完全有可能是患者妹妹的臆想，但我宁愿相信它是真的，因为躺在我们面前的是一条年轻的生命。

患者再次陷入昏迷，两个家属也忙着去准备后事了，只留下我看着一点点被死神带走的患者。

那些维持血压的药物、那些保肝降酶的药物、那些纠正酸碱水电失衡的药物，一点点被输进患者的静脉，又流淌入患者的全身，却依旧不能抵挡死神魔掌的力量。

我和赵大胆能做的也就是尽量减轻患者的痛苦，帮忙维持一点人格尊严罢了。

患者不仅再也没能从昏迷之中醒过来，而且生命体征也渐渐减弱了。

我拿什么来救你？也许这便是救你最好的办法吧。站在患者的床边，闻着肝癌晚期患者身上那股味道，我突然又想到了22年前的那一幕。那年，我的亲人也同样因为肝癌晚期而步入了生命的最后时光。

我的亲人被放在灵堂之中，还有最后一丝气息。

虽然还有最后一丝气息，但按照农村的风俗习惯，我的亲人却已经被抬上了灵堂。

如果放在今天，以现在的医疗环境、经济条件、思想思维，我的亲人一定能够像眼前这位患者一样，虽然治疗上已经无力回天，但总归还能接受一些支持治疗。

现在回想起来，我的亲人那个时候的面容和眼前的患者一样，因为腹水而鼓起的腹部和身体散发出的气味也和此刻一样，他也是反复清醒过来又陷入死亡的沉寂。

22 年前，年轻的我握着亲人的手，还没有领悟生死。

22 年后，中年的我将患者的手放进了被子之中，依旧没有任何力量对抗死神。

赵大胆问："如果一个人清楚自己即将走到生命终点，他会作何感想？"

赵大胆的这个问题注定是无解的，必须由我们自己用亲身经历去回答。但无论如何有一点或许是注定不变的，那就是与其在生命终点哀怨彷徨，倒不如珍惜当下。

下午 5 点 38 分，我的患者永远离开了这个世界。

没有不断前来送别的亲朋好友，也没有听见撕心裂肺的号啕大哭，我也没有在他散大的瞳孔中看见自己的影子。

我拿着那张毫无波澜的心电图，向他的前妻和妹妹宣布了临床死亡。

签字后，有人很快便为他穿上了最后的新衣，又将他送入那个冰冷狭小的地方去了。

我不知道他的过往，也不知道他最后发出的声音到底是什么，但我知道他走得并不是特别痛苦，他对这个世界还有眷恋。

终有一天，我们也会如此。

我没有听明白那句"救救我"，我也没有能力起死回生。

现在我唯一能做的，就是记下他的名字，留下他的故事，用他的故事去警诫那些正在犯错误的人。

患者写下了四个字

黎明其实是一种过渡，一头是黑夜，另一头是白昼。每当我在急诊抢救室里看见那黎明的光，我就知道新的一天又到来了，而希望也源源不断了。

每一个人都有过在黎明中醒来的经历，或许一睁眼便是模模糊糊的世界，看不清自己，也看不清窗外。

每一个人也都会在黎明中走向未来，头顶着星月，脚踩着光华，虽不知前方，却又不得不往前踉跄。

但是，此刻的我却不一样。

我坐在急诊抢救室的办公桌前，身后便是没有拉上窗帘的巨大落地窗，如果没有这硅酸盐的阻隔，我便宛若置身于黎明之中一般。

天色已经没有那么黑了，就算是这黎明也用不了多久便要被白昼所代替了。

我看了看满屋熟睡或昏迷的患者，即使忙到满头大汗，却依旧感到十分冰冷。

因为这些躺在病床上的人，有的永远也看不到黎明之后的天色了。

日复一日的时光尚且会在黑夜、黎明和白昼之间循环，注定要生老病死的我们呢?

或许，被送进急诊抢救室的那一刻便是我们一生之中最黑暗的时刻吧。

只有经历过这孤独的黑暗，经历过黎明微弱光线的照射，我们才能够懂得过去和未来，才能够看清周围的人和物吧？

各种抢救设备在嘀嘀作响，有的家属已经开始收拾起了行李。

将患者送进手术室后，我站了起来，环顾这满屋依旧熟睡着的和昏迷着的患者。

我清楚地知道，他们中谁还有机会看见黎明之后的光景，又有谁将永远被禁锢在黎明前的黑夜之中。

而我，除了眼睁睁看着，除了双手还能够拿着听诊器，便真的无能为力了。

凌晨两点多钟，夏风从医院门前吹过。

如果不是 120 救护车送过来一位昏迷之中的男性患者，我甚至还没有注意到这沉寂的时光竟然流逝了这么多。

“患者已经昏迷了！”我确认了患者的神志状态。

120 救护车上的医生交代：“昏迷多长时间不知道，家属就在后面，说马上就过来。”患者病情危重，家属却没有陪在身边？

我并没有过多纠结这个问题，毕竟 120 急救医生刚才已经做出了解释，而且他们放下患者后又执行新的任务去了。

“血糖多少？”

“只有 1.3 毫摩尔 / 升，推高糖吧？”赵大胆说着话已经麻利地拿出了两支高糖。

静脉推注了 40 毫升高糖之后，患者渐渐有了意识，甚至能够抬起双手了。

眼见患者已经逐渐恢复了神志，我便有些心安了：原来患者昏迷的原因就是低血糖！

低血糖昏迷对人体来说是一种严重甚至致命的威胁。因为低血糖会导致人大脑细胞受到损害，会使脑组织能量供应不足，从而影响神经系统的正常运作，可能导致意识丧失和昏迷。严重的低血糖昏迷会对脑部造成不可逆的影响，如记忆力减退、注意力不集中、思维迟钝等。如果病情持续恶化，还可能导致永久性脑损伤甚至死亡。

然而，事情会这么简单吗？

除了低血糖，还有没有其他原因？

患者有没有糖尿病等基础病，又为什么会在深夜里出现严重的低血糖症状呢？除了我们所见的昏迷，患者近期还有没有其他不适？

家属为什么没有及时陪同来到医院，能不能提供一些有价值的信息？这些都是需要解决的问题，魔鬼往往藏在细节之中。

虽然患者逐渐恢复了神志，但新的麻烦出现了：患者不能配合治疗，甚至连一个字也不愿意说出来。

“你现在清楚吗？知道在什么地方吗？能说话吗？”因为担心这位看上去 60 多岁的患者存在耳聋的情况，所以我趴在他的耳边大声询问着。但是，患者依旧毫无反应。

患者为什么不愿意开口说话？

是某种原因使患者失语，还是存在其他社会因素？

虽然在急诊抢救室里常常出现一些因为社会因素而不愿意开口透露病情的患者，但是绝大多数这样的患者失语依旧是因为存在急性脑卒中、脑肿瘤、喉部疾病等器质性病变。

如果这位精神萎靡、不愿意开口说话的患者真的存在失语，又会是什么原因呢，是既往原本便存在失语，还是急性发生？

“瞳孔怎么样？”

“神经系统查体怎么样？”

结果都是没有任何明显异常，但是新的问题又立刻出现了：复查的心电图提示可能存在急性前壁心肌梗死！

同患者 20 分钟前在 120 救护车上做的那份心电图相比，眼前这份心电图存在着明显的变化。

也就是说，患者低血糖虽然已经得到了纠正，但是急性心肌梗死却更加棘手。

家属不仅还没有赶到医院，留下的电话更是始终打不通。

我甚至已经开始在心中埋怨自己，为什么不向 120 急救医生问清楚患者的信息，以至于患者已经病重，我却还像无头苍蝇一般。

“不能等了，还是抓紧时间做头颅和胸部 CT 吧。先看看有没有颅内出血，会不会有明显的主动脉问题，如果没有的话，肯定要先解决急性心肌梗死的问题。”

对患者来说，流逝的每一秒钟都是生的希望。

“没有钱怎么办？现在连号也没有挂！”被独自送来医院的患者自然连号也没有挂。

“帮他挂一个号，先尽量把检查做了，我在电脑上看看，不打印片子就是了。”

向总值班领导汇报后，我便亲自带着患者前去检查了。

没想到的是，我和护工师傅刚将患者搬上 CT 机器，患者却不肯配合检查，用手示意着要拿纸和笔。

赶紧找来纸笔给患者，只见他歪歪扭扭写下了几个字：死了算了。

在凌晨时分，看见这几个字，我的心犹如掉入冰窟一般。不仅是因为对一位病情危重却不肯治疗的患者的感慨和同情，也是因为透过这几个字便可以推测患者不为人知的沧桑故事。

当然，这些都只是我内心一瞬间的想法。

当务之急依旧是争分夺秒地完善检查，明确病情，为后续对急性心肌梗死的治疗创造条件。

“该治疗还是要治疗，你年纪又不大，也不是什么治不好的病！”戴着口罩的我除了这些看似冰冷的话又能说些什么呢？

好在患者没有再拒绝，而是配合了检查。

CT 检查结果显示，除了两下肺有一些感染，并没有其他明显异常，包括脑出血等。

检查结束回到急诊抢救室后，赶来会诊的心内科医生又同患者沟通起来，已经完全从低血糖昏迷中恢复过来的患者再次在纸上写下了自己的病情。

原来这位患者失语的原因是 8 年前做过喉部肿瘤手术，而低血糖的原因则是患有糖尿病的他近日咳嗽、发热、胸闷、纳差，胰岛素却没有减量。

根据患者的症状、多次心电图检查和心肌酶谱检查，急性前壁心肌梗死已确认无疑了。

没想到的是，在我交代了手术住院的建议后，患者再次拒绝了。

赵大胆有点急了，劝解道："到了医院里就听医生的话，我们都在帮你忙，你听话吧。"

可患者始终沉默不语，就在沟通陷入僵局之时，家属赶到了医院。

赶到医院的是一位 50 岁左右的女性，手里挎着一个包站在病床前一言不发。

"你怎么才来？"我忍不住询问这位姗姗来迟的家属。

她看上去很不开心，有些生气地回我："我一个人又走不开，不得把家里安排安排吗？"听着家属的语气，似乎有些不耐烦，更有些生气的情绪。

"就只来了你一个人？"

"不就是我吗？"

我又追问："这几天患者有没有什么不舒服，平日里都吃什么药？"

她却告诉我："我们不住在一起，这些情况我都不知道，他又不能说话，就算他有不舒服我也不知道。"

"那今天晚上你怎么知道他被送进医院了？"

“是他邻居打电话给我的。”

“你是他什么人？”

“我是他侄女。”

120 急救医生说的那个随后就来的家属只是患者的侄女，患者的妻子呢？子女呢？

“他没有家里人。”这位始终不开心的侄女给出了答案。

“他是没有家里人，还是现在家里人联系不上？”我必须确认这个至关重要的信息。

有人问：为什么神志清楚的患者自己不能做主，重要的决定非要取得家属的同意呢？

是的，具有完全民事行为能力的患者应该可以为自己做出的选择负责。但是，大家不要忘记了，我们还有不可摆脱的现实生活习俗和文化。

侄女斩钉截铁地说：“他没有子女，老伴儿也死了。”既然如此，便只能同这位自称侄女的家属沟通了。

在得知了患者的病情后，这位侄女却为难起来：“一定要住院吗？住院的话我哪里有空照顾他呀？”

在再三沟通后，这位侄女依旧暂时拒绝了所有治疗方案，因为在她看来患者并没有什么大碍，她需要同丈夫商量。

虽然不知道患者和家属都如此不积极治疗的原因是什么，但我却总是不死心，想再劝说一下。

又一番沟通之后，患者又透露了其他信息：“我有房子。”

患者自己有房子是一件好事，反正是孤家寡人，万一真的有需要，完全可以抵押房产来治病救命。

虽然卖房看病听起来有些悲凉残忍，但总比那些连一分钱也拿不出来的患者要好上许多吧？

让我吃惊的是，患者紧接着又写下了几个字：他们不想给我看病……

虽然没有人愿意承认这人世间的残酷，但细思极恐的事情终于还是发生了。

“你自己的病自己可以做主，而且钱是你自己的，命也是你自己的。”除了这些话，我再也不知道该说些什么了。

或许听起来有些残忍甚至冷漠，但我面对的也仅是一个素昧平生的患者，医生能做的也只是尽力治病救人，而不是介入患者复杂的家庭和社会关系。

打完电话的侄女又走到了病床前，患者不再说话，我也赶紧收起患者写了字的纸，转身询问她：“商量好了？”

她却再次心存侥幸道：“能不住院吗？这么大年纪还做什么手术？”

“现在活到八九十岁的人太多了，60多岁不算大。不住院不积极治疗可能会没命的。”我看着这位内心动摇的侄女又乘胜追击，“这么大的事，你还是再考虑考虑吧，毕竟现在的技术是完全有可能救他一命的，这又不是癌症。”

“那你先去把抢救室的费用交了吧？”既然她一时之间难以做决定，那也只好让她继续考虑了。

听完我的话后，她并没有去缴费，也没有再次言语，只是又沉默了下来。

没过一会儿，原本躺在病床上的患者突然要拔掉输液管跳下病床来，示意自己要去小便。

对急性心肌梗死的患者来说，需要减少活动量，绝对卧床休息的。

“你去拿个尿盆，就在床边解决吧。”作为急诊医生，我见过太多因不听医嘱非要去厕所大小便而晕厥甚至猝死的患者。

虽然我这样叮嘱了，但这位侄女却坚持不肯。“没有什么事，能有什么事。”

“你没见过，我见过很多，不能离开。”

“不行，这样多不方便。”

“出了事情你能负责吗？拿一个尿盆的事情有多复杂？实在不行也可以导尿。”

“我负责，我给你签字。”越说越激动的侄女始终坚持要带患者去厕所。

即便如此，我也依旧不能答应：“就算你签字也不行，我要为患者的安全负责。”

对急性心肌梗死的患者来说，应该卧床休息，因为活动会增加心肌的耗氧量，尤其是在梗死心肌周围的心肌处于缺血状态的情况下，运动会进一步扩大缺血面积。因此，卧床休息有助于减少心肌的耗氧量，避免病情恶化。

就在我们为这个问题争执时，患者的病情突然急转直下。

面色苍白的患者突然安静了，躺在病床上紧闭着双眼，开始有些呼吸急促。

事实上，此刻的患者突发了频繁的室性早搏，血压也下降到了只有96/45 毫米汞柱。

即使如此，这位侄女依旧在冷眼旁观。

“到底怎么说？病情和治疗方案我已经告诉你了，我也只能给你提供建议，决定权在你们手里。”

她没有说话，患者也没有反应。

“其他家属呢？不能再拖了，你再拖就把他的命拖没了！”事实上，我和会诊医生已经无比着急了，甚至有些义愤填膺。

眼看着这位侄女还在犹豫不决，我们必须在最短的时间内得到答案，最好是说服家属给患者最积极的治疗。

幸运的是，就在这时，另一位年轻的家属赶到了医院。

这位年轻人自称是患者另一个侄儿的儿子，也就是侄孙。他在了解了患者的病情之后，不仅支付了急诊抢救室的抢救费用，而且毫不犹豫地做出了手术、住院的决定。

对这样的患者来说，再灌注治疗是非常重要的。它指的是尽早恢复缺血心肌的血流灌注，挽救濒死心肌，减少梗死面积，可用介入治疗如经皮冠状动脉介入治疗（PCI）、通过导管技术疏通阻塞的冠状动脉等介入方法实现心肌再灌注，并进行溶栓治疗。

我完全没有想到这位年轻人能够做出这样有魄力的事来，而见到这位年轻人之后，患者也显得镇定、开心了起来。

年轻人告诉我："等他这一次好了之后，我就把他接走，和我一起生活可能要好一点。"

这句话让我震惊了，也让我很感动。

虽然我内心已经对这位敢于担当的年轻人竖起了大拇指，但在蓝色无菌口罩背后，我却不能向他做出任何保证。因为我知道患者的病情很重，随时有可能出现进展，甚至根本离不开医院。

"你做得很对，但要先把病看好。"我郑重地告诉他。

在将患者送进手术室之后，已是黎明时分，黎明的光再一次照射进了急诊抢救室。

我知道躺在手术室里的患者经历了黎明前的黑暗，但他一定也还有大把的机会去迎接每一个新的黎明。

经过积极治疗，这位自己要求"死了算了"的患者终究没能"如愿以偿"，而是康复出院了。

一个月后的某天夜班，患者因为要开具拜阿司匹林等药物再一次来到急诊室，看见他的那一刻，我立刻就想起"死了算了"这四个字。

"最近恢复得怎么样？"我关心道。患者听后却哈哈大笑起来："还能怎么样，反正不耽误吃喝！"

谁将眼泪留在了抢救室

一份无法拒绝的父爱

那年冬季的某个凌晨 4 点钟，我刚处理完一些患者准备暂时休息。

然而，我还没有来得及喝上一口热水，就又有患者推开了急诊室的大门。

站在我面前的是一对夫妻，50 多岁，脸颊上带着一些沧桑，衣服上沾染着风霜。

患者是穿着一件略破旧且沾有泥土的褐色羽绒服的丈夫，妻子则挎着军绿色帆布包，手端着保温杯站在丈夫的身后。

“怎么了？”我喝了一口水后又戴上口罩，示意他坐下。

患者双手搂在一起，有些瑟瑟发抖地回答道：“总觉得全身的肉都酸痛，冷得要死，咳嗽一整夜睡不着！”

“发烧了吧？”

事实上，很多人在发热之前都会有类似肌肉酸痛、畏寒、寒战的症状，更何况最近流感肆虐。

患者没有回答，他的妻子埋怨着说：“早让他来看，一直不愿意来。晚上还喝了酒，结果更严重了！”

“我不也是想扛一扛嘛，谁能知道这一次会这么严重！”

我一边书写着急诊病历，一边听着这对夫妻的争吵或拌嘴。

我无意参与他们之间的对话，甚至没有兴趣听这些每一对夫妻间都会发生的琐事。

因为我的工作只是替患者看病，因为这样的场景几乎每一天都会在我的眼前出现。

尤其是在那段时间，因为流感，急诊堆积了大量的流感患者，而他们的症状绝大多数都伴随着高热和肌肉酸痛。

有很多患者在发病之初并不会来医院，他们根据自己以往的经验选择硬扛。

但最终有很大一部分人因为抵挡不住流感症状而不得不来到医院。

事实上，流感同普通感冒有着天壤之别。

简单地说，流感就是流行性感冒，它的主要病原体是甲型流感病毒、乙型流感病毒、丙型流感病毒，而普通感冒的病原体主要是腺病毒、鼻病毒、冠状病毒等。流感给人带来的症状，除了普通感冒的症状，还可能有更加严重甚至致死的并发症。

“已经烧了 3 天，应该早一点过来。”我一边为患者进行体格检查，一边忍不住唠叨。

当然，患者除了想扛一扛，还有更重要的原因。患者没有回话，他的妻子也没有开口。

“转过身去，我听听肺部。”

就在患者转过身去之后，眼前的一幕又让我对患者充满了好奇。

患者身上穿着的这件褐色羽绒服已经绽开了好几处口子，在后背处甚至还能看见丝丝裸露在外的绒毛。

除了那些事发突然无暇顾及者，有谁会在外出时还穿着一件破旧的衣服？

除了那些昏倒街头无人照料者，有谁在就医时不将自己整理干净利索？

我一低头便看见那双同样破旧的运动鞋，我一抬头又看见被深深印在他黝黑脸颊上的沧桑。

这哪里是一个患者那么简单，这分明是我的父辈。

这哪里只是一家医院的急诊室，更是人世间的修炼场。

在这位反复发热、咳嗽伴肌肉酸痛 3 天、此刻体温 38.6 摄氏度、经皮动脉血氧饱和度 91% 的男性患者的肺内，一场蓄谋已久的病痛正在发生。

在听诊器的另一头，非常明显的湿啰音传了过来。

在听诊器的这一头，一股不祥的预感笼罩在我的心间。

“听着不怎么好，要做一个胸部 CT 检查，还要抽血！”结合患者的病史、症状、体征，初步考虑患者存在肺部感染，甚至存在呼吸衰竭。

如果导致患者不适的根源是病毒性肺炎，或者已经存在呼吸衰竭，那么对患者来说便意味着一场巨大考验。

听完我的解释后，患者并没有答应。

他首先问我的并不是为什么要做这些检查，而是：“这些检查要多少钱？”

“650 块钱左右。”我粗略地估摸着。

“我们都是打工的，没有这么多钱，能便宜点吗？”患者咧着嘴问我。

他的问题初听起来很奇葩或搞笑，因为医生决定不了收费项目的价格，更加不可能替任何人“打折”。

事实上，我常常遇到这个问题。

甚至有时候，我的好脾气也要被自己忘记，因为我总是在想：同健康相比，钱又算得了什么呢？更何况这些都是必须做的检查，更何况医生并不能决定它们的价格。

当然，冷静下来之后，我们会明白一个早已存在却被我们忽略的现实：在有些患者的现实生活中，钱确实比健康更重要！

在面临疾病时，我们首先想到的并不是需要做什么检查、用什么药，而是需要多少钱！

“这些都是基本的检查，也是必需的。如果医院是我家开的，我一定会给你优惠，但医院是公家的，就连我自己看病也是省不了的。”我知道患者病情较重，所以尽力劝说患者去完善这些基本检查。

他的妻子也不解地感慨：“我的天，原本只想来开点药！一个感冒就要花掉这么多钱……”

“您这肯定不是普通感冒，普通感冒哪里会持续发热3天并且越来越重的？最近流感很严重，而且您的肺里有明显的异样。我需要通过做这些检查来明确病情。”

我不得不反复纠正这对夫妻根深蒂固的错误认知：“我只是感冒，来开点药！”

“医生，你看看能不能便宜点，我没有这么多钱。”患者打断了妻子的话，再次认真地问我。

说实话，如果在平日里，我可能早就不会如此和颜悦色地反复解释了，甚至要摆起臭架子教训人了。

但是这一次，我真的做不到。

因为我深知，这位硬扛了3天的患者并非故弄玄虚，更加不是市侩吝啬。因为我深知，我的祖辈、父辈也曾有过这般窘迫的境遇。

这个世界上没有人不想保持健康的体魄，没有人不想在患病时得到最优质的治疗。

但是，这一切都要建立在一个残酷的现实基础之上：有钱！

只有“人穷”，才可能“志短”。

“你要是现在带的钱不够，我可以暂时借给你。但从你的病情考虑，这些检查都是应该做的，而且要根据这些结果考虑是否进一步检查治疗。”

我认真地拒绝了他，内心有一丝不安。

见我如此回答后，他笑了笑："好，来了医院，就听医生的！"

在等待检查结果的空隙，他又同我攀谈起来。他问我："我打听个事，斜视能治好吗？"

说实话，这个问题我根本不了解："你可以在正常上班时间问问眼科医生，应该要看具体情况吧。"

"20多岁了，是我儿子，我担心以后会影响他找对象。"他依旧同我说道。

"你确定是斜视？为什么小时候没有治？"我并不怎么相信患者的表述，很明显，他如同我的父辈一样，根本没有任何医学常识。

"就是看人会翻白眼，露出好大一块白色，和斗鸡眼挺像的。以前都穷，看不起，也没有重视。"患者不好意思地笑了起来。

"你还是正常上班时间带他过来看看再说吧。"疲惫的我不想再继续同他探讨这个与工作无关的话题。一是因为我对眼科的疾病并不了解，二是我害怕他的遭遇会让我更加伤怀，三是因为我想充分利用时间休息一会儿。

但是，他却又自言自语地说了起来："我也不敢对他说，不敢让他来医院，担心伤了他的自尊心，年轻人都要面子。"

这句话让我忍不住正视他，或许我可以拒绝一个患者，但我无论如何做不到拒绝一个父亲。

我想了想，用最直接、最通俗的话回答他："如果真的像你说的那样严重，不管他能不能接受，不论能不能治好，都要带到医院来看一看。万一真的影响找对象呢？"

半个小时后，检查结果便摆在了我的面前：两肺炎症。

排除了病毒性肺炎，与我简单地沟通后，这对夫妻决定天明后赶回老家治疗，不仅是因为我们医院没有床位，更是因为在家乡治疗会省下一大笔费用。

患者双手搂在胸前，佝偻着脊背离开了急诊，只留给我一个在冰冷的地板上倒映着的背影，还有那在衣服破绽处裸露出来的绒毛。

他的妻子左手拎着军绿色帆布包，右手拿着保温杯，跟在他的身后，一言不发地走着。

转过急诊中心的铁门，他们的背影慢慢被黑夜吞噬掉。

在他越来越渺小的身影下，倒映着一份厚重的父爱。

但我知道，他们的夜路还很长，就像无数次起早贪黑的父辈一样。

但我知道，他们的脚下还很坎坷，就像父辈几十年来耕过的黄土地一般。

孤独的灵魂会悄悄地离开

一袭泛黄的白大褂，浸润了许多难以割舍的情感。一支斑驳的瞳孔笔，定格了无数不愿闭合的眼睛。

急诊抢救室里躺着一位患者，一位年仅 36 岁的妈妈。

凌晨 3 点，我站在她的床头，看着心电监护仪上跳动的数字，听着她半睡半醒之中拼命呼吸的声音。

或许她已经感觉到了站在病床前的我，全身皮肤黏膜泛黄的她努力要摘去扣在面部的呼吸面罩，似乎有些话要对我说。

协助患者取下面罩后，已经人生末路的患者用灰暗的眼神看着我，这让我有些手足无措。

事实上，即使是说出一个汉字，对她来说都是一件非常困难的事情。

她张了张嘴，还没有说出一句话，心电监护仪上经皮动脉血氧饱和度的数字便已经下降到了 60%。

抢救室中原本尚算平静的夜被心电监护仪持续不断的报警声打破，患者耷拉着的眼皮和黄染的巩膜让我感到或许属于她的时间已经不多了。

“灯……关上……”

说完话后，赵大胆赶紧又为她连接上了无创呼吸机。

每个人都知道等待着她的只有死亡一种可能，我甚至在心中反复设想她的最终时刻将会是一幅怎么样的场景。

赵大胆孤独地坐在抢救室的角落里，眼睛始终盯着心电监护仪上跳动的数字。

为患者关上灯后，我转过身来反手关上急诊抢救室的大门。在那一秒钟，我有些迟疑了，因为我在黑暗中看见了绝望。

心电监护仪的屏幕散发着微弱的光芒，就像在风中摇曳着的烛火一般，随时都有可能熄灭。

每年年终的时候，我都会负责对一年的工作做出总结，其中包括抢救成功率和死亡数字。

这些指标并非冰冷的数字，而是一个个血泪故事。

我的心中总会有一些不安，有一些沮丧，有一些无力。

因为抢救成功率的反面便是失败率，便是许许多多个体的消亡，便是无数个家庭的悲伤。

因为我们虽然成功救治了很多人，但也亲自送走了很多人。

而在这些消亡的个体之中，便有这位年仅 36 岁的妈妈。

已经陷入寂静的抢救室，在凌晨 3 点的夜幕下被淹没在无尽的黑暗之中，而在这黑暗之中还有一个知道自己将死却还在努力活着的人。

心电监护仪和无创呼吸机的报警声如同催命的鼓声一般敲打在我和赵大胆的心间。

我不怕黑暗，因为黑暗的尽头便是光明。

我不怕死亡，因为死亡只是另一种意义的新生。

让我害怕的是夹杂着绝望和哀号的黑暗，因为它的未来只有更加黑暗，永远看不见朝露。

让我害怕的是死亡前人性的展现，因为它总是能够痛彻我的心扉。

虽然有许多不甘，有许多彷徨，有许多无奈，但我还是关上了抢救室沉重的大门，只将赵大胆和她锁进了那无边的黑暗之中。

关上门后，一直等候在抢救室门外的家属围了上来。

“怎么样？”患者几乎一夜之间便白了头的母亲已经没有了当初的哀伤。

我还没有来得及问，患者的堂哥便对我说：“等我们准备好了之后，你就把呼吸机下了吧。”

“确定吗？”

谁都知道，一旦去除呼吸机，就意味着死亡的降临，而且是很快降临。

“我们都已经商量好了，这也是她自己的意思，谁让她喝下了最毒的毒药呢？”

你可能不相信这是患者父亲说出的话，但我却能理解这位父亲的无奈和苦楚。

17 天前，这位 36 岁的妈妈因为和丈夫吵架，一时冲动，喝下了 50 毫升的剧毒农药。

那是一种至今也没有特效解毒剂的农药，即使几毫升的量也会给人体带来不可逆转的伤害。

50 毫升则意味着必死无疑，并且是最残忍的死亡方式——肺纤维化进而呼吸衰竭，继而全身多脏器功能衰竭，直至死亡。

肺纤维化只是一个冰冷的名词，但是对患者来说，却是痛苦的煎熬，如同窒息一般的煎熬。

服毒之后，她曾在外地医院治疗了 11 天，然后被转回了本地。

父母说：“我们知道没有救了，但回家等死却又舍不得。”丈夫说：“就在医院里走吧。”

这位患者在网络上查到这种农药的剧烈毒性之后，特意在市场上购买并且服用了 50 毫升。

你永远无法唤醒一个装睡的人，医生也永远无法挽救一个执意要死的患者。

1 年前，我再次遇见一位服用这种药物自杀的年轻男性患者。我问他："你为什么喝农药？"

他的回答却让我不寒而栗："我在电视剧上看过，知道喝这个东西后没有药救！"

最后这位年轻男性患者在医院里挺了 1 个月，还是倒下了。

虽然这位年轻的妈妈始终都抱有必死的决心，但是她的家人却不愿意放弃。

让人心痛的是，疾病总是有着自身的发展规律，它并不会因为人的意志而转移。

最终，家属慢慢地接受了这种无奈而残酷的现实：死亡。

让我佩服的是患者自己无所谓的心态，早在几天前，她便在字条上歪歪扭扭地写着："拔了呼吸机，永远解脱了！"

经过几天几夜的心理折磨后，在我多次拒绝家属的要求后，家属达成了一致意见：等她睡着后，家属自己扯下呼吸机。

这个意见虽然比较残忍，但也是最人性化的一种选择。

可惜的是，他们忽略了一点：已经人生末路的患者，根本无法闭上眼睛，更加不可能踏实地睡下去，严重的缺氧和多脏器功能衰竭使得她痛苦不堪。

赵大胆依旧端坐在抢救室的角落里，没有表情，没有说话。但是，我知道她和我一样，在面对眼前这个年轻患者时，心中难免涌动着一种异于面对其他患者时的情感。

对医务人员来说，最开心的莫过于抢救成功，最沮丧的莫过于替患者盖上那块冰冷的白布。

此刻，我和赵大胆需要做的就是那件我们最不愿意做的事情：宣布死亡。

1个小时后，她依旧睁着双眼盯着被天花板阻隔的天空，家属依旧在抢救室门外徘徊着。

最让我难以忘怀的并不是患者自己和家属的放弃，而是现代科技的局限和我自己的无能为力。

对医务人员来说，眼睁睁地看着患者慢慢死去而无能为力，大概是最心痛的事情吧。

凌晨5点，她慢慢地闭上了眼睛，没有等到拔下呼吸机，她的心跳便已经慢慢停止了。她终于还是抵挡不住死神的召唤，踏上了远去天国的征途。

心电图机上那曲曲折折的QRS波很快便化成了一潭死水之中的涟漪，心电监护仪上闪烁的数字也慢慢在喧嚣中归于寂静。

就这样，在凌晨最黑暗的时刻，在破晓时刻，在她年仅8岁的孩子还在睡梦之中的时候，她孤独的灵魂便悄然走在了去天堂的路上。

此时，抢救室里的白炽灯依旧散发着让人不能直视的光芒，可是我依旧看见了满屋绝望的黑暗。

没过一会儿，家属便将患者带走了。

我坐在办公电脑前整理着抢救记录，赵大胆却在角落里偷偷抹着眼泪。人的生命只有一次，如果连死亡都不怕，还有什么过不去的坎呢?

我看不见月亮

两年前，中秋前夜。

急诊抢救室里罕见地冷清起来，没有痛苦的呻吟，没有争吵的喧嚣，就连平日里总是不停报警的监护设备也安静了下来。

整个房间里只剩下两位患者：一位是躺在急诊抢救室门口 1 号病床上的大爷，另一位则是躺在急诊抢救室右侧最里面 9 号病床上的少年。

1 号病床上的大爷只是安静地躺在那里，并没有任何言语，不像 9 号病床上的少年，不停地说话。

9 号病床距离医生办公桌只有不到 80 厘米，趴在办公电脑前的我只要一抬头便能看见躺在病床上的少年，甚至根本不需抬头就能够和患者进行交流。

“医生，外面月亮圆了没有？”这位 15 岁的少年突然冒出这么一句话，打断了我看片子的思路。

也正是因为这句话，才让我突然想起快到中秋节了。

听见少年的话后，我侧过身去，从橱柜之间的空隙向窗外望去。很可惜，这个角度看不见月亮，却能看见那洒满整个急诊中心门前的月光。

凌晨 3 点，整个世界仿佛在那一刹那陷入了难得的静谧。月光铺满大地，马路边梧桐轻声婆娑，乌青的夜幕上远远点缀着几颗星，夜游的生物从空中划过。

“我看不见月亮，明天就是中秋节了，今天的月亮肯定很圆。”观察了几秒钟后，我又坐回了位置，这样回答了这位少年患者。

“医生，我能问你一个问题吗？”少年有些胆怯地问。

“你说。”在听见少年的问题之前，我只是将他当作一个普通的患者，我们素昧平生，用不了多久就会分别，可能再也不会相见，也可能即使相见也已模糊了曾经的记忆。

但是，他却突然抛出了一个问题，这个问题让我在那一刹那为之震颤，甚至不知道该如何回答，只听他说：“你抢救过很多患者吧，大概有多少，一万个有吗？”

我不知道少年为何要这么问，我自己也不知道答案，因为我从来没有统计过自己到底抢救过多少患者，甚至和少年一样，猛然之间，对

“一万”这个数量并没有什么概念。

“我不知道。问这个干吗？”

少年咳嗽了几声，又问道：“在那些患者里，是抢救成功的人多呢，还是抢救失败的情况更常见呢？”

我坐在办公电脑前的椅子上，不得不抬起头看着这位吸着氧气的少年，带着满脸震惊，这个同少年年龄不相符的问题让我猝不及防，而且从来没有患者问过我这个问题。

“肯定是抢救成功的人更多一些呀。”

“人要是死掉了的话，会不会感到痛，会不会真的有灵魂呀？”我还没有堵住少年的话匣子，他便又提了一个让我措手不及的问题。

又是一阵咳嗽，连接在少年身上的心电监护仪因为快速上升的心率和下降的脉氧饱和度（SpO_2）而发出了报警声。

我赶紧站起来观察少年的病情变化，好在他停止咳嗽之后，报警声便渐渐停止了。

护士为少年调整了吸氧设备，对我和少年的对话略带不满，责怪我：“你不睡觉，患者也不睡觉吗？”

赵大胆说得不错，少年需要休息。

借着这个台阶，我拒绝了回答少年的那些问题，我佯装发怒，严肃地警告他：“你一个小孩子懂个屁呀，好好睡觉，病好了以后问你老师去！”

少年笑了笑，向我伸出了大拇指，便闭上眼睛睡觉去了。

虽然我嘴上说少年只是一个小孩子，但当我听见他的这些让我一时间难以回答的问题后，我便知道，他不再是一个孩子了，他甚至有着更加坚强的内心，有着更加复杂的想法。

只是，他还没有说出来罢了。

只是，我们还没有意识到而已。

短短几分钟的交流，区区几句话的对答，让我在那夜彻夜未眠，让我至今难以忘怀。

这些话不应该从一个孩子口中说出，就像病痛不应该过早地夺走他的生命一样。

第二天，正是中秋。

临下班前，我找到了少年的父母，和他们简单地沟通了一番。

沟通一是为了进一步了解家属对治疗的意见，二是想把我最新了解的情况告诉他们。

少年的父母年纪并不大，40 来岁的模样，话不多。

“孩子来抢救室已经两天了，输血、抗感染之后也好多了，你们下一步有什么打算吗？”在急诊抢救室门外我和这对父母做了沟通。

这位比我大不了几岁的男人两鬓已经出现了些许白发，黑色边框眼镜也掩盖不了他眼角布满的血丝。他说：“你看，现在算不算稳定了呢？”

这位 15 岁的少年当时因为发热伴胸闷气喘 6 小时被送进了急诊抢救室，原因不仅是支气管炎，而且合并严重的贫血，血红蛋白仅有 42 克 / 升。

呼吸道感染不难理解，最关键的是，少年为何会有如此严重的贫血？

原来，看上去有些虚胖的少年早在 3 年前便被确诊为白血病，其间一直在某家医院的血液科接受治疗。

当时父母说少年是因为事发前一天运动量稍大，出汗后吹风，有些着凉，原本以为不会有什么大问题，却没想到会有如此严重的症状。

少年的母亲并没有言语，静静地听着我和少年父亲之间的谈话。

“现在血红蛋白已经恢复到了 70 克 / 升，体温和心率也渐渐下来了，比刚来时肯定好多了。你要是打算转到其他医院的话，现在算是相对安全一点了。”少年的血液病一直在某直辖市著名医院血液科治疗，所以少年的父母一直打算将孩子转过去治疗。

见我松口后，少年的父亲便说出了自己的计划，他已经联系好了那家医院，只待空出床位便可以转诊过去。

既然少年病情已有所好转，父母又联系好了医院病床，我便可以交差了。

但是，有一点我不得不向这对夫妻提及："要多关注孩子的心理，多沟通沟通。"

见这对夫妻有点不明就里，我只好将自己在夜里和少年的对话重复了一遍。

"他问我抢救过多少患者，有多少成功多少失败，又问人去世时有没有痛苦，人有没有灵魂。"

听到我的话，少年沉默的母亲抹了抹眼泪，略显沧桑的父亲点头答应："谢谢你医生。"

回到急诊抢救室里，早晨八九点钟的太阳已经透过橱柜之间的空隙照射了进来，正好落在少年虚胖的脸蛋上。

说来巧合，整个急诊抢救室里只有 9 号病床能够接收第一缕阳光。少年方才睡下，父母签字自动离院。

交代好之后，我便下班离开了医院，没有再和少年说一句话，也没有回答他的问题。

我以为自己再也不会遇见这个少年，毕竟少年已经被父母带去了另一个城市的另一家医院。

我以为自己再也不会记住这个少年，毕竟急诊抢救室里来来往往的患者太多了。

我以为自己早已忘记了少年的那几个问题，毕竟从我手中流逝的生命一个又一个，我自己也一次又一次倒映在患者散大的瞳孔里。

然而，我错了。

没想到我再次接诊了这个少年，只不过这一次他已经 17 岁，比两年前更高了一些，脸部更浮肿了一些，病情也更加危重了一些。

前不久的一天，夜里 10 点钟。

患者被 120 送了进来，以我没有料到的方式出现了。

事实上，忙碌到已经不能心平气和地同任何人说话的我并没有意识到眼前这位已经气管切开的患者正是当初的那个少年。

意识模糊的患者已经不能开口说话，气管套管里也不停向外喷射着痰液。

“重症肺炎，快不行了。”120 急救医生与我简单做了沟通。“家属呢？怎么这么严重才来医院？”

“家属正在后面停车，马上就来，本来已经放弃了，现在又突然要来医院。”

原来眼前的患者已经在外院治疗过，并且放弃治疗回家，现在家属突然又想要治疗，所以才送进医院。

即使看见了救护车转运单上患者的名字，我还是没有想到这会是那个向我提出问题的少年。

直到他的父母拿着一大堆检查资料看见了我。

患者的母亲提醒我说：“两年前，就是你给我们看病的。”

见我还是没有想起来，她又说：“就是那个问你人有没有灵魂的孩子！”

家属的话让我立刻想起了两年前的那个中秋前夜和少年的那几个问题。

看着眼前的这对鬓角白发渐多的夫妻，一时间我竟有隔世之感，又觉得两年前的对话似乎就发生在昨天。

但是，少年已然病重，时光再无可能回转。

他们苍老了很多，我也又抢救过了许许多多的患者。我翻开了少年两年来的资料，了解了少年最近的病史。

当初少年转往外市治疗后，病情一度好转，可惜的是，好景不长，白血病再度复发，多次住院。

不仅如此，最致命的是，少年因为血小板极度降低而并发了脑出血。

虽然医生极力抢救，将少年从鬼门关拉了回来，却又不得不气管切开，少年甚至反复出现肺部感染。

半个月前，少年再次出现重症肺炎，几经治疗，效果不佳。

考虑到现实情况，夫妻两人便将孩子从外地又带回了家乡。

虽然他们已经做好了最坏的打算，但是真当孩子病情再度恶化，眼看着不行之时，却不得不又将孩子送进了医院。

人非草木，孰能无情，何况父母？

父亲颤抖着拿着一张又一张病史资料，低着头哆嗦着问："你看这些资料还有没有用处？"

我没有回答这个问题，拍了拍他："要是不行了，还抢救吗？呼吸机、胸外按压这些？"

虽然这些问题有些残酷，但也是他们必须直面的。我知道家属早已有了心理准备，外院的医生也早已和他们做了沟通，但是眼前的这层窗户纸却必须由我来捅破。

听见我的话，这位正在掏资料的父亲停顿了一下，抬着头，双眼红了起来，嘴角蠕动几次后方才发出声来："不要了。"

患者母亲的脸颊上已经挂着两行汹涌不止的泪，咬着牙，微微颤抖着，一个字也说不出来了。

我总觉得这是最残酷的事情，甚至要远超过死亡本身。

实际上，这些既往资料已经没有了任何用处。

因为少年病情极其危重，我需要的是先救命，稳定生命体征，然后才是治病。可惜的是，患者在被送进医院不到半个小时后，心跳便渐渐停止了。

根据之前和患者父母达成的协议，所有有创伤性的抢救措施都被放弃了。

站在病床前，看着心电监护仪上的曲线从曲曲折折到毫无规律，从一丝涟漪到一条直线，看着我眼前这位没有再和我说一个字的少年，听着监护设备不停的报警声，我脑海中不停回荡着少年的问题：“人去世时会有痛苦吗？”

我有些后悔，也许我当初应该告诉他。

我有些心痛，也许我当初应该和他道别。

虽然那晚的急诊抢救室并不算平静，少年躺着的也不是当初的 9 号病床，但那晚的月亮同样很圆，月光同样铺满了大地。

他的一个小动作，让我不敢直视

零点刚过，他就又找到了我。

“医生，我们现在就回去了。”他站在我的对面，似乎还有一些话没有说完。

我抬起头看见刚过零点的电子钟，又看了看正躺在病床上已经昏迷的老人：“那你就回去吧，可你现在怎么回去呢？”

“我自己找了车，马上就到。”接过我递出的病历本后他便转身离开去招呼车辆了。

可能是因为听力，也可能是因为激动，或许只是因为平日里打电话的习惯，虽然是夜深人静的凌晨时分，他却依旧用几乎喊的音量打着电话：“对，对，俺娘脑出血快不行了，现在拉回家……”

几乎所有人都听见了他的声音，却没有多少人看见他流下的眼泪。

大约两个小时前，120 救护车送来一位突发头痛后左侧肢体偏瘫的老年女性患者。

满头银丝的患者已经 87 岁，穿着深蓝色格子上衣，还能够说一些我勉强能够分辨的语言。

老人举起右手，不停地抚摸自己的头部，似乎在向医生诉说自己头痛不适。但除了头痛，老人并不能准确说出自己的其他不适了。

当然，这些也已经不再那么重要，毕竟对一个老年人来说，突发头痛并肢体瘫痪之后首先要考虑的便是急性脑卒中，尤其是急性出血性脑卒中。

“俺娘一直很好，今天怎么了？”后赶到医院的一个人出现在了我的面前，他拨开自己的媳妇和妹妹站了出来。

说这句话的是一个60多岁的男性，戴着口罩，左手拇指上缠绕着创可贴，自称是患者的儿子。

“老人家平日里没有什么病吗？现在最大的可能要考虑脑出血，马上就去做CT。”

我正在为老人做床边心电图，老人有些烦躁，所以便让他帮忙按着老人的胳膊。

因为已经交代过病情，我同家属之间暂时并无交流。

但眼前的一幕却在我的心底激起了一丝微微的涟漪。

他用一只手按着老人的胳膊，又用缠着创可贴的那只手替老人捋了捋头发，大声喊着：“娘，你怎么样，你睁开眼……”

听他的口音，绝不是本地人，看着他为患者捋头发，更是极少数儿子能够做到的。

我突然想同他聊聊，聊聊患者近期的生活，聊聊他们的过往。

可我又装作冷漠，没有再开口，毕竟急诊抢救室里并非只有老人一个患者。很快，检查结果便摆在了我们的眼前：脑出血、脑疝形成。

这结果同我的推测一样，甚至要更加严重一些，老人很快便由烦躁陷入了昏迷。

看着电脑屏幕上老人的头颅CT片子，我将那大片的高密度影指给他看了又看。

起初他并没有作声，但我能明显感受到他更加深快的呼吸，因为坐在我身后的他每一次呼吸都会带着浓浓的尼古丁味。

倒是老人的女儿先开了口：“算了，不要再折腾了，开刀能救活吗？植物人怎么办？”

对如此高龄且进展迅速的脑出血患者来说，随时都会有生命危险，而且有时候不顾一切地手术也并不是最佳选择。

万一，患者死在手术台上。

万一，患者手术几天后依旧死亡。

万一，患者手术后再也不能醒过来。

几个家属商量了一会儿便找到了我，提出了一个常见的要求："挂几瓶药水，然后回家。"

这完全是人之常情，甚至也是我们每一个人在生命最终时刻都要面临的决定。

但他又提出了一个要求："无论如何要把俺娘保到夜里12点以后。"

"患者病情随时都会加重，既然放弃了治疗，你们还不快一点将她带回家？万一在医院或者在路上没了怎么办？"我并不能向家属保证，因为距离零点还有将近1个小时呢。

家属之所以有这样的要求，是因为："过了夜里12点就是新一天了，这是俺们那里的风俗……"

因为家属签字放弃了一切积极抢救措施，所以我并未给这位脑出血昏迷的老人气管插管，只是用一些控制血压、降低颅内压的普通药物而已。

我看了看患者不等大的瞳孔，听了听患者深快的呼吸，只能勉为其难地答应他："我只能尽量，不能保证。"

他点了点头，没有再搭话。一时间，没有什么再需要沟通的。

我们需要做的便是等待时间的流逝。

他的妻子和妹妹忙着联系亲朋好友，他自己却始终站在老人的床边，用缠着创可贴的手拉着老人扎着吊瓶的手。

这样的场景我常常遇见，毕竟面对即将离世的父母，大多数人都会不能自已。

但是，眼前儿子拉着母亲的一幕，却并非常常能够遇见。

毕竟，在急诊抢救室里，通常都是女儿痛哭流涕，儿子却极少如此细心。

我坐在几米之外的办公桌后，隐藏在蓝色无菌口罩和深夜的冰冷之中。有那么几秒钟，我的内心非常矛盾。

我多么希望时间能够慢一点流逝，好给这对母子多一点相处的光阴。我又多么希望时间能够快一点过去，因为这样我的患者便将少忍受一点疾病的痛苦。

但是，时间总是不以我们的意志为转移的，它总是以同样的速度划掉所有人的生命。

该到来的时刻总是难以逃避的，该经历的心路历程也总是不可避免的。

临行前，在最后签字的时候，他还在自嘲："没办法，这是我们那里的风俗，你要是不这么办的话，说出去不好听……"

他一边自言自语，一边又有些颤抖地写下自己的名字，甚至将名字的最后一笔拉得很长很长。

"用不了多久，我就是没有娘的孩子了。"

字还没有签完，他竟突然说了这么一句话。这句话就像一把利剑一样穿透我的心脏，穿透整个急诊抢救室。

是啊，父母在还有来处。父母不在，我们就像没有根的浮萍。虽感慨万千，但在那一刻我却不知道该怎样回应他了。

"嗯，都是这样。"这是我下意识里能够想到最适合宽慰他的话了，因为在他签完字抬起头将笔交还给我的那一刻，我分明看见了一个六旬男人眼眶中晶莹的泪花，这竟让我在零点的深夜中不敢直视。

我想如果仔细分辨的话，这泪花中倒映的不仅有生活的艰辛，一定还有一对平凡母子的身影。

妈妈是我们在这个世界上最重要的人，是我们人生的来处。

无论这个家是贫穷还是富贵，无论这个家庭有着怎样不为人知的故事，只要有妈妈在，这个家便还在，我们的心便还有归处。

无论我们是成功还是失败，无论我们是健康还是患病，只要有妈妈在，我们就不会感到绝望，就还会有一个温暖的怀抱。

在妈妈眼中，我们永远都是孩子，永远都是需要照顾的孩子。

某一天，急诊抢救室里来了一位形容枯槁的50岁女性患者，她因为宫颈癌晚期即将结束自己的一生。

经过痛苦的抉择，家属决定放弃一切有创抢救手段，只是静静地等待最终时刻的到来。

宫颈癌，也被称为子宫颈癌，是女性生殖道恶性肿瘤，发生在子宫颈部位，最常见类型为鳞状细胞癌。病因主要为人乳头状瘤病毒（HPV）感染，尤其是HPV16型和HPV18型。

宫颈癌在早期可能无明显症状，随着疾病进展，可能出现阴道流血、异常阴道排液以及肿瘤侵犯到邻近周围的组织或器官时出现的症状。此外，还可能出现转移性症状，如尿频、尿急、便秘、下肢肿胀、疼痛等，如果癌肿压迫或累及输尿管，可能会引起输尿管梗阻、肾积水及尿毒症等严重问题。

原本这只是抢救室里常常发生的让人感叹生死无常的事情而已，但是，当患者77岁的母亲出现在我的面前时，我竟无语凝噎了。

老人已经有些思维混乱了，甚至因为听力问题而不能与人正常交流。

就是这样一位老母亲，再三央求我："你给她用最好的药，多挂几瓶药水。"

我又怎么忍心向一位步履蹒跚的老人宣布患者已经无药可救的事实呢？

一家人都在用善意的谎言欺骗老人："药已经用了，过一段时间就慢慢好起来了。"

但是老人却始终不愿意离开医院，坚持要坐在抢救室门外的长椅上等待自己的孩子。

“老人家，你先回家休息吧，这里有专门的医生护士盯着她呢。”受家属委托，我表达了希望老人家能够暂时离开医院的意愿。但是，老人有自己的想法：“我知道你们医生护士都很好，但我不放心，我要等着我的孩子。”

老人的话让我无法拒绝，老人满头的白发和哽咽的声音更加让我动容。“你们一定要帮帮我的孩子呀。”

“会的，会的，你放心吧。”说完这句话后我便转身离开了，我无法多和老人沟通一秒，那样的话，我就会暴露出自己伪装着的面具。

听见老人的话后，赵大胆再也不能镇定下去了，她对我说：“父母对孩子的爱永远是无私的，可孩子对父母又会怎么样呢？”

在见证了急诊室里发生的无数故事后，我只觉得赵大胆的话并非没有道理。可这就是生活，就是人不得不接受的现实。

不到 36 小时后，患者带着对这个世界的眷恋永远地闭上了眼睛。从那之后，我再也没有见过那位白发苍苍的老妈妈。

某年除夕前夜，120 送过来一位意识丧失的 68 岁女性，打破了我和赵大胆认为春节假期不会忙碌的幻想。

120 急救医生对患者的病情一无所知，只知道患者病情发作时出现了四肢抽搐，是由路人拨打的急救电话。

我搜遍了患者的全身也没有找到相关的身份信息，对于这样的“三无”患者，我该怎么办？

我自然是不会见死不救的，请示领导后，我第一时间为她开通了绿色通道。患者为何突然意识丧失？

以她的症状来看，应该是癫痫发作，但是为什么会发生癫痫呢？

有两种可能：一种是患者本身患有癫痫，此次只不过是多次发作历史中的一次；还有一种可能就是继发性癫痫，患者有没有发生颅内外伤、颅内肿瘤、脑血管意外事件的可能？

如果是后者，对患者的治疗将会变得相对复杂！

大约 10 分钟后，就在警察帮忙联系患者家人的时候，她慢慢地恢复了神志。

“您现在感觉怎么样？以前有过什么病吗？”我赶紧问道。

这位刚恢复神志的大妈慢慢地说道：“我除了有高血压，没有任何病。”

如果大妈的话可信的话，说明她意识丧失和四肢抽搐的原因可能并非单纯的癫痫那么简单。

当然，有时候有些老年人并不会将自己的某些疾病当一回事。于是我不得不再次询问：“以前发生过这种情况吗？”

患者终于用虚弱的力气给出了完整的答案：“从年轻的时候就开始发，每年都要发生几次的。”

然而让人没想到的是，患者在后面的十几分钟里再次发生多次意识丧失和四肢抽搐。准确地说，患者出现了癫痫持续状态。

癫痫持续状态是指癫痫连续发作之间意识未完全恢复又频繁再发或发作持续 30 分钟以上、不自行停止的病理状况。在这种状态下，长时间癫痫发作若不及时治疗，可因高热、循环衰竭或神经元兴奋毒性损伤造成不可逆的脑损伤，致残率和病死率很高，这是急诊常见的急症。

就在我和赵大胆手忙脚乱抢救时，民警拨通了患者儿子的电话。

“她这是老毛病了，一会儿就好了，好了她自己可以回家。”儿子并没有赶到医院的意思。

民警说道：“你过来照顾一下老人吧。”

谁也没有想到这位儿子接下来的话：“你们从哪里将她接过去的，就将她送到什么地方去。”

“那你总要过来结账吧？”

“我又没有让你们抢救，我结什么账？她这种老毛病，根本不需要抢救。”

夜幕降临，急诊室里已经没有多少人了。

人们都已经回到家中欢度春节了，急诊室里除了几个工作人员和几个病重难以行动的患者，便只有这位依旧在镇静中的老人了。

一夜无话，将要黎明的时候，老人恢复了神志。

“你儿子家在附近吗？”我试探着询问老人。

老人也知道我的意思，干脆利落地回答我：“他们都很忙。”

见到老人如此回答，我便也不好再追问。老人一定有着难言之隐，否则就算再忙，除夕夜又怎么会不来医院接老人回家过年呢？

又过了一会儿，老人的症状就已经得到了控制，她挣扎着坐起了身。

“医生，你放心吧。我把医保卡压在这里，明天就过来结账。”她拒绝了留观观察的建议，执意要回家。

“你还是在医院里观察一段时间，没有大碍再回家吧？”我建议老人继续留观一晚，可是她却拒绝了：“除夕在医院总觉得不吉利。”

在患者被送进医院的时间里，我和民警打了无数次电话，患者的儿子始终没有赶到医院来。

而她，一位患有癫痫多年的68岁的母亲，始终没有埋怨过儿子一句。

空气中已经开始弥漫着一股硝烟的味道，黄昏的夜空中甚至出现了炫目的烟花。

街边五光十色的霓虹灯照亮着她回家的路，而我和赵大胆又投入新的抢救工作中去了。

大年初一，这位老人再次来到了医院。

她将钱交给了收费处的工作人员，拿出这些用手绢包裹的钱时我才知道，原来老人一直在菜市场以贩菜为生。

原来这些零零散散的钱，都是她自己辛苦所得。

看着她佝偻的身体和两鬓的白发，我又想起了自己的妈妈。

看着老人独自结账的背影，我一度腹诽这位不孝的儿子：“你儿子回来了没有？以后让你儿子多照顾照顾你，下次要是再发病，没有人看见的话，太危险了！”

老人微笑着回答：“没关系，他有自己的事。你看我现在不是好好的嘛。”我看着老人，想再说点什么，却发现无话可说。

既然她自己都能谅解儿子的行为，我作为一个萍水相逢的陌生人又何必多言呢？

然而，我错怪了他。

事情的真相永远不是我们想象得那么简单，有时候我们以为的和我们看到的可能只是肤浅的表象。

大年初二，下午 5 点，交完班后我正准备卸下一身的疲惫，回到温馨的家中。一位衣着普通的中年男性找到了我，事实上他的衣着有些破烂。

我看着这位因为小儿麻痹症而行走不便的男性，突然觉得有一丝愧疚。

“我这两天一直在儿童医院，根本离不开，现在才赶过来，想问问我母亲到底是什么情况，账结清了没有。”他有些不好意思的语气竟和电话中的态度大相径庭。

在将老人的病情和注意事项告诉他的时候，我无意间瞥见了他那双被岁月“雕刻”的双手。

这是一双让我触目惊心的手，生活的磨难让它棱角分明、伤痕累累。多少年以来，父母便是用这样的双手为我撑起了一片天空。

“对不起，昨天我的孩子在儿童医院抢救，我心里很着急，所以没有过来，给你们添麻烦了！”他再三向我解释着。

原来他 13 岁的女儿在半年前不幸被确诊为急性白血病，一周前因为持续发热住进了儿童医院。

女儿的病情十分危重，医生已经下达了两次病危通知书。

就在自己母亲因为癫痫发作被送进医院的时候，他和妻子正守在儿童医院等待着昏迷中的女儿能够奇迹般地醒来。

听着他简短而没有条理的叙述后，我竟无言以对，甚至有些羞愧难当。

生活给我们的磨难从来不会以人的意志而转移，它总是会无情、残酷地教会我们认清生活的本质。

每一个人都有着不为人知的故事，每一个家庭都有着自己的不幸。

在了解了自己妈妈的情况后，他说道："要不是因为孩子，我不可能不来看她。"

"我知道，没有关系，你来不来，我都按照正常抢救流程救治的。"这个时候的我心中早已没了怨气和不满。

他们还年轻，就要告别

“无论如何我都不会放弃的！”她哆嗦着身体，一边抹着眼泪一边表达了自己的意愿。

当她说完这句话后，整个房间陷入了短暂的沉默，就连空气也似乎像混凝土一般凝固住了。

房间中的我和站着的、坐着的、蹲着的家属都在渐渐凝固的混凝土中感受到前所未有的沉重，没有人开口说话，我想说些什么，却发现该说的自己早已说过。

几十秒后，一直跨立在洗手池边的一位中年男性家属慢慢说了话：“这种情况，我建议放弃吧？”

我循声望去，这位戴着眼镜、斜挎着灰色公文包的中年男性又继续说道：“我前不久才经历过这样的事情，坚持也只是徒增痛苦，最终还是要放弃的。”

所有人都在等待她的表态，因为她作为患者的妻子，从某种意义上来说有着决定这位昏迷之中的患者生死的权力。

但她的态度却又让我陷入了两难的境地。

因为她既不愿意放弃任何积极有创的抢救措施，又对做包括输血在内的进一步治疗犹豫不决。

她的要求看似很简单：“维持现状，等儿子赶过来再说！”

为什么要用“看似”这两个字？因为维持现状这个要求对病情极其危重的患者来说几乎是不可能实现的。

她的儿子赶到医院最少还需要两个小时，而这两个小时对患者来说或许很短暂，因为患者已经陷入了深昏迷。但对医者来说却要比两个世纪还要漫长，因为患者随时会死亡。

“病情和风险就是这样，医生只能提出建议，最终还是要家属做出决定，等你们做好了决定再告诉我，一定要尽快！”既然家属难以做出放弃还是积极救治的决定，我只好暂时抽身离开。

或许，家属一时之间还难以理解这突如其来的情况。或许，医者应该给家属留下商量考虑的时间和空间。

毕竟对普通人来说，极难在短时间内用理性的思维来做出事关生死的决定，尤其是在带有浓烈个人情感的事情上。

关上抢救室的电动大门，站在患者的病床前，听着呼吸机时而发出的报警声，看着患者鼻腔和口腔中流出的鲜血，看着那个已经好几个小时没有尿液的尿袋和已经开始出现的瘀斑，我深知这个世界留给患者的时间已经不多了。

大约 4 个小时之前，47 岁的患者像往常一样走在下班的路上。

他或许在想工作中还没有解决的问题，又或许在想家庭之中的琐事。

一切都像日复一日的往常一样，一切都像设定好的剧本一样演绎着人生的脚本。

但这一次意外却发生了。

患者倒下了，并且很快便丧失了自主意识。

路人报警之后，患者被送进了急诊抢救室，此刻他已经陷入昏迷状态。没有身份信息，没有家属陪伴，没有钱，怎么办？

面对这样危重的患者，自然是救命比救火还要重要，第一时间开展抢救工作。我第一时间开通了绿色通道，由医院先行垫付费用，争分夺秒为患者进行救治。

在放射科 CT 室之中，我身穿厚重的铅衣，捏着呼吸气囊。患者的胸廓伴随着我手中的气囊而有规律地起伏着，患者的生命却又伴随着我不断滴落的汗水而流逝了。

因为头颅 CT 的结果无疑宣判了患者的死刑，大量的脑干出血！脑干出血是脑出血中最为凶险危重的一种，病死率非常高！

不完全统计数据表明，脑干出血达到 3 毫升的死亡率便高达 70%，出血量在 5 毫升以上的死亡率更是高达 90%，如果出血量超过 10 毫升便几乎是神仙难救了。

这位患者的出血量显然要远远超过 10 毫升！为什么脑干出血会如此凶险？

因为脑干是生命的中枢，通俗地说，因为它包含延髓、脑桥、中脑、网状系统等主管呼吸、心率、血压、体温等生命体征变化的重要部位。

能够引起脑干出血的原因有很多，大致有高血压、脑血管畸形、颅内动脉瘤等。

后来据家属描述，我眼前的这位 47 岁脑干出血患者平日里并没有包括高血压在内的任何病史。

家属的叙述并不一定完全正确，生活中有很多人将没有症状当作没有疾病，甚至会忽略一些早已出现的轻微症状。

这个世界上从来没有任何人会无缘无故患病，更加不会有任何人会突然莫名其妙地陷入死地。

当然，对患者来说，这一切都已不再重要。

因为患者的病情在短时间内急剧恶化，甚至出现了 DIC！

所谓 DIC，指的是弥散性血管内凝血，即不同原因引起的局限性的血管内凝血系统激活，使得全身形成微血栓，凝血因子被大量消耗并继发纤溶亢进，引起全身出血的综合征。

此刻的患者已经失去了手术的机会，性命就如同垂死挣扎在狂风暴雨中的风筝一般，随时都可能会绳断人亡。

每个人心里都清楚如此危重、进展如此迅速的病情对患者来说意味着什么。

每个人心中都明白，年仅 47 岁，突发重病，短时间内死亡，对于还没有联系上的家属意味着什么。

通过多方努力，我们终于联系上了患者的妻子。

患者的妻子匆匆赶过来，站在床前，她环顾着插在患者身体上的所有管路设备，喃喃自语道："怎么会这样？"

站在身后的我并没有第一时间回答这个问题，因为我知道她需要时间来镇定、来接受眼前的这一切。

几分钟后，又来了几位家属。

我将家属带离抢救室，做了更详细的沟通，便有了本节开头的一段对话。

患者的儿子在赶来的路上，毫无意识的患者在用生命等待着，而我和搭班护士正在用尽全力维持患者那风雨飘摇中微弱的生命体征。

"家属到底是什么意思？考虑清楚了没有？"谈话一个小时之后，我已经催促了两次。

起初那位自称刚经历过一起脑干出血事故的亲戚说道："我们考虑过了，还是放弃吧，得了这个病就不是钱的问题，是命的问题。"

虽然这个决定是我心中早已预料的决定，也是我工作之中常常发生的决定，但当它真的被说出来的时候，我的内心依旧泛起了一些波澜，毕竟我为这位患者努力过，毕竟我曾经期盼过能够发生奇迹，更何况我深知在不久的未来死神就会降临。

患者的妻子披着零散的头发坐在抢救室门边的地板上，脸颊上还挂着两行泪珠。

"等他儿子来见他最后一面，就不要挂水了！"此刻的她比来时要更加悲痛，表情上却更加镇定一些了。

“不再输液，撤掉机器，不做心肺复苏，不住院，是这个意思吗？到时候需要你签字，要知道他随时会走掉。”我必须认真地反复告知家属拒绝进一步救治的风险。

“是的，等儿子过来见他最后一面，尽点孝……”

事实上，在这种悲痛且郑重的场合，我几乎很少会提及“死亡”这两个字。因为我害怕会激发家属难以控制的情绪，因为我担心难以隐藏自己内心那丝丝的不甘和难过。

患者的妻子确认并签字了，签字的时候我分明看见她的手在微微颤抖。我赶紧上前帮忙压住病历纸的下角处。

亲戚已经帮忙购买了寿衣，联系好了丧葬一条龙服务，我甚至开始抓紧时间写起了抢救记录……

抢救室墙壁上的电子时钟在不慌不忙地流逝着我们的心跳和呼吸，办公桌后那盆枯萎的绿萝在夏季的酷热中慢慢蒸发掉绿色的线粒体。

我原本以为患者的儿子会是一名成年人，会是一名带着妻儿一起急匆匆赶到医院的成年人。

没有想到的是，患者一直在等待的儿子竟还是一名读书求学的大小伙。

患者的妻子哭着拉着儿子的手来到了患者的床前，甚至已经没有力气说出一句完整的话了：“快看看你爸爸最后一眼吧。”

小伙子没有说话，颤抖的嘴巴又似乎说出了很多话来，或许这些话只有昏迷之中的患者才能听见吧？

我一边协助护士赵大胆为患者吸痰，一边看着泪珠挂在小伙子有着几颗青春痘的脸上。

亲戚打来了温水，买来了毛巾，让小伙子为患者擦拭身体，这是本地的风俗之一。

这或许是他第一次为自己的父亲擦拭身体，却又是无情的最后一次。

这或许是他第一次如此近距离地接近自己的父亲，却又是悲哀的最后一次。

看着小伙认真而笨拙、僵硬而小心翼翼的动作，我赶紧离开了患者的床前。

因为我害怕别人看见蓝色口罩后的我，因为我害怕将自己的内心暴露在这嘈杂的抢救室之中。

拔除呼吸机一个小时之后，患者原本那起起伏伏的心电图便慢慢变成了一条直线。

只是这条直线是没有边际的，它远远地向前延伸着，在它一望无际的前方正有无数个我们在奔跑着。

47 岁脑干大量出血的患者很快便离开了人世，相互搀扶着的母子也消失在了人海。

只有我带着酸痛的身体站在正在消毒着的病床前时才突然发现，自己的手套上竟还有患者的鲜血，甚至自己的听诊器上也无意间遗留了一些。

我赶紧脱下手套，给听诊器消了毒。

但我知道，无论多么干净的着装，无论多么无菌的环境，我都会紧握着那根红色的听诊器，因为它浸染着患者的血，还有我的血，因为它是希望所在。

如果说这位第一次为父亲擦洗身体的大学生小伙子引起了我的注意的话，那么另外一位年轻人便更加让我终生难忘了。

那个时候，虽然急诊抢救室中挤着很多人，但他刚一出现就立刻引起了我的关注：蓬松的杀马特发型、浸透汗水的青色涤纶外套、染满了白色油漆的球鞋、手臂上裸露出来的文身图案、耳廓上夹着的香烟。

站在病床前，他没有说话，或许一时之间他不知道该说些什么。躺在病床上用着呼吸机的是一位 54 岁的男性，是他的父亲。

“你是他什么人？”看见他走进急诊抢救室之后，我立刻上前询问。

“我是他儿子，他现在怎么样了？”听见我的询问之后，眼前的这个年轻人才从慌乱中恢复一些理智。

他一开口便勾起了我心底的好奇：杀马特发型、手臂上的文身和慌张的眼神很符合他看起来不到20岁的年龄，而浸透汗水的青色涤纶外套和染满了白色油漆的球鞋似乎又在说明生活已经给了他许多历练。

他是一个年轻人，他也是一个成年人。

“怎么了？怎么了？”他站在病床的左侧，用手抚摸着患者的额头，趴在他耳边大声地呼喊着。

我站在病床的右下方，不忍打断他的呼喊，因为我知道他或许还不能承受这样突发的重大变故，因为我知道自己要给他留下一点心理上的缓冲时间。

见父亲没有任何反应，他抬起头再次询问：“他怎么了？”他抬起了头，而我却低下了头。

他抬起头是希望从我的口中得到答案，是希望了解父亲的病情。我低下头是因为我又瞥见他中指上缠绕着的创可贴和遗留在患者额头上的尘埃。

“两个小时前，他被路人发现昏倒在马路边。送进医院的时候已经昏迷，你还没来的时候他已经做了检查，也用了一些药，原因是大量脑出血。”

两个小时前，热浪透过抢救室巨大的落地窗一点点地渗透进来，同中央空调发出的冷气做着殊死搏斗。

没有人能够看见这冷热之间的斗争，就像没有人能够看见死神与现代医学之间的博弈一般。

虽然没有人能够看见，但它却正在发生着。虽然没有人关心，却都在参与见证着。

120救护车停在了急诊室门口，被推下车的是一位身材壮硕的男性。

他全身散发着浓烈的酒精味，大小便失禁，处于昏迷状态。

“他被人发现昏倒在马路边，具体时间不清楚，我们赶到现场时他就已经昏迷了！”120 急救医生描述了自己了解的情况。

“会不会是中暑了，热射病？”我心中第一时间冒出来的想法是热射病，毕竟当下季节的持续高热已经导致了许多这样的例子。

但当我为患者进行了初步的体格检查后便不再这么认为了，因为这更像是大量脑出血的临床表现。

“联系到家人了没有？报警了没有？”

120 急救医生已经第一时间报警，他说道：“民警就在后面，已经联系家属了。”从患者胸膛上黝黑的皮肤和青色涤纶外套来看，他应该是附近某处工地上的工人。只是不知为何中午饮酒后会昏倒在路边，而不是在工地或住处。

我第一时间进行了气管插管等抢救，完善了头颅 CT 等检查。结果同我心中的推测完全一样：脑出血。

当我看见眼前的头颅 CT 和依靠呼吸机进行呼吸的患者时，我知道患者的双脚已经踏进了黑暗的深渊。

事实上，患者的病情极其危重，不仅是突发脑出血，而且破入脑室，并且自主呼吸极其微弱。

我向患者的儿子追问病史，得到的答案却只是：“本来什么都是好的，没有病！”

或许患者真的没有病，或许患者只是没有症状，或许儿子根本就不知道患者的病史。

“他平日里吃什么药？”我必须换一个角度来询问。

果然，他又回答：“我爸以前吃过降压药，后来就不吃了，说是高血压被治好了。”

这个世界上哪里会有高血压被治好这种情况，充其量不过是高血压被控制住了而已，更多的情况是患者因为没有症状或症状轻微而不用药，是患者从来不去测量血压而已！

沟通之后，我将病危通知单递给了他，并且告诉他在什么位置签名，在什么位置留下电话号码。

他还缠绕着创可贴的右手却连拿起签字笔的力气也丧失掉了，要知道，就在几个小时前，他年轻的双手还在工地上为了生活而劳作着。

见他拿着签字笔的手如同灌了铅一般沉重，我知道这突如其来的消息依旧让他难以接受。

“你没有来之前是医院垫付的费用，你现在去把费用交了，然后打个电话同家人商量一下，这个等一会儿再签字吧。”我不得不提醒他应该同家属商量下一步的决定，毕竟患者的病情极其危重，要面临巨额的费用和具有不确定性的治疗效果。

“多少钱？”他说着话从口袋里掏出一张身份证和几张 10 块、50 块的纸币来。

他伸手将钱递给我的一幕，让我的内心一刹那似乎被揉了一下，他竟似乎从没有来过医院，以至于不知道要在收费处缴费；他竟似乎从没有患病就医的经历，又或者依旧处于慌乱之中，以至于天真地认为只需要这些许的费用。

同在急诊室中常常出现的同龄人相比，生活已经过早地让他成了一个男人。

然而，在人世间每日演绎的悲欢离合、生老病死面前，他依旧是一个孩子。

“到收费处去缴费，然后把我向药房借的药还回去！”因为起初没有家属到场，而抢救又不能耽误，所以我便向药房借了一些药品。

“那我打个电话去。”将钱放进口袋后，他又习惯性地从耳廓取下那支香烟放进了口中。

我没有阻止他在抢救室抽烟的行为，不仅是因为他根本没有点火，更是因为我知道他已经忘记了点火，只是需要一丝精神上的慰藉。

他叼着没有点燃的香烟暂时转身离开急诊抢救室，看着年轻人的背影，我才发现浸透在他青色涤纶外套上的汗水更加明显了。

他拨通了家人的电话，说着我有些听不明白的方言，我一低头才发现那张还没有签字的病危通知单上湿润了一处圆形放射状的图案。

不一会儿，他又敲开了急诊抢救室的电动控制大门。

我又拿出那张滴落着泪珠的病危通知单放在他的面前，他再次拿起签字笔工工整整、一笔一画地“刻”下了自己的名字。

在那钩横撇捺之间，流淌着的不仅是患者的生命，还有他曾经对生活的憧憬或绝望。

或许他很久没有这样认真地签过自己的名字了，或许在他每签下的一笔一画之中都夹杂着坚毅和被迫成长的彷徨。

每一个人都将面临这一刻，就像每一个人都终将离开这个世界一般。

但并非每一个人都能够将自己的名字写好，更非每一个人都能将自己的一生认真地书写在那钩横撇捺之间。

他的字算不上漂亮，甚至有些幼稚；他的年龄算不上很大，甚至非常年轻。

但我知道他知道从签下名字的那一刻起，在自己的一生里必须用所有的力气去书写，在病床上的父亲面前，自己必须担当起来。

“医生，我们能回老家治疗吗？”打完电话后他又找到我。

当我得知他口中的家乡距离此地600多千米之后，不得不告诉他：“他现在随时随地会死亡，如此微弱的自主呼吸就算是在城里最好的医院也是九死一生，更何况是当地县医院？距离太远，途中风险太大！就算回到老家，极大可能也是看不了。”

“在这里看病，有些不方便。”他有些腼腆地回答道。

“这不是方便不方便的问题，是救命的问题，不方便你克服一下。”我必须让家属明白当下最紧急的问题是什么。

医学上没有绝对的事情，虽然绝大多数都是殊途同归，但谁能保证没有奇迹发生呢？

医学是一门自然科学，但在诊治的过程中，却又掺杂了许多社会因素。治病救人，从来都不只是单纯的医学问题。

“如果有奇迹存在的话，就算回到老家，同样是一笔巨大的费用。最重要的是，他目前的病情不适合长途转运。如果你坚持要转运的话，各种可能我已经告知，请一切后果自负。”事实上，患者不仅已经失去了手术的机会，也正在失去活着的机会。

等待患者的结局可能有两种：一是不久后停止呼吸、心跳，二是极其幸运地永远沉睡下去。

最终恢复理智的他在考虑到所有可能和经济承受能力之后，做出了重要的决定：“尽量先看着，一切结果我都能接受。”

毋庸多说，这个决定将使他终生难忘，甚至会在夜深人静时难以入眠、泪流满面。

生活是残酷的，命运是不公的，但在残酷和不公之后，我们必须含着血泪做出一些理性的决定。

这些甚至是我们每一个人都不得不去面对的。

在将患者送入病房之前，家属提出了唯一的要求：尽力维持患者生命到其他家属赶到。

“我只能尽力，不能保证。因为他随时随地都会停止呼吸、心跳。”我不忍心拒绝他的要求，却又不得不婉转地拒绝，因为病情极其危重的患者病情随时可能会急转直下。

幸运的是，经过多学科的联合救治后，患者的命奇迹般地保住了，但是遗留了肢体偏瘫和进食呛咳。

出院那天，这位家属再次找到我："要是平日里吃药的话，会不会就不会这样了？"

这个问题让我难以回答，因为患者突发脑出血的原因有很多，高血压可能只是其中一个罢了。

更重要的是，我不知道他想要一个什么样的答案。

他会不会埋怨自己没有监督父亲用药？

看着这位站在我面前的儿子，我再也没有了好奇，再也没有了震惊，我郑重地告诉他："高血压只是脑出血的原因之一，如果平日里好好控制高血压的话，发生这种情况的概率就会减少，最起码有些病不会来得如此早。"

我不知道他是否能够真正明白我说的话，但我知道他在签下自己名字时已然明白了人生的含义。

临行前，他对我说："那天我已经做好了最坏的打算，没想到我爸被你们救了回来，太感谢你们了。"

面对谢意，我无心自赞。因为我知道对患者和这位年轻人来说，未来的路还很长。

20 岁那年，我还坐在教室里憧憬着未来，有人却已经挑起了生活的重担，还有人已经做出了人生最重要的告别。

20 岁那年，你又在做什么呢？

还有一位年轻人，要更加特殊一些。

那天深夜，看着与我相对而坐却一言不发的家属，我终于还是忍不住催促道："不管怎么样，你们要尽快做个决定！"

他却茫然地看着我，没有给出肯定的答案，也没有给出否定的答案，只是口中说着我"听不明白"之类的话离开了。

我不知道他说的是什么，也许是"嗯"，也许是"哦"，也许什么都不是。

那夜很冷，尤其是在他黑色皮夹克的映衬下，我甚至觉得整个急诊抢救室都犹如冰窖一般让人坐立不安。

他起身离开又停留在数米之外，在黑色皮夹克上摸索了一会儿，掏出手机，在急诊走廊的灯光下寻找起号码来。

看着眯着眼睛寻找电话号码的家属，我才突然意识到眼前这位所谓的家属其实也只是一个老人罢了。

几十秒钟后，电话终于打通了，他给我的回复是："再等一会儿。"

"再等一会儿可以，但我不能保证你的要求能够得到满足！希望你能理解这一点。"说完话我又转身关上了急诊抢救室的电动控制大门，投入那无边的黑暗和无尽的抢救中去。

在关上大门之前，这位 40 多岁、身材高大、穿着黑色皮夹克、全身散发着浓烈香烟味的家属甚至没有抬头看我一眼，也没有说出一个"哦"或者"好"字来。

大约 1 个小时之前，家属将一位 68 岁的老年男性患者背进了医院。

患者刚进入急诊室就被分诊护士发现已经陷入昏迷，而且面色乌紫、四肢厥冷。

陪同患者来到医院的是两男一女，其中一位便是这位自称是患者大儿子的、穿着黑色皮夹克的男子。

他告诉我，患者患有慢性支气管炎几十年，平日里在家中自行吸氧，近日因为自觉胸闷气喘症状好转，于是停止了氧疗。

"没想到早晨出门转了一圈就受凉了！"起初家属并没有意识到患者病情的危重性，甚至认为这只不过是又一次感冒发热。

事实上，昏迷之中的老人已经命悬一线！

"这可不是受凉那么简单，人已经昏迷了，氧气指标太低，人马上就不行了！"心电监护仪的报警声立刻响了起来，血压只有 53/39 毫米汞柱，血氧饱和度只有 60%！

严重的呼吸衰竭和休克也是昏迷之中的患者会面色乌紫的原因之一。

一股股让人作呕的味道从患者的身上散发出来，揭开患者的衣物才发现他早已大小便失禁！

“人马上就不行了，要救命必须气管插管，插了有可能有一丝希望，不插只有死路一条！”我快速对家属说道。

在实际工作中，我极少会对患者和家属提及“死亡”两个字，一是因为我自己有些迷信忌讳，二是担心患者和家属会受刺激。

但是，有时候我却必须大声说出来。

例如，当患者和家属根本没有意识到问题的严重性，甚至还在认为只不过是医生夸大之时；例如，当患者和家属根本不信任医生，甚至还在满不在意、游戏人间之时；例如，面对眼前这位一直沉默不语、不肯给出明确答复的家属之时。

我没有过多的时间给家属商量，因为对昏迷中的这位老人来说，每被错过的一秒钟都是生命的一分希望。

“没有意见就请先离开抢救室，不要耽误抢救！”穿着黑色皮夹克的大儿子依旧不置可否，而站在他身后、年龄相仿的一男一女同样默不作声。

在生命面前，在千钧一发之际，家属没有明确反对即意味着不放弃，纵然患者已经衰老至此，甚至有些患者已经没有了抢救价值，或者说徒劳的抢救只会给患者带来更多痛苦。

因为现实之中，在大多数情况下，掌握患者命运的并不是患者自己，也不是救死扶伤的医者，而是家属，是那些在家庭之中有着话语权的家属，是那些掌握着钱袋子的家属。

除非家属明确拒绝，否则都将被视为默认积极抢救。

这不仅是因为没有什么东西比性命更加重要，更是因为没有人想要摊上一场官司。

在进行气管插管等一系列积极抢救后，患者的生命体征得到了暂时的稳定。

我找到一直等在门外的家属，告诉患者的实际情况并希望了解家属真实的想法。

沉默了一会儿之后，他说出了自己的想法："将我爸带回家，能给我们留一口气吗？"

有些地方有这样的风俗：老人一定要在自己家中死去，否则就会沦为孤魂野鬼，再也找不到回家的路了。

患者病情如此严重，一旦离开呼吸机，随时都可能死亡，即使是大罗神仙附身也难以保证可以留一口气回家。

"我不能保证，你有几个兄弟姐妹，要不要商量一下？"放弃治疗毕竟是一件极大的事情，家属应该统一意见，医生也不可能只凭其中一人的意见便决定患者的生死。

说这句话的时候，我特意看了看站在他身后的一男一女。

这位女性家属年龄在 30 岁左右，指着另一位男性家属示意可以不用听他的意见："他耳朵有些聋！"

我打量了一下这位男子，年纪并不大，二十四五岁的样子，心中不免想：这么年轻，怎么会聋了呢?

但听力差并不代表可以忽视他的意见，毕竟这位一直没有开口说话的男子也是患者的儿子。

"你们能确定吗？"事关患者生死，必须慎之又慎。然而，三人却没有一个可以给出肯定答复的。

"不管怎么样，采取什么样的态度治疗，你们都要尽快做个决定！"这句话我说了很多次，因为患者已经没有时间可以给家属商量了。

穿着黑色皮夹克的大哥和稍年轻一点的女子走出急诊打电话商量去了，只留下所谓耳聋的男子照顾着患者。

护士赵大胆说："师傅，你帮忙把他的尿袋放一放吧？"他竟毫不犹豫地答复道："怎么弄？"

原来患者这位有听力障碍的儿子听力尚可，最起码能够听见正常分贝的说话声。

只是在急诊抢救室简短的交流中，我可以判断出一直沉默不语的他或许有些智力低下罢了。

赵大胆在为患者吸痰，昏迷之中的患者有些刺激反应，站在床尾的儿子下意识地喊道："他醒了！"

导尿时我呼喊家属前来帮忙脱下患者的裤子，在看见失禁的大小便时，另外两人下意识地捂起了鼻子，只有这位有听力障碍的儿子毫不犹豫地伸手帮忙。

三四十分钟之后，患者的女儿和孙子一起赶到了医院。

在做出放弃进一步抢救治疗的决定之时，穿着黑色皮夹克的大儿子始终没有明确表态，有听力障碍的儿子呆呆地看着自己的哥哥，而流着眼泪的女儿说："这事还是你们做主吧！"

患者患有慢性阻塞性肺疾病几十年，在家中需要长期氧疗才能维持没有明显的症状，甚至不可避免地长期存在 2 型呼吸衰竭。

几天前，患者自行停止了氧疗，外出散步时又不慎着凉。最关键的是，患者在再次出现胸闷气喘乃至发热时，家属并没有及时将其送往医院，而只是将其当作普通的感冒发热。

甚至在将患者送往医院之后，他们还没有意识到因为严重休克和呼吸衰竭而昏迷的患者已经一只脚踏入鬼门关了。

事实上，每年冬天类似这样凋零的患者都有很多。如果家中老人患有"老肺病"，在气温变化之时一定要注意保暖。

急诊抢救室里来了很多探望的亲朋好友，有男有女，有老有少，有人沉默不语，有人同我寒暄，有人不停解释，也有人再三向我打听，他们都做好了送患者最后一程的准备。

唯有有听力障碍的儿子呆呆坐在急诊走廊里的长凳上，看着自己眼前纷纷扰扰的人们。当家属推着转运病床试图将患者带离医院的时候，他却突然冲了上来。

他推开自己的大哥，又抢在自己的侄儿之前，两手拉着患者的手，红着眼睛，哆嗦着手，呜咽着。

但他始终没有说出一个字来，又被那位稍年轻一些的女子拉开了。大家都知道，老人一旦离开医院便意味着死亡。

或许，他也知道吧？

家属最终决定要搏一把，给患者一个希望，而在气管插管、呼吸机持续辅助通气治疗及一系列药物治疗的 48 小时后，患者终于缓缓睁开了双眼。

探视期间，一群人围在患者床边，只有那个始终不曾开口的孩子一直拉着患者的双手。而戴着无菌口罩的我躲在人群之后，看着眼前这一幕，竟又觉得人世间或许并没有那么冰冷。

零点刚过，120 救护车便停进了急诊中心。

从救护车上抬下来的是一位中年男性患者，他已经没有了心跳、呼吸。

120 急救医生正在为患者做胸外按压，陆续从救护车上走下来的家属则已惊慌失措、号啕大哭了。

接手患者后，我才发现他还有体温，这也意味着患者发生心跳、呼吸骤停的时间可能并不久。

“从接到电话到现在不到 20 分钟。”120 急救医生交代。

但是，有一个至关重要的问题我却难以搞清楚，那就是，从患者出现意识丧失到家属发现并拨打 120 之间有多少时间？

患者的妻子跟随 120 救护车来到了医院，她说：“夜里 1 点钟的时候发现他在大口叹气，不能说话了。”

虽然发现丈夫出现了异样，但她没有意识也没有能力去判断丈夫是否还有心跳、呼吸，只能在短暂的惊慌之后拨打 120，而 120 赶到现场后发现患者已经没有了心跳、呼吸。

虽然具体时间难以搞清楚，但从患者还有体温的情况来判断，应该时间不久。

抢救正在继续，气管插管呼吸机已上，肾上腺素药物间断推入。双手按在患者的胸膛，心电图上却连一丝颤动也没有。

“你一定要把他救好。”一位年纪稍长的男性家属红着眼睛向我要求道。

我手中的那份心电图却根本没有任何曲折，就像牵引着风筝的线一般笔直，而躺在病床上的患者正像那随时要离线、消失在天际的风筝。

“我们会尽力的，但情况摆在这里，家属也要做好心理准备。”虽然患者发生心跳、呼吸骤停后很快被送进了医院，但残酷的现实摆在了眼前，他的瞳孔已经散大到边，心电活动已完全消失，甚至就连原本有些温度的躯体也已渐渐发凉。

这位年仅 37 岁的中年男性为何会在深夜里猝死？他既往是否有一些基础病？近期又是否有一些不适的症状？

一切答案都是否定的，患者的妻子流着眼泪回答我：“他没有任何病，也从来没有说过不舒服。”

事实上，超过 80% 的猝死都是由于心源性疾病，如心肌梗死等冠脉病变、长 Q-T 间期综合征等心律失常、瓣膜病、心肌炎等心肌病、主动脉病变等，其余则有可能是由于肺栓塞、代谢病等。

总而言之，患者猝死必定是有原因的，只不过没有人能够发现罢了。

“他的孩子才 8 岁，不能死啊，你一定要帮帮忙，救救他。”另一位女性家属已经泣不成声了。

面对眼前这位和我年纪相仿的患者，我多么希望能够有奇迹出现，多么希望那平坦的心电图上能够突然出现一阵波动，哪怕只是杂乱无章的室颤也好呀。

“给点反应吧！”做着心肺复苏的赵大胆突然冒出了这么一句话。

虽然彼时赵大胆和患者之间的距离不过几十厘米，但患者却再也听不见这个世界上的任何声音了。

我站在他的床头，翻开他的眼睛，从他散大到边的瞳孔里看见了自己的影子，还有那抢救室里冰冷的天花板。

在被送进急诊抢救室 140 分钟后，我宣布了眼前这位素不相识者的临床死亡。

他就像断了线的风筝一样在凌晨时分消失在了夜空之中，他就如同那些曾在我手中逝去的生命一样悄无声息地离开了。

他的妻子瘫坐在地上，声嘶力竭却再也发不出声音，只有那位年长一些的家属还有些理智，他要求道：“稍等一会儿，再等几个家属过来之后，你再撤下所有机器吧。”

我答应了他的要求，因为只要还没有撤下抢救设备，就意味着还能见最后一面。

虽然有些自欺欺人，但这或许也是患者自己在这个世界上最后的遗愿。

很快，又来了一些家属，有男有女，有老有小。

白发苍苍的老者在众人的搀扶下泪如泉涌、哀号不已，瘫坐在地板上的妻子几欲站起冲进抢救室。

那位年纪稍长的男性家属找到了我：“签字吧，签完让他老婆孩子再看看。”

我拿出了自己写好的那些公式化的内容，还有一堆心电图放在了患者的妻子面前，告诉她宣布临床死亡的具体时间，又询问她是否需要尸检明确死因。

几个家属商量后签字拒绝了尸检，他们希望患者的躯体不再遭到破坏。

她颤抖着拿着签字笔停在了半空，泪水一滴滴落在了办公桌上，她望着那位年纪稍长的男性家属："舅，能签吗？我签了他就没有了。"

原来，这位一直负责同我交涉的家属是患者的舅舅。

舅舅红着眼睛哽咽道："你签不签不都是这个结果嘛，签吧。"

患者妻子签字后，我和赵大胆便将患者身上的所有设备撤除，又替他整理了衣服，擦去嘴角的分泌物，盖好被单。

猝死的他很狼狈，但他不应该带着狼狈离开，即使是一具尸体，也应该保留和活人一样的尊严。

舅舅带着一群家属来到了患者的床前，妻子扑在了他的身上，白发苍苍的老人瘫坐在了床边，几个不知是谁的女性家属也红着眼睛抽泣着。

人群之中，一位穿着黑色毛衣、看上去有些睡眼蒙眬的小男孩引起了我的注意。

小男孩被一位女性家属搂在怀里，站在了自己妈妈的身后。

他没有害怕，也没有哭泣，只是静静地看着，甚至还在伸着头想搞清楚爸爸妈妈到底怎么了。

搂着他的大人说："你再看看，你没有爸爸了。"

小男孩并没有任何反应，反倒是站在数米之外的我心头一惊。

深夜里被从睡梦中喊醒的孩子一定还没有明白眼前发生的一切，他甚至还没有意识到这一切都和自己深深相关。

如果说白发人送黑发人让人伤心难过，那么让一个孩子见证自己生命里最重要的人离开又何尝不是一件痛彻心扉的事情呢？

舅舅将家属带离了抢救室，便要开始忙活另一件重要的事情了。他请来了人，要为患者穿上最后的新衣。

按照本地的风俗习惯，父亲去世后，应该由子女亲自为他擦洗身体，然后穿上那些花花绿绿的寿衣。

可患者的儿子还是一个懵懂的孩子，根本完成不了这项任务。

舅舅只好花钱请人帮忙为年仅 37 岁的患者擦洗身体、穿上寿衣了。

我转身离开了抢救室，想要暂时逃离眼前的悲伤，要将抢救失败的难过情绪掩藏起来。

我从急诊中心的长廊匆匆走过，却又被那个穿着黑色毛衣的小男孩吸引。

男孩躺在急诊走廊的长凳上，翻滚着，玩耍着，裸露出来的皮肤贴在冰冷的金属上，但他丝毫没有感受到凉意，也没有注意到不远处长辈撕心裂肺的哭声。

但我知道，这个孩子的一生已经被改变了。

我的脚步没有因为小男孩在长凳上翻滚玩耍而停止，因为还有其他患者等待我去处理。

但在那数秒钟的时间里，却有无数个想法浮现在了我的脑海中。

我在想，也许用不了多久，这个孩子就会明白自己永失了父亲。

我在想，如果我的患者还在的话，看见自己的孩子躺在冰冷的长凳上会不会担心他着凉。

我在想，若干年后，这个孩子还能不能回想起眼前这嘈杂的一幕。

我在想，如果躺在病床上的那个人是我自己，翻滚玩耍在医院长凳上的会不会就是我的孩子。

我在想，但我却没有更多的时间去想，我没能鼓起勇气去将玩耍的孩子从冰冷的长凳上拉起来，我没有胆量去告诉这个孩子不要再玩耍了，你已经没有了爸爸。

我很快便回到了抢救室内，去处理刚来到医院不久的新患者。

在打开急诊抢救室大门的那一刻，我忍不住回头又看了看那个穿着黑色毛衣、被大人在深夜里带进医院的孩子，又看了看瘫坐在地上哭泣着无暇顾及孩子的大人。

工人已经为患者做好了所有准备，只等着殡仪馆来车了。临行前，舅舅带着家属再次来到了患者的床前。

“再看看你爸爸。”一位女性家属搂着孩子说道。

孩子只是不知所措地看着眼前的一切，看着口中含着红绳的爸爸，看着穿着一身臃肿衣服的爸爸，看着不久前还同自己玩耍的爸爸，看着自己即将再也看不见的爸爸。

工人把被白布覆盖住的患者抬走了，快速地推离了医院。

有人哭喊着追在身后，有人留在原地收拾着遗物。

哭声越来越远，直到消失在夜幕中。

等到我处理完患者，再次打开急诊抢救室的大门时，这个孩子已经不见了，只有新一天黎明的光斜照在冰冷的长凳上。

回家挣钱

“还是痛，来点止痛药吧？”我眼前这位 45 岁的中年男性患者又一次提出了这个要求。

站在病床前，看着面色苍白的他，我似乎已经没有了退路，因为这是当晚我第四次听到这个要求了。

“能忍就忍一忍吧，对你来说，有点疼也算是正常现象，更何况止痛药才用了不到一个小时，要是真的疼痛难忍再考虑用一点吧？”事实上，在劝解患者的时候，我的内心已经有些动摇了。

坐在病床上的患者朝我笑了笑，并没有继续说下去，只是低下头继续玩起手机来，不过可以看得出来，他有些失望。

或许，这无声的微笑便是最大的抗议吧。

虽然悬浮少白的红细胞正在源源不断地输入他的体内，但是这一切依旧抵挡不了病魔一口口吞噬患者的生命。

我一边查看正在输血的患者有无不良反应，一边又想起家属的叮嘱：“大夫，你可千万不要告诉他呀！”

患者不再提及止痛药，却又提出了新的要求：“要不要做一次增强CT，我总觉得肚子里有古怪？”

“怎么个古怪法？”我追问道。

患者笑了笑：“除了有些痛，还有点胀，总感觉有人在一点点掏空我的肚子。”

我看了看挂在急诊抢救室墙壁上的电子钟，毫不犹豫地拒绝了患者的这个要求："等输血完再说吧，现在没有必要去做增强 CT。"

得到了我的回答后，他再一次沉默不语了，接着低着头玩起了手机。

凌晨 3 点，急诊抢救室内，有人沉睡着，有人辗转反侧异常清醒着。

我坐在不远处的办公桌后面，侧身看着这位不久之后便要离开人世的患者，一连串疑问袭上了心头。

19 个小时前，患者踉踉跄跄地来到了急诊室。

在拥挤的人群之中，我一抬头便看见了惊人的一幕，无须多言，眼前这位中年男性患者病情危重。

为什么会这样？

因为当时气喘吁吁的患者面色苍白，犹如白纸一般，额头上还隐隐留着汗珠的印迹。

"怎么了？"我赶快扶着患者坐了下来，我担心他会跌倒在地。

陪着患者前来急诊室的是他的妻子，一位看起来有些老实巴交的中年女性。

只见她从手提包中拿出一沓检查资料放在了我面前："我们那里的医院说看不了，要来大医院看一看。"

我翻看了患者最近几天的检查资料，有抽血化验的项目，也有超声报告单。这些常见的检查项目让我隐隐吃惊，因为报告单上的数据已经危及患者的生命，如仅有 43 克 / 升的血红蛋白。

也就是说，这是一位严重贫血的患者。

对一位中年男性来说，严重贫血的原因是什么呢？会仅仅是消化性溃疡等常见原因引起的消化道出血吗？当地医院为什么要将患者转过来呢？

我来不及询问这些细节，当务之急是将患者安顿下来，对症治疗，稳定住他的生命体征。

"以前输过血吗？输血是有风险的，一会儿你要签个字。"我将患者送入了急诊抢救室，打算按照消化道出血予以补液输血，对症治疗。

这位45岁的男子却答非所问道："医生，能和你商量一个事情吗？"

"说！"

气喘吁吁的他有些不好意思道："我的医保卡最近不能用，看病都是自费……"

他的话没有说完，我已经知道了他的意思，正如多数患者一样，他的潜台词无非是："你可不要给我乱开检查呀！你可不要给我用太贵的药呀！"

患者有这方面的想法，我却没有时间和他解释，我的回答也很简单，甚至有些生硬："我只管看病，特殊检查、特殊药品、花钱多的东西肯定会让你签字，其他事情我不管。"

也许是看出我有些不悦，他的妻子紧接着补充道："医生，你不要见怪呀。"

说实话，患者这样的顾虑我常常会见到，并没有什么特别之处，我更加不会将如此小事记在心上。

甚至这样的回答都只不过是我日常工作中最常使用的套话之一罢了。

"没事，看好病最重要。"简单沟通后我便忙着去开医嘱，为他申请检查、申请输血去了。

我原本以为这只不过是又一例普通消化道出血的病例，躺在我面前的患者也只不过是一个如千万普通患者一样的患者罢了。

大家素不相识，现在也只是萍水相逢。

看病后，离开医院后，大家互不相识，没有什么不忿或者挂念。

但是，我很快便发现自己错了，也更加能够理解患者的顾虑了。

虽然患者在当地的腹部超声检查提示存在腹水，但我依旧需要为患者完善腹部CT检查。

在将患者送入CT室等候检查的空隙里，他的妻子悄悄找到了我："他的肚子里可能不好，有什么结果，你千万不要告诉他呀！"

患者妻子的话让我一头雾水，我尚且不知患者到底所患何病，她又是从何而知呢？

“你这是什么意思？”

看着我有些吃惊，她便解释道：“我们一个月前在老家做过 CT 了，说是可能有胰腺癌，我怕他起疑心，就没有告诉他，也没有把检查单拿过来。”

“当时为什么想到去做 CT？”我不解地询问。

患者的妻子解释道：“那个时候他就开始肚子痛了，我开始还以为是胆结石，没想到会是癌。”

家属的话解除了我的疑虑，却让我更加气愤了，因为我曾多次追问病史，却没有得到答复，原来是她故意隐瞒了病史。

“你怎么不早说？”

看着这位有些憔悴的妻子低下了头，我的内心有些不忍，觉得不应该如此责备她，如果不是万不得已，谁又愿意独自承受这样的心理压力呢？

“那你是什么意思呢？我要怎么和他说呢？”趁着患者不在场，我要尽快和家属达成统一口径，以免在患者面前露出马脚。

患者妻子早就想好了答案：“他这个病发现快一个月了，贫血也有一个星期了，我告诉他肠道里烂了一部分，等消炎后就去开刀。他自己也以为是肠道的问题，只是我们那里输不到血，所以才来大医院看看。”

“好吧，我就这么和他说。”

虽然我不得不这么做，但是我依旧有着自己的顾虑：“他才 45 岁，毕竟很年轻，是不是应该将实情告诉他，让他自己做决定，以免有遗憾？”

家属却摇了摇头：“我们一家人都商量好了，他弟弟妹妹也都是这个意思。”

短短几分钟的时间内，我便和家属达成了一致意见。

只是这种意见让我自己觉得有些惭愧，因为它让我不得不在患者面前撒谎。

作为一名医生，难道我不应该将最真实的病情告诉那些有完全民事行为能力的患者吗?

然而，可惜的是，在绝大多数情况下，我都违背了自己的内心。

在将患者从CT室送回急诊抢救室的路上，看着他苍白且稍泛黄的脸，我的脑海中竟突然联想起可怕的一幕：我正在为骨瘦如柴的他做着胸外按压……

CT检查很快便有了结果：胰腺占位、腹水。

血液检查结果更是一团糟，甚至还有几个危急值，完全符合一名消化道肿瘤、严重贫血患者该有的结果。

可笑的是，在面对患者的追问时，我还要一本正经地撒谎："肠道里有积血，等贫血纠正了，后面考虑择期做肠镜吧。"

患者对这样的答案毫无疑虑，甚至还在追问我："什么时候能够做肠镜呢?我在这里待一天就要花一天钱，不能上班又要损失一天的钱，我还要回家挣钱呢……"

"根据你的病情恢复情况再看吧。不要着急，有恢复的过程，慢慢来。"说着这样的话，我突然能够完全明白患者一开始提出的要求了。

他说得不错，他损失掉的不仅是每一天的医疗费用，还有每一天不能赚取的收入。

人到中年，不再做没有结果的事情。面对一家老小，更有着不可推卸的责任。

无论是那些包括我自己在内的在急诊抢救室出现过的患者，还是那些从不曾进过医院的人，无不如此。

"所以我才着急呀！"患者说着咧开了嘴。

看着他的微笑，我甚至后悔一开始生硬地回答他。

幸亏我戴着蓝色无菌口罩，否则就要被人发现难以掩饰的尴尬和自责了。

“身体才是革命的本钱！你赶快把病看好，还怕没有赚钱的机会？”这又是一句谎言，因为我明明知道对这位考虑胰腺癌的患者来说，剩下的生命周期不会太久，甚至是在癌痛折磨下的时光也要按天来计算了。

但是，此刻我不想让患者看见我的尴尬，也不想让患者从我的言行中看出破绽。

因为我努力想像朋友一样同他沟通，因为我知道我说的话对他来说便是希望。而此刻，他最缺乏的便是朋友和希望。

胰腺癌是一种发病隐匿、进展迅速、治疗效果却很差的消化道肿瘤。胰腺癌其实只是我们的统称，它又分为胰头癌和胰体尾癌，超过 90% 的胰腺癌患者都是导管细胞腺癌，少数为黏液性囊腺癌和腺泡细胞癌。

胰腺癌患者常见的不适症状是上腹部疼痛、黄疸、消瘦、食欲降低。早期腹痛是因为肿块压迫胰管，造成胰管梗阻，当然也有少数患者早期没有腹痛症状。

病情一旦进展到中晚期，因为肿瘤侵犯腹腔神经丛，患者会出现持续严重的疼痛。

这也是眼前这位患者反复要求镇痛治疗的原因。

输血完毕后，除了始终有腹部胀痛，患者胸闷气喘、头晕乏力的症状得到了明显改善。

我找到患者不善言辞的妻子：“输血结束了，血红蛋白也已经恢复到了 62 克 / 升，下一步怎么办？是回家，还是等待床位住院？”

患者的妻子突然冒出的一句话又一次让我震惊，她说：“医生，你有没有办法看好这个病？”

之前在下达病重通知单的时候，我已经同她有过深度沟通，告知了各种可能。

我原本以为她已经完全理解了患者的病情，毕竟当地医生也曾告知过，而且患者家属也做过沟通，没想到她又提出了这样的幻想。

看着她，我想说些什么，一时之间却又无话可说。

因为我知道她知道一切，而她之所以提出这个疑问，也只是心中还有一丝希望或者幻想罢了。

我能做的也只是轻轻摇了摇头，报之以蓝色无菌口罩背后她看不见的微笑罢了。

妻子给出的答案便是，等外地子女驾车前来接患者回家。

就在等候子女前来的深夜时分，患者又提出了加强镇痛和检查腹部增强 CT 的要求。

对饱受癌痛折磨的患者来说，镇痛药的使用要遵循阶梯疗法的原则，于是我拒绝了他的要求。他深夜检查腹部增强 CT 的要求，同样在短期内已经没有了必要，更何况这也是一笔不小的开销。

在被我拒绝后，患者没有再说什么，这个中年男人只是微笑着没有再说话。

我没有分辨出这笑容背后到底隐藏着什么样的内心活动，因为我不敢直视他略黄染的眼睛。

他只是侧身卧在病床上，拨弄着自己的手机。

我坐在不远处的办公桌前，突然有了自己的疑虑：患者真的不知道自己的病情吗？包括之前在当地医院的检查和治疗情况，难道患者自己就不会在手机上查询吗？

或许，患者要比我看得更清楚吧。

天刚蒙蒙亮，患者的儿子便赶到了医院，一位 20 出头的小伙子。

收拾好之后，我特意找到了他，将之前和患者妻子说过的话重复了一遍。

小伙子答应我："到了快要不行的时候，我一定会告诉他！"

虽然这只是每一次都会进行的例行公事的谈话，但是我多么希望人人都能健康，人人都有尊严。

临行前，患者咧着嘴对我说：“我回家挣钱去了！”

“好！”我笑着高声回道。

看着他离开的身影，我知道或许我们再也不会相见了。在人世间，又有谁能逃过这样的境遇呢？

如果非要说有什么区别的话，或许只是时间的早晚罢了。

关上急诊抢救室的那扇电动控制大门，看着躺满屋子的正在挣扎着的患者，一句名言浮现在了我的脑海中：“希望虽然常受欺骗，却非常必要，因为希望本身就是幸福，尽管它屡遭挫折，但这种挫折本身不比没有希望可怕。”

工作忙毕，我突然又想到了一个问题，患者始终在玩手机，或许他早已经在网络上找到了关于自己病情的答案吧！

在这个患者离开急诊室十几天之后，我又遇见了另一个胰腺癌患者。

那天凌晨两点钟，躺在2号病床上的患者没有了心跳，心电监护仪上先是出现了一阵室颤，继而渐渐变成了一条直线。

按照家属之前的要求，我什么抢救措施也没有给患者上，只是站在一边看着患者的妻子趴在床头痛哭流涕。

患者是一位年仅55岁的男性，此刻已经永远闭上了眼睛，再也感受不到胰腺癌带来的疼痛了。

他深陷着的眼眶、黄亮的肤色、清晰可见的肋骨、隆起的腹部似乎都在无声地诉说着他生前同病魔斗争的经过，又似乎在控诉着胰腺癌给患者带来的无尽磨难。

患者的妻子蹲在床边，拉着他已经冰冷的手，有些泣不成声地喃喃自语：“我以后做饭给谁吃呀，你为什么这么狠心……”

我想上前拉起这位悲伤欲绝的妻子，我想告诉她人死不能复生，我想安慰她，对患者来说，离开便是解脱。

但我终究还是继续保持沉默，在深夜的急诊抢救室里看着这人世间最寻常却又最让人感同身受的离别。

我知道患者的妻子此刻需要倾诉，需要告别，需要哭泣，因为面对爱人的永别谁也无法掩饰内心的哀伤。

我也知道应该给家属留下可以拉着他的手、可以看上他一眼、可以感受他的温度、可以埋怨他两句的最后时间。

这最长情的告别，是谁也无法逃避的现实。

几个小时之前，我刚接班的时候便发现了 2 号病床上躺着的患者。

张口呼吸的患者甚至已经呈现濒死状态，血压仅有 60/35 毫米汞柱，经皮动脉血氧饱和度也仅有 80%。

“这个患者快不行了，怎么什么也没有上？”我不解地问当班医生。

当班医生悄悄地告诉我：“胰腺癌晚期，已经快不行了，和家属沟通过了，也签字了，家属的意思是除了静脉输液，其他什么抢救措施都不用，要是心跳、呼吸没有了就算了。”

我终于知道为什么眼前这位患者病情如此严重，却也只能在心电监护仪的报警声中慢慢死亡了。

“死亡”这两个字对大多数人来说都只不过是一个名词，它意味着患者已经没有了生命体征，人世间再也没有了这个人的存在。

但是，对我来说，它却是一个动词，一个带着鲜血、泪水的动词。在急诊抢救室里，它更多地意味着生命的渐渐消逝，意味着患者的苦难和家属的哀痛。

接班前例行要查房，要了解每一个患者的情况。

2 号病床上这位戴着呼吸面罩的胰腺癌晚期患者已经没有了说话的能力，甚至连呼吸的能力也在渐渐失去。

站在他的身边我不知道该说些什么好，因为我知道无论我说什么他都已经没有能力回答了。

我看了看他的瞳孔，又在心前区听了听。

“大夫，白班的大夫已经向你说了吧？”患者的妻子问道。

“说了，你不是已经签过字了吗？我都知道了。”我不能轻易地说患者和家属的决定是对还是错，虽然这原本便没有绝对的标准，我能做的便是尊重他们的决定。

得到我的答复后，妻子终于安心了，再也没有其他话，只是坐在床边拉着患者黄染消瘦却又浮肿的手。

正当我为患者盖好被子、准备离开之际，一直睁着眼睛和嘴巴的患者朝我笑了笑，甚至试图举起无力的手朝我挥一挥。

虽然一直在泵着镇痛药的患者没有说出一个字来，但那一刻我感受到了他内心的所有话语。

“没事，好好养病吧！”我不知道从自己嘴巴里蹦出来的这几个字算不算是谎言，但身处此情此景，除了这几个字，我真的不知道该怎么回应了。

趁着患者又陷入短暂的昏迷，我悄悄地向他的妻子了解了具体的情况，人命关天之事，我必须了解家属内心真实的想法。

她告诉我，患者被查出胰腺癌已经快 5 个月了，外院的医生已经反复交代了病情，对于现在的情况，她早有心理准备。

“不想再让他遭罪了，太痛苦了。”泪水一直在她通红的眼睛里打转，似乎马上就要滴落在急诊抢救室冰冷的地板上了。

再次确定放弃静脉输液之外的所有医疗措施之后，她却欲言又止。

“没关系，有什么问题你就说。”我鼓励她将自己的疑问说出来。

“大夫，你看他还能撑多久，能撑到天亮吗？”她惴惴不安地追问着。

这个问题让我难以回答，因为从实际情况来看，这位胰腺癌晚期、多脏器功能衰竭、休克、呼吸衰竭、高钾血症的患者随时都会出现心跳、呼吸骤停。

以患者的状态来看，恐怕再难以看见阳光照进人间了，尤其是在放弃气管插管、心肺复苏等抢救措施的情况下。

“难。”在确定家属已经准备好了寿衣等物品后，我唯有这样回答。

原来患者唯一的儿子此刻正在从外地赶回来的路上，最快也要清晨6点多钟才能赶到医院。

在得知患者的儿子还在赶来的路上时，我提醒她：“你有没有告诉他实际情况，要是见不上面的话，你可以视频通话。”

“下午就已经说了，不然他也不会急忙赶回来，现在大家都在忙着病毒这个事情，请假不容易。”

患者妻子开始有些语无伦次起来：“这样说，怕是见不上了。”说完这句话，她径直转身离开，又回到了患者的床前。

那一晚急诊抢救室里并没有很多患者，因为新型冠状病毒，医院反倒成了危险的地方，所以有很多患者都选择在家中等待。

2号病床上这位胰腺癌晚期患者同样如此，他出于同样的原因在已经出现疼痛不适、不能进食、呼吸困难3天后才被送进医院。

因为没有多少患者，我便有了难得的空闲时间。

但是，这深夜里的空闲时间却又让我感到无比难受。

如果非要让我选择的话，我宁愿选择忙碌起来，因为这样我就不用眼睁睁看着一个患者的死亡了，我就可以用忙碌来掩饰这死亡的悲哀了。

患者罹患胰腺癌多日，甚至早已有医生向家属告知了这终要面对的死亡。

按理说，家属早早便有了面对这一情况的心理准备，应该随时守候在他身边才对，但患者的儿子却为何还在匆忙赶来的路上呢?

时光在无情地流逝，和它一起从我们眼前溜走的还有曾经充满活力的生命。

患者从昏迷中醒了过来，却只能努力睁大眼睛看着床边的妻子和急诊抢救室里的世界。

他说不出一个字来，甚至根本看不清这人世间的最后景象。

患者最终永远地沉睡了下去，没有留下一句话，也没有留下一声痛苦的呻吟。

如果不是心电监护仪上消逝了的生命符号，如果不是我无情的告知，家属甚至认为他只不过是又一次昏迷了。

“我以后做饭给谁吃呀？你不是最喜欢吃我做的饭吗？你就不见见我们的孩子了！”

殡仪馆来人了，他们正在为患者穿上新衣。不久之后，他们就会将患者带走，而我和同事也会将 2 号病床整理消毒。

凌晨 3 点，急诊抢救室门外的风还没有停息，他们即将把患者带走了。

家属要做的便是天明后拿着死亡证明前往殡仪馆办理遗体火化，然后慢慢适应这个没有了患者的世界。

这样的一幕我曾无数次遇见，甚至常常遇见比这更加悲痛的故事。

但是，患者妻子临行前的一句话却让我突然心如刀绞，甚至要泪如雨下。她向我道别，带着悲伤和自豪说：“大夫，你辛苦了。你们太不容易了，我的儿子也是一名医生！”

那一瞬间，我终于找到了最后一别的答案。

看着他们离开急诊抢救室，消失在茫茫夜色之中，我坐在办公电脑之后，在帽子口罩隔离衣之后再一次体会那股来回激荡心房的暖流。

我再也不会见到患者和他的妻子了，也注定不会见到那位深夜里才能匆忙赶回的同行了。

但我永远不会忘记他们。

没有为什么，因为他们就是我们，因为我们在做相同的事情，有着同样不可推卸的责任和担当。

你这个医生啊，骗了我好几次

国庆节过后，天气预报说寒潮要来。

没想到的是，当天深夜，气温便真的大幅度降低了。

坐在急诊抢救室里，听着户外的风在呼呼作响，外面像是张大了嘴巴要吃人一般。

但我知道，在这凌晨的急诊抢救室内，真正要吃人的病魔却正悄无声息地隐藏在黑夜之中。

谈完话后，我又回到了位于角落的办公桌前，一边处理着医疗文书一边等候着家属商量后的结果。

患者的妻子暂时离开了急诊抢救室，说是要打电话商量一下，只留下瞪着眼睛看着天花板的患者和没有被关严实的电动大门。

9 米之外，我隐隐约约看见寒风裹挟着冰冷的光线肆无忌惮地从抢救室没有关严的门缝中呼啸而来。

我曾精确地测量过办公桌同急诊抢救室大门之间的距离，一点不多，一点不少，正好是 9 米。

在这 9 米的范围之内，曾有过多少痛苦的、悲哀的、不幸的、绝望的生命离开?

在这 9 米的距离之内，又曾留下过多少人或酸或苦或甜或辣的泪水?

搭班的同事都在忙自己的事情，我赶紧起身去关闭那扇隔离生死的抢救室大门。

路过患者床头时，我下意识地瞥了患者一眼，才发现这位躺在抢救病床上的66岁患者正在一动不动地盯着那冰冷厚重的大门。

“医生，你来一下？”患者看见我后呼喊道。

关上抢救室的大门后，我来到了患者的床前，才觉得眼前这位66岁的男性患者就像狂风中枝头上孤零零的叶子一般，在风雨飘摇中随时可能凋零。

“有什么事情吗？”我一边查看连接在患者身上的心电监护仪一边询问道。

他有些不确定地试探着问：“我老毛病了，肯定有很多问题，治了一种，还有其他，要是不治的话，能回家吗？”

该说的道理我早已说过，甚至已经反复说过不止三次，但他始终重复着这句话：“我老毛病了，没有大问题，能回家吗？”

一时之间，我甚至不知道该如何拒绝这个要求，只好用最通俗的话劝解道：“这一次好好看病，把身体调理好，准备回家过年呢！”

听见我的话后，患者莞尔一笑：“医生，你忽悠我，还有4个多月才过年哩！”

没有想到患者竟然能够清楚地记得距离春节还有多久，被戳破谎言后，我不好意思地笑着说：“4个月不是很快嘛！你不要想太多，药水已经用上了，多休息吧！”

将患者的手放进被子里后我抓紧逃离了他的病床，逃离是因为我已经没有词语可以用来拒绝他那个重复的要求了。

十几分钟后，患者的妻子红着眼睛又回到了急诊抢救室。

“怎么决定？”

患者已经有些伸不直脊梁的妻子并没有直接回答我的问题，只是再次向我确认：“要是不看的话，会有生命危险吗？”

这个问题让我有些无奈，甚至有些哭笑不得，因为患者病情的严重程度我早已说过，甚至已经下达了病危通知书。

但患者的妻子却再次提出这个问题。

我知道她只是想得到一个肯定的答复，她只是在慌乱之中丧失了理性。我并不能责怪她，我也不会责怪她。

毕竟在面对家庭的重大变故之时，没有人能够保持理性；毕竟在家人生死攸关之时，几乎没有常人能够做到镇定自如。

这位 66 岁的男性患者患有系统性红斑狼疮将近 20 年，5 个小时前，患者开始出现胸闷气喘。

因为逐渐严重到不能平卧，所以他才会在深夜被送进急诊抢救室。

事实上，患者出现胸闷气喘的原因简单明了：急性心肌梗死、心力衰竭……而且多年的系统性红斑狼疮早已让患者的身体慢慢崩溃，以至于在急性心肌梗死、心力衰竭的背后发生着其他致命的问题。

初步检查后，患者的健康状况得到了初步明确，他不仅发生了急性心肌梗死、心力衰竭，而且存在严重的肺部感染、胸水、心包积液、肾功能衰竭、肝功能不全和凝血功能障碍。

“他的病很严重，随时都会死亡！甚至没有机会走出抢救室，也可能在送往病房的途中就会发生昏迷、心搏骤停。”我不得不重复这句话。

“可是他一点儿也没有心口痛呀？”患者的妻子还是不能理解为什么患者没有胸痛就发生了心肌梗死。

有很多人都认为心肌梗死一定会有明显的胸痛，其实这是一个认知上的误区，有些急性心肌梗死患者是没有明显胸痛的。

“你的子女呢？他们在电话里怎么说，马上赶过来吗？”因为患者的妻子始终难以理解我的话，又对患者的治疗方案犹豫不决，所以我不得不寻求另外的沟通途径。

患者的妻子只是摇了摇头，又变得沉默起来。

对急性心肌梗死患者来说，时间就是心肌，时间就是生命，每错过的一秒钟对患者来说都是生存的希望，更何况我眼前的患者还合并有多个脏器的功能障碍。

“我打电话告诉我弟弟了，他要一个多小时才能赶过来！”原来她所谓的打电话商量一下并不是打给自己的子女。

“这么严重的问题你还是通知子女吧，我怕你一个人做不了主。”面对坚持要回家的患者、一直在犹豫的家属，我只能希望其子女来给出一个肯定的答复。

“子女也不管用，都要我自己来决定！”她掏出手帕擦了擦眼睛，再次拒绝了我。

急诊抢救室巨大的落地窗外，狂风依旧在嘶鸣，像是在天空演奏起了死亡的哀乐。

即使那层厚重的玻璃可以隔绝冷与热的交汇，却注定隔挡不了黎明同黑暗的交割。

我知道，无论是黎明还是黑夜，在每一家医院的每一间抢救室中都隐藏着生命的杀手。

在患者来到急诊室 50 分钟之后，在家属纠结犹豫将近 20 分钟之后，我再也忍不住，我再也等不起了。

“病情摆在眼前，要是积极治疗的话或许还有一线生机，要是放弃治疗的话就是死路一条。道理很简单，事实摆在眼前。如果你做不了主，或者拿不定主意的话，还是联系子女吧，毕竟这是大事，否则到时候他们会埋怨你的！你弟弟还要一个多小时才能来，心肌梗死患者等不起！”

我态度严肃甚至有些严厉地对患者的妻子下了“最后通牒”，因为被浪费的不仅是时间，更是患者生存的希望。

我自认为施加给家属的压力会起到一些引导的效果，却没有想到家属的回答又让我很快便后悔自己为什么要在凌晨如此逼迫她。

她又掏出手帕边擦眼角边解释道：“医生，你不要生气，也不要嫌我烦，我对不起了。”

这句话一下子将假装铁石心肠的我打回了原形，甚至又在我的心中烙下了一道深深的伤疤。

“我没有生气，但这个情况你要尽快拿主意，你告诉我为什么不肯通知子女？要是住得远，也可以电话沟通啊，不一定非要他们到医院来！”我搬来板凳，让她坐下来平复心情。

起初我认为或许是因为费用，又或者是因为对手术过程及风险不了解。

“如果实在不能做介入手术的话，也可以考虑溶栓。”虽然对急性心肌梗死患者来说，介入治疗是第一选择，但是有时候也不得不考虑患者的现实情况，溶栓方案也是要考虑在内的。

然而，即使如此，患者的妻子也在推辞几句后拒绝了。我不明白，这夫妻二人为何如此固执。

“难道是因为我还没有交代清楚吗？你家里有人能做主吗？把你家孩子喊过来！”

终于，患者的妻子道出了实情。

只是，她给出的答案是我不想要的，也是我不忍听见的。

“我就一个孩子，得了精神分裂症，脑子不正常，常年住在医院里。”说着话她又掏出了手帕，擦去眼角的泪水。

这个答案让我一时间无言以对，甚至让我后悔自己为什么非要逼问。

两个小时后，她的弟弟赶到了医院，并做出了最后的决定：“放弃治疗，自动出院。”

费用是一个原因，不能承受治疗中的风险也是一个原因。然而，最重要的原因是患者本人坚决不配合治疗。

他的病虽然很严重，也没有人能够做出肯定的保证，但总归还有一线生机。

面对我的询问，这位匆匆赶来的弟弟说：“他这个病很久了，心脏不好也很久了，心衰很严重，医生说过很多次了，就算这次能闯过这一关，下一次也不一定闯得过去。”

他说得不错，甚至有一些道理。

但这意味着放弃患者生命的决定始终让我有些不甘或是不忍，毕竟还有一丝希望。

听见自己终于可以不用住院的消息后，躺在病床上的患者像个孩子一样笑了起来。

“你应该知道回家的后果吧？”

患者看着我微笑道：“我怎么会不知道，我现在就是想回家，我不想死在医院。”说话时，患者始终在微笑。

我突然觉得，这微笑之中似乎带着虚伪，带着无奈，带着不可理喻，却又带着分明的坚强。

天刚微微亮，他们便做好了回家的准备。

在为患者撤掉抢救设备的时候，我看见患者正在看着我，我又看见了他的笑容，他却看不见我无菌口罩后面部肌肉的变化。

“医生，麻烦你了，你态度很好，有耐心！”因为可以回家而开心的患者临别时不忘夸奖我。

但是离开前，他又说了一句：“你这个医生很好，就是骗了我，还骗了我好几次。离过年还有 4 个多月呢，我根本等不到了！”

那一刻，我不知道该说些什么了。他说得不错，我是骗了他。

我多么希望自己能够成功骗过他呀，我多么希望他能够有信念撑到春节之后。

可惜的是，他对自己的病情、对时光的流逝、对生命的意义都有着清晰的意识。

我根本欺骗不了他，或许只有他自己才能欺骗自己吧？

看着患者远去的背影，我更加彷徨不安起来，甚至有些心酸。

因为我深知自己根本配不上患者这样的夸赞，也知道他根本不是在指责我忽悠了他。

我知道在这个浮沉的人世间还有更多的无奈，甚至在我的脑海中还有更多远比他更令人印象深刻的患者。

但是，那一别后，我注定不能忘记他了。

因为我知道自己与患者之间的距离远不只办公桌与急诊抢救室电动大门之间的 9 米，而是生与死的离别。

从这三位女患者身上，我看见了一种东西！

有一天夜班，急诊室里先后来了三位年龄相仿的女性患者。她们素不相识，却几乎在同一时间被送进了急诊抢救室。她们有着不同的故事，却都在向我展示最真实的人生。

在面对这些活生生的患者时，我难免要想，她们何苦来哉。

在面对这些挣扎着的生命时，我又情不自禁地想：谁又不是这怕死畏生的芸芸众生呢？

正是因为她们在短时间内相继出现在了我的工作中，才让我有机会将她们刻在心里。

那一夜，我彻夜未眠。

不仅是因为我作为医生要诊治这些患者，更是因为我从这三位女性患者身上看到了生活和生命的另一面。

第一位患者

首先被 120 送进急诊抢救室的患者是张小姐，穿着睡衣的她侧着身体躺在转运病床上，松散的头发掩盖在脸前，让人难以看清。

“怎么了？”我瞅了一眼挂在急诊抢救室正中央的电子钟，此刻正是深夜 11 点钟。

120 急救医生回答我：“吃药了，吃了什么药不清楚。”

听到这句回答，我看了看侧身躺在病床上的患者，问道：“吃了什么药？有多少量？有多长时间了？”

这三个问题对我来说至关重要，因为它们事关患者的病情，也关系到患者的治疗方案。

例如，服用有机磷农药和安眠药自然意味着病情的轻重不同，又如服药 1 小时和服药 10 小时也自然因为药物的吸收不同而牵扯到治疗方案的不同。

但是，120 急救医生根本回答不了这些问题。不是因为他没有考虑到这些问题，而是因为在短时间内他根本没有从家属口中问出有价值的答案。

事实上，就连家属也回答不了这些问题。

年仅 30 岁的患者始终不愿开口回答，甚至躺在病床上辗转反侧，不愿配合。

陪同来到医院的是患者的爸爸、妈妈和弟弟，他们并不知道患者何时服药、服了什么药、服了多少药。

“我看见的时候她可能已经吃了不少，我把她手中的药丸子打了下来。”首先发现患者服药自杀的是患者的爸爸，发现的时候患者已经在服药了。

除此之外，再也没有可用的信息了。

他回过头来问患者本人，得到的答案却让人哭笑不得，她哭着喊着：“谁让你反对！”

爸爸板着脸不再言语，妈妈跟着也哭了起来：“你赶快告诉医生吃了什么药吧！”

虽然在场的人都劝说患者说出自己服药的具体情况，但她只在痛哭流涕中反复说着两句话。一句是：“谁让你反对！”另一句是：“打电话给他，我要见他！”

好在患者的居住地距离医院只不过千米，在我的要求下，其中一位家属又返回家中找到了患者服药的证据：两个安眠药的药盒子。

她怎么会有这么多安眠药，难道是蓄谋已久？这个疑问在我的脑海中一闪而过。

如果按照最大剂量推算的话，患者应该服下了 40 颗安眠药。

既然没有洗胃禁忌证，我便准备开始洗胃了。然而，患者不仅不愿意配合，还提出了条件："让他来见我！"

患者口中的"他"是谁？这个"他"同患者服药自杀有什么关系？

这些问题原本不是我关心的内容，甚至同我对患者的治疗没有任何关系。

但是，情绪激动、烦躁不安、正在过度通气的患者却非要以联系"他"来作为洗胃治疗的交换条件。

抱着患者双腿的妈妈开始埋怨起来："你找他做什么，你不是想不开嘛！"倒是她的弟弟赶忙掏出了手机，拨了一个号码，但电话始终没有接通。

"你看，他根本就不接电话了。你不能自己好好活着，等天亮了再去找他吗？"弟弟反复打了四五次电话都没有接通。

直到此刻，被泪水模糊了双眼的患者方才稍微安静下来。

经过洗胃后，患者被安排住进了留观病房。我又向家属叮嘱了一些注意事项，才从缓过神来的妈妈口中得知了患者服药前后的细节。

这个细节或真相远超出我的预料，让我目瞪口呆，甚至让前几分钟对患者怒其不争的我立刻变得自责、不安、难过起来！

原来 10 个月前，患者的丈夫不幸车祸去世，但患者始终不愿意接受现实，还渐渐有了精神症状，并且已经在专科医院服药治疗。

患者始终认为丈夫并没有去世，只是背叛了自己，去了远方。

她多次想前往寻找，问问他为什么要离开自己，却多次被自己的父亲阻拦。

听完患者母亲的哭诉后，我不知该说些什么，只是叮嘱她天明后带患者前往精神心理科继续治疗。

第二位患者

就在这位服药自杀的患者洗胃刚结束的时候，急诊抢救室里又来了一位女性患者。

这是一位腹痛 12 小时的 34 岁女性，她的面色很难看。

事实上，当我接诊这个患者时，她正将头埋在双手中，双膝跪在病床上大声呻吟着。

这个腹痛难忍的姿势，让我瞬间想到了那些肾绞痛的患者。

“有这么痛呀？哪里痛，指给我看看。”我拍了拍患者的背部询问着。

听见我的话后，患者将脸从双手中解放了出来，扭过头来看着我：“快救救我吧。”

而我却被吓了一跳！

患者的脸在昏暗的灯光下显得格外灰暗，没有一丝头发的头部让她显得分外苍老。

不是说 34 岁吗？这看上去有 60 岁了呀，会不会是套用医保卡？这些问题是我初见患者时内心不由自主产生的疑虑。

疼痛已经让患者没有力气和耐心来回答我的问题了，倒是她的丈夫递给我一份最近的出院小结。

出院小结上的记录让我对眼前的患者有了初步了解，也让我明白这位年仅 34 岁的女性患者为何会如此苍老。

一年前，患者因为反复咳嗽来到医院。

胸部 CT 发现了占位，虽然很快便被确诊为肺癌，但确诊时却已经出现了多处转移。

患者失去了手术的机会，只能在化疗的痛苦中挣扎着度过每一天。

说实话，虽然肺癌患者很多，在急诊抢救室里去世的也有不少，当真的面对一位年轻的肺癌患者时，我却很难做到心静如水了。

用完镇痛药后，患者安静地睡了下去，沉睡着的她蜷缩在病床上，显得那么弱小。

站在她的病床前，我才注意到她额头上沁出的滴滴汗水。她一定是累了，被癌痛折磨得太辛苦了。

她的丈夫找到我，先是叹了一口气，接着又说道："医生，还有没有希望？"

我看了他一眼，稀疏的短发中夹杂着几根白发，疲惫的眼神中又透露着一丝期望。

我多么希望能够拍着胸脯回答他："有希望，没问题。"

可惜的是，我不能。我不仅不能给他任何帮助，甚至还要戳破他心中的幻想。

妻子的病情已经到了无可挽回的地步，他不可能不知道最终的结局，但他依旧问出了永远得不到肯定答复的问题。

或许，他还不死心。

但是，我更加害怕的是，他还没有做好心理准备，甚至在自欺欺人、逃避现实。

"你说，还需不需要化疗、手术？"虽然我没有回答他的第一个问题，但是他依旧提出了第二个问题。

停顿了几秒钟之后，我告诉他："这是一个复杂的问题，主要看几个方面：一是你的经济承受能力，二是你对生命的态度，三是患者对死亡的理解。"

听见我的话后，这位丈夫说了一句最朴实的回答："赚钱不就是留着花的吗？这个时候不用什么时候用？虽然知道没有什么效果，但我不能眼睁睁看着她痛苦。"

“所以，除了钱，还有对生命的态度和对死亡的理解。”

我从眼前的这位丈夫眼中看到了滚动的泪珠，看到了他对她的爱。

他没有接着说下去，只留下一句话便又回到病床边守护患者去了。他说：“人就这一辈子，很快就过去了，没有什么怕不怕的。”

天亮后，这对年轻夫妻便相互搀扶着一步一步地慢慢走出了急诊抢救室，转过门诊大厅，又渐渐消失在了红尘人海之中。

第三位患者

第三位被送进急诊抢救室的是位 29 岁的年轻女性，虽然她身穿白色衣裤，衣裤上却已经沾满泥土和呕吐物。

就在我和其他家属谈话之时，这位躺在病床上号啕大叫的女性患者被家属抱进了急诊抢救室。

患者在挣扎中哭喊道：“我难受，快救救我！”

抱着患者的家属满头大汗、焦急异常地喊道：“快来看看她怎么了？”

我尚未靠近患者，一股浓烈的酒精味便扑面而来。我不用问患者是怎么了，她分明是喝醉了酒。

“喝了多少酒？怎么搞成这个样子？”说实话，每次面对醉酒患者，我心中都有一股怒气，因为我总觉得这是没事找事。

“大概有一瓶吧，我看见一个空酒瓶子！”家属将患者放下后，豆大的汗水从头上滴落下来。

这时我才注意到站在自己面前的家属，一位 30 岁左右的男性，不算太高，身材健硕，右手有着半露在外的文身，身上穿着某工厂的工作服。

很显然，这位家属刚下班。

“她和谁一起喝酒的，能确定只喝了一瓶白酒吗？”我试图搞清楚患者饮用了多少酒。

正如我猜测的一样，患者家属并不了解情况：“应该是她一个人喝的，我下班到家她就醉倒在沙发上了。”

我正在和家属谈话沟通，满身泥土和呕吐物的患者突然跳下病床，一个踉跄之后哭着喊着：“我难受，我难受，我要死了。”

“你到底哪里难受？”

“我难受，我难受，我就要死了……”

很明显，患者正处于酒精刺激的兴奋期，或许用不了多久就要进入抑制期而呼呼大睡了。

但是，面对一位平日里不常饮酒，此刻大量饮酒后烦躁不安，又满身泥土和呕吐物，明显有过呕吐、跌跤的女性时，谁又敢说患者口中的难受要死就一定没有问题呢？

最先要考虑的问题便是：呕吐时有没有误吸？跌跤时颅内有没有损伤？酒精刺激下会不会存在胃出血？有没有饮酒呕吐后出现低血糖？饮酒前有没有服用过其他药物？

患者还在不停地哭喊吵闹着，甚至已经影响到那位肺癌晚期患者休息了。

整个急诊抢救室都在有条不紊地运转着，躺在病床上的患者也都在挣扎着。

丈夫固定住她的双手，好让护士进行静脉穿刺。

“痛哦！”一直喊着自己快要死了的患者突然喊了一嗓子。

丈夫并没有给她好言语：“痛了才好，看你以后还喝不喝这么多酒！”

听着两人之间的对话以及患者撒娇的语气，我突然想笑，心里也在想：最恨这样的酒蒙子，让你没事找事。

让人意外的是，我紧接着又听到了一句让自己久久不能平静的话。

一阵呕吐之后，这位醉酒的女性患者抓着自己丈夫的手，睁大了眼睛，哭着说：“找工作太难了！”

听见这句话的时候，我正在准备将那位服药自杀的患者送进急诊留观病房，而那位因为癌症而疼痛难忍的患者正躺在病床上辗转反侧、呻吟号叫着。

在那一刻，我在内心苦笑了一下：我要被这三个女患者折腾到彻夜难眠了。

但是，没过多久，当黎明的光又照进急诊室，当耳边那些喧嚣的痛苦呻吟渐止后，我却发现，别人的故事不正是我们自己经历的现实吗?

如果有可能

夜班前交班的时候，我注意到了端坐在 7 号病床上的一位男性患者。

戴着鼻导管吸氧的他正坐在那里乐呵呵地看着我，又好像在打量急诊抢救室中的一切。

我看了一眼这位头发少许发白的中年男性，打断了同事的话：“这个患者指脉氧偏低，心率和呼吸都偏快呀？”

事实上，正端坐在病床上的患者此刻心率达到 120 次 / 分钟，指脉氧饱和度只有 88%。

要知道这是在氧气吸入的情况下，所以不得不让人警惕。

同事告诉我：“这个患者两个肺非常糟糕，呼吸衰竭很严重，在家喘了两天才来。”

患者看上去年纪并不大，病情为什么会如此严重呢，而同事口中的糟糕又具体指什么呢?

我还没有来得及进一步询问同事，这位患者就笑着接上了话：“就是肺的问题，要是肺没有问题的话，我就什么事情也没有了！”

“两肺支气管扩张伴感染，还有一些纤维化。患者自己说患病 30 多年了。”

支气管扩张是一种常见的呼吸系统疾病，主要因支气管及其周围肺组织慢性化脓性炎症和纤维化，支气管壁的肌肉和弹性组织破坏，从而引发支气管变形及持久扩张。

支气管扩张的主要病因包括：支气管肺组织感染及阻塞——感染可

引发阻塞，而阻塞又可导致感染，两者共同促使支气管扩张症的发生和发展；先天性支气管发育不全和遗传因素——部分支气管扩张患者可能由于支气管软骨发育缺陷或遗传性抗胰蛋白酶缺乏症而患病；免疫功能失调——免疫缺陷可能导致支气管及肺组织炎性病变，从而增加患支气管扩张的风险；其他原因。

交班结束后，同事便脱下白大褂下班了。

患者始终端坐在病床上，因为呼吸衰竭和心力衰竭已经让他难以平卧下去了。

虽然有些呼吸急促，但他的精神状态很好。

他不愿意安静地休息，要么同护工闲聊，要么玩自己的手机。

我问这位年仅 47 岁的患者："你的肺怎么这么差？"

他停顿了一下，认真地对我说："这个故事说起来很长，也是一个误会。"

"没关系，你说。"我眼前的这位 47 岁男性患者，虽然并没有过度肥胖，但是颜面部和颈背部有着典型的症状：满月脸、水牛背。

就这样，在夜间 11 点多钟的急诊抢救室里，我聆听了患者的故事。

患者出生在某省某条不知名的小山沟里，祖祖辈辈都靠务农放羊为生。

因为距离县城很远，所以看病就医非常不方便，有些头痛脑热都忍着等到自愈。即使有了大病，首先想到的也是胡乱用一些经验性的秘方、偏方，甚至要问计于鬼神。

从七八岁开始，患者便会出现反复咳嗽的症状，在季节变化之时，症状更为严重。

"不要说是输液，就连口服药都很少吃，我上了初中之后才在县城里看了几回医生。"

后来，患者慢慢长大了，村里到县城也修了水泥路。

在县城，医生给初中时代的患者下了气管炎或支气管哮喘的结论。

具体信息现在已经无处可考，但即使知道了这个病之后，患者和家属也没有特别重视。

因为在他们眼中，这并不是严重的问题，只不过是一个咳嗽时间久一点的病罢了。

患者笑着对我说："那个时候也不严重，咳嗽几天就好了，我根本没有感到胸闷气喘。"

高中没有读完，患者便辍学了。

辍学后的患者和大多数同龄人一样，背上了行装，离开了山村，南下打工了。

大约是 25 岁那年，他的命运在悄无声息中慢慢发生了改变。那年春节，打工回家的他来到自己的舅舅家拜年。

他的舅舅也是一位气管炎患者，虽然没有确诊，但每年都会长时间咳嗽、咳痰、胸闷、气喘。

舅舅得知自己的外甥也患上了这个病，不由得热心帮助他。

舅舅向他推荐了一款偏方，说是治疗气管炎效果非常不错，最起码他这几年就是靠着这偏方控制住了病情。

从那一年开始，患者便吃上了这款舅舅亲自推荐的药。

从那一年开始，患者的症状便越来越重，吃药的时间也越来越长了。

"这药里十之八九是有激素的，我们遇到的很多患者都是这样。"听完患者的话，我已经能够猜到这种所谓的神奇偏方了。

这些所谓的秘方或偏方里大多含有激素，气管炎发作的患者服用后自然在短时间内会有效果。

但是，患者却不知道这些，并且还在为自己能够找到一种神药而沾沾自喜。殊不知，长期大量食用激素是要付出代价的。

这等同于和魔鬼做交易，甚至是拿一生的健康来换短暂的疗效。

“是的，是的，我舅舅那个时候年纪大了，吃这些没有反应，可是我年轻啊，身体受不了。”患者长叹了一口气，惋惜道。

事实上，那年春节之后，没过几年他的舅舅便不知因何去世了。

直到 2012 年，患者无意之间在报纸上看见了一篇关于这种神药的科普文章之后，才明白自己已经饮鸩止渴了。

“如果不是那天看了报纸，我到现在还不知道呢。”

也正是在了解这些之后，患者才在每一次发病之后来到医院，才知道自己的肺脏已经江河日下了。

“后来，你没有再吃这种药了吧？”

他回答了我一句自嘲且心酸的话：“不吃了又能怎么样，反正已经是破罐子破摔了。”

以上便是这位 47 岁患者的全部病史。

或许长期误服激素只是两肺严重支气管扩张的一个原因，或许导致两肺出现纤维化的罪魁祸首还没有浮出水面。

同这些被忽视了、被隐藏了许多年的病因相比，当下更重要的是保命。

“你知道自己现在的情况很严重吗？必要的时候需要气管插管，甚至要考虑肺移植。”

因为患者的两肺已经功能衰竭，或许此刻还可以用氧气和药物来短暂维持，但不久的以后呢？

听了我的话，他笑了笑，赶忙摆着手说：“我不干，坚决不干，死了一了百了。”患者还在谈笑风生，我作为医生听在耳中却百感交集了。

“你才 47 岁，太年轻了，要是能够好好治，要是能够肺移植，说不定多活一二十年呢！”

“没关系，等我死了就可以去找他算账了。”

虽然每一个生命都免不了要面对终结的那一刻，虽然医生也不能逃避患者的死亡，但如果真的看着年轻的生命离开，我却不可避免在心中多一些惆怅。

如果有可能，还是应该尽最大的力量。

我很佩服患者豁达的态度和勇气，却依旧想改变他抱着必死之心的态度。

“你可以去了解了解肺移植的情况，能努力为什么不努力呢？你的年纪又不是很大，未来的美好生活还很长。”

这位始终微笑着的患者却又开始了玩笑：“活那么久做什么？我才不要受罪了。我要是不行了，医生你可千万不要抢救我，又是插管子又是干什么的。”

短暂的对话后，我便让患者休息了。

不仅是因为患者的心肺功能受限，不便长时间沟通、交流和活动，还有一个原因便是我和他的对话已经无法继续下去了。

我还想着能够给他灌输一些继续活下去的想法，还想为他解释一下现代医学有哪些地方可以帮助他。

这位呼吸偏快、音量很足的患者却始终坚持己见。凌晨两点钟，患者倚靠在床头上睡了过去。

他的妻子找到了我，想问我患者什么时候能够住进病房。

“你们考虑过肺移植吗？这可能是最终避免不了需要面对的事情。”

“去年冬天住院的时候就谈过这个问题了，说是现在还可以撑一撑，要真是到了那一天的话，他不会干的。”

原来已经有医生将这个话题抛了出来，而这对夫妻也早已深思熟虑过了。“可是，他的肺脏太糟糕了，到了那个时候就意味着死。”

同他年龄相仿的妻子无奈地叹了口气：“这个问题他早想好了，这也是没有办法的事情，谁让他摊上了这个病呢？”

虽然她嘴上这么说，但很明显，她还抱着一丝希望：“医生，你知道哪里做肺移植比较好吗？”

见她有些动摇，我的内心竟有些开心起来，于是又一个字一个字地将某专家的名字告诉了她，叮嘱她一定找时间去问一问。

第二天，病房里有了空床。

患者终于可以离开急诊抢救室这个日夜喧嚣的地方了，始终端坐在病床上的他有些开心起来。

办好住院手续后，负责送患者住院的护工开玩笑说：“看病太花钱了，住院还能报销一些。”

我听见患者的回答后，似乎有些理解他为什么这样坚持己见了。

他对护工说：“看了 10 年病，花的钱够在城里买一套大房子了。如果不是有报销政策的话，就要去讨饭了。”

患者说这句话时正坐在病床上，护工推着病床将要走出急诊抢救室，他的妻子跟在病床边，他的儿子跟在后面，我坐在不远处，其他患者还在挣扎着、被抢救着。

如果事情到此为止的话，我可能还记不住他的名字，毕竟我在急诊室里的工作注定会让我遇见成千上万的人。第二年春节的时候，我在急诊室里再一次遇见他。虽然当时他有些感冒的症状，但整个人的精神状态较以前完全不一样。

“你后来是怎么治疗的？”看完病后，我和他简单聊了几句，他颇有感慨地说：“我算是遇见了很多好医生，你算一个，后来我去了上海，在那里接受了肺移植。钱是花了一些，但好歹命是保住了！”

患者的这个决定是正确的，毕竟他还年轻。

“那你岂不是要去讨饭了？”我始终记得当初他的这句玩笑话，于是打趣道。患者听后哈哈大笑，说：“困难是有一点，但人活着不就是最大的希望嘛，咱们再去挣就是了。”

谁都没有错

这个故事压在我心底很久了，我却不愿轻易将它拿出来。因为每次想到这个患者，我便想起她的微笑，想起她最终没有被满足的要求。

有人说，死亡是悲哀的；我却要说，有时候死亡也是值得被祝福的。有人说，为什么又要旧事重提呢？因为我最近又遇见了相似的不幸。

就像这个被我尘封在心底多年的患者一样，她的死亡，我要替她感到高兴。

第一次相见

那天夜里很冷，冷到有点不像夏天的样子。

凌晨两点钟左右，我站在办公桌前同其他患者家属沟通，说一些人命关天的事情。

有一个患者被护士用轮椅推进了急诊抢救室，坐在轮椅上的患者立刻引起了我的注意。

引起我注意的不仅是患者随着急促呼吸而起伏的胸廓，更是她头上戴着的五彩斑斓帽子。

这顶帽子我曾在手术室中见过，通常它会戴在手术室护士和麻醉师的头上。

可能会有一些缺乏医院经历的人不理解，医生、护士戴着的不都是白色帽子吗？

其实白色帽子早已经是老古董了，只不过是在我刚上大学时发过的标准配置罢了。

现在医院里，尤其是手术室和儿科，为了缓解患者焦虑的心情，为了患者能够有更好的就医体验，医生、护士的帽子早已经换成了五颜六色并印有可爱图案的制式了。

虽然只是远远看了一眼，但经验告诉我，这位坐在轮椅上的患者病情不轻。

“不会是本院的同事吧？”我一边在心里犯着嘀咕，一边来到了患者的床前。

看着端坐在病床上的患者，我微笑着问道：“怎么了，哪里不舒服？”患者只是对我笑了笑，并没有说一个字出来。

护士赵大胆正在忙着为患者接上氧气，患者看了看我后又微笑着低下了头去。我知道她并不是不愿意搭理我，只是已经没办法说出一句话来了。

在急诊抢救室里，我经常会遇见这样的患者，尤其是那些严重支气管哮喘急性发作和急性左心衰竭的患者，他们会气喘到连一个字也说不出来。

这种情况往往表明患者的病情非常严重。

一位约莫 40 岁的女性家属正在翻包，她接过话回答：“这里有上个月的出院小结，我拿给你看看。”

“这种情况有多久了？”

“快半个月了吧，这两天比较严重，今天晚上更加严重了，躺不下了，所以我才把她送到医院里来。”

这位女性家属简单介绍了患者的情况后，又给了我一份患者的出院小结，只见上面给出的诊断是，乳腺癌、两肺转移、脊柱转移、腰椎转移……

看着这一行诊断，我明白了患者的病情。

乳腺癌现在越来越常见，甚至在部分地区排在女性恶性肿瘤的首位。

到目前为止，人类还没有完全搞清楚乳腺癌的病因。但有研究显示，在我国乳腺癌主要与月经初潮年龄早、绝经年龄晚、不孕和初次足月产的年龄等有关。

多数乳腺癌患者在早期没有特异性反应，常出现无痛单发的小肿块，随着肿瘤的增大，可引起乳房局部隆起。如果累及库柏韧带，也可使其缩短而致肿瘤表面皮肤凹陷，看起来就像酒窝一般。

乳腺癌的治疗以手术为主，如果治疗及时的话，可以有不错的生存期。

患者一定是因为肿瘤肺部转移、肺部感染、胸水等情况才出现了胸闷气喘，说不定还存在心力衰竭、肾功能衰竭、代谢性酸中毒，贫血等严重情况。

不用问，我也已经知道这位深夜被送进急诊抢救室里的患者为什么会戴着一顶彩色的帽子了，或许是因为化疗、放疗掉光了头发。

毕竟，这样的患者并非少数。

说实话，作为一名急诊医生，我甚至对此已经“麻木不仁”了。

但是，面对眼前这位气喘吁吁到只能微笑不能言语的患者，我的内心依旧有些震惊，毕竟她年仅 33 岁。

查体后，我将这位深夜送患者来医院的家属悄悄拉到门外：“你是她什么人？”

原来这位看上去比患者年龄稍长一些的家属正是患者的姐姐，她的亲姐姐。

患者 3 年前便已离婚，没有子女，16 个月前被发现患有乳腺癌，后在外院经历过数次治疗。

“父母呢？怎么只有你一个人？”患者的情况很严重，却为什么只有一个女性家属呢？

我只是随口一问，却没想到家属的话竟让我接不下去了：“父母早死了，我老公要在家带孩子，我只能一个人带她来医院了。”

“那她对自己的病情了解吗？”我又问道，毕竟现实生活中有很多癌症患者对自己的病情一无所知。

“知道，她什么都知道，她自己签字。”

我还没有提出要签字的要求，患者姐姐自己便已经说了出来，看来多次住院的经历已经让这对姐妹了解了医疗的一些流程。

患者非常消瘦，我可以清晰地看见她每一根肋骨，体格检查时听诊器甚至只能横搁在两根肋骨之上。

极低的呼吸音、明显增宽的肋间隙，无一不在提示患者胸腔和肺脏正在经历的生死挣扎。

稍微缓解后的患者终于能够说出简单的话了，但她一开口就说了一句让我出乎意料的话：“我快要死了吧？”

这句话让我不由自主地转过头去看了看极度消瘦的她，她的眼睛要显得更大一些，而这双眼正在盯着我，似乎在等着我回答。

我给不了她任何回答，因为我终究不能当着患者和家属的面将那个大家都知道的答案说出来。

我能做的只是缓解患者的痛苦，只是尽量去鼓励她。

我赶紧扭过头去故作严厉地回答道：“你想得太多了吧，哪里会有那么容易就死了！”

患者并没有再说下去，姐姐也没有开口，查体后我也沉默着离开了。

第二天，黎明的光刚照进急诊抢救室，还没有到交接班的时候，患者的姐夫便赶了过来。

他们带着已经有所缓解的患者离开了医院，就像大多数危重患者一样，一旦离开，可能再也不会同我相见了。

第二次相见

大概是半个月之后，又似乎并没有半个月那么久，我在急诊抢救室里再次遇见了她。

这一次患者同样因为胸闷气喘加重被姐姐送进了医院，不同的是，患者更加虚弱、更加危重了。

她还是戴着那顶花帽子低着头坐在床上，心电监护仪要比上一次响得更加猛烈。

“上一次抽了胸水之后好了四五天，很快就又不行了。”姐姐一边替患者整理鼻腔内的吸氧管，一边向我介绍病情。

对于癌症患者，特别是对于这样有着肺脏转移和胸膜转移的患者，反复的胸水是在所难免的。

“没有办法，这是根治不了的，难免会越来越多。”我回答了患者姐姐的话。事实上，此刻的患者已经危在旦夕，严重的缺氧已经让患者口唇发绀。

如果我眼前躺着的这位年轻人不是癌症晚期，如果我不知道患者上一次就医时已经明确表达过拒绝气管插管等有创治疗的话，我甚至已经开始准备气管插管的抢救物品了。

“我上一次就已经和你们说了，不可避免要走到现在这一步，要想活命的话，就要保住心跳、呼吸，最需要紧急做的便是气管插管……”因为上一次接触，我知道患者完全了解自己的病情，也完全对自己的行为负责，所以她有自主选择的权利，没有必要避开她谈话。

姐姐犹豫了一下，话到嘴边却没有说出来。

患者自己却摇了摇头，又将枯萎的手停在半空中摆了摆。

我知道她的意思，就像上一次在抢救室的谈话一样，她微笑着对我说：“我要是死了，千万不要给我抢救了，有痛苦、有创伤的东西都不要，我巴不得自己早死呢。”

虽然我知道患者的意思，却依旧要再次确认：“你是一个成年人，现在还头脑清醒，完全能为自己的选择负责，你确定除了输液的所有抢救措施都不做吗？”

说实话，这样的谈话内容在急诊抢救室里很常见，但直接对患者自己说这些话的情况却极少。

或许是这样的场景我经历得太少，或许是我的内心还不够强大，当我听见患者的回答后，我总觉得自己太过残忍，在终结一条生命。

她勉强抬起了头，又露出了微笑：“是的，放心吧。”

“就听她的吧。”站在一边的姐姐也给出了肯定的答案。

过了一会儿，我拿来书写好的医疗文书，将刚才所说的全部写下，放在了她的面前。

“要不要我再给你读一遍？”

同我的谨小慎微、心有不忍相比，患者自己倒显得更加乐观一些。她拿起笔，将文书放在了大腿上，签下自己的名字。

又是我夜班，那天同样有星无月。

凌晨 3 点多钟的时候，患者突发心律失常，出现了胸闷、心慌、气喘的症状。

虽然只是一过性的房颤，短时间内并不会有致死性的可能，但我隐隐觉得对患者来说，这是一个不好的征兆。

“有什么药能让我好受一点吗？”我站在床头，她坐在病床上。

对患者来说，哪里会有什么灵丹妙药能让她好受一些？事实上，我和家属都清楚地知道，患者越来越不行了。

但是，我忍不住继续沉默，也不能当作没有听见，只能安慰她：“药还没有起效呢，总要几个小时的时间才能慢慢见效。”

她点了点头，一闪而过的微笑之后便又将头低了下去。

说完，我便又坐回到几米之外的办公桌之后，将自己隐藏在星光与灯光的交汇处。

这一次我没有再给她做胸腔穿刺，只是遵照她的要求用药对症处理。在急诊抢救室度过了 30 个小时之后，患者便又要求回家了。

她离开急诊抢救室的时候，我并不在，也不知道当时她有没有露出微笑。但是，我知道她所经历的痛苦就快要结束了。

第三次相见

又过了半个月，路面上渐渐出现了枯萎的梧桐叶。夏天即将结束了，秋天已经迫不及待地要来了。

深夜 10 点多钟，我被同事喊到了医院。

因为急诊抢救室里突然来了很多危重患者，有些手忙脚乱的同事便将我从家中叫到医院加班帮忙。

刚打开急诊抢救室的电动大门，扑面而来的便是一团忙碌的景象，角落里的 16 号病床已经被围起了隔帘，自动心肺复苏仪正在发出规律的声音。

原来有患者发生了心跳、呼吸骤停。我一边盘算着一边径直走进了急诊抢救室的最深处。

我只是来加班帮忙的，所以心肺复苏这样重大的抢救还是交给原本在岗上班的同事吧。

我接收了其他几个危重的患者，也没有去插手同事的患者。

只听同事说："家属说再看看，实在不行的话，一会儿可能就要放弃了。"因为我手中的都是脓毒症休克、意识障碍、上消化道大量出血这样的危重且需要争分夺秒的患者，所以对已经上了萨勃心肺复苏器的 16 号病床并没有太多关心。大约 1 个小时之后，我终于可以短暂地歇下来了。

16 号病床也早已停止了抢救，同事已向家属宣布了临床死亡，现在需要做的便只是等待殡仪馆来人了。

“16 号病床是什么情况？”满头大汗的我喝着水询问道。“就是某某某，来的时候已经没有了。”

同事的话让我大吃一惊，没想到躺在 16 号病床上的竟然是那个巴不得自己早点死掉、常常对我微笑的她。

我很惊愕，因为患者不止一次要求过放弃心肺复苏等一切有创抢救，现在怎么又做起了胸外按压呢？

“这个患者不是之前就自己签过字，放弃一切抢救吗？”我再次向同事询问。

同事同样很无奈：“谁说不是呢，可患者家属要求抢救一会儿，气管插管、胸外按压一样也没少。”

我没有再说话，我知道了这人世间的无奈，就像我知道患者所经历的痛苦一样。

面对家属的要求，虽然明知道违背患者本人的意愿，甚至明知道是毫无用处的措施，但除了满足医生又能怎么样呢？

事实上，此情此景，大多数时候的抢救都只不过是让死者家属有心理缓冲罢了。

患者没有错，死亡甚至是一种解脱。

家属没有错，放弃抢救的话可能终生难以心安。

医生没有错，职业属性决定治病救人要放在第一位。

没有人有错，如果非要说有人有错的话，那一定是要早早带走年轻患者的死神。

站在 16 号病床前，透过那没有拉严实的隔帘，我第三次同她相见了。赵大胆已经替她拔下了所有管路，整理了衣服，又小心翼翼地擦净了患者嘴角的分泌物。

现在，她终于能够舒服地平躺下去，而不是端坐在病床上气喘吁吁了。

现在，她再也不会听见这个世界的谎言了，不管是善意的还是恶意的。除了内心的一丝丝震惊，我甚至要祝福她。

她的愿望终于得到了满足，虽然最终还是要同大多数患者一样丧失掉最后的尊严。

不知为何，那一刻我突然觉得不再满头大汗，甚至觉得有些冰冷。

她安安静静地躺在那里，她没有微笑，更加没有向任何人道别，因为她着急赶往一个全新的世界。

而我呢?

在完成自己加班的任务后，又要在这有星无月的深夜走向日复一日的急诊抢救室了。

我没有事

已经死过一回的他坐在病床上对着每一个经过自己面前的医生、护士咧着嘴，终于忍不住喊了一句：“我没有事，想出去抽根烟。”

打完牌后，老张没有像往常一样花上20块钱在麻将档里吃晚饭。他要回家等儿子，因为儿子说晚上会带他去医院看病。

所以他必须在儿子回家之前赶回去。虽然麻将档离家不过几百米，平日里只需走两三分钟，但是对此刻的老张来说，这段路竟然无比遥远。

每迈一步，老张都觉得自己如同背着一座山一样难受。

他不明白，打牌时自己还好好的，为什么此刻竟然如此难受？

走两步停三步，汗水像雨滴一般从老张的面部滴落下来，弄湿了衣服，又溅进了尘土。

48岁的老张好不容易挪到了马路边的板凳上，一边骂着天和娘，一边又点上了一支香烟。

在微微的火光之中，香烟也变成了缕缕青烟，被他吸进了鼻腔，游走进了支气管，又和肺泡上皮细胞打了招呼之后，便再次从鼻腔中释放了出来。

他看着自己浮肿的双腿，听着自己粗重的喘息声，拨通了儿子的电话：“儿子，你快点来吧！”

汗水依旧在滴落，胸前背后的那座大山还没有放下，坐在路边板凳上的老张再也不能坚持走回家了，甚至没有支撑自己站立起来的力量了。

此刻，他唯一的儿子正在如约赶来的路上。

事实上，老张早在10多天前便开始出现了活动后胸闷气喘、双下肢浮肿的情况，但他并没有重视，更没有想过去医院。

因为他认为自己根本没有病，这些都只是因为工作太劳累罢了。

直到走路不到200米便需要休息之后，老张才意识到自己的身体真的出了问题。

他将自己的情况告诉了正在外地出差的儿子，并和儿子约好当晚一起前往医院看病。

夜班7点钟，急诊抢救室里躺满了各种各样正在挣扎、呻吟的人。

气喘吁吁的老张被扶进了急诊抢救室，呼吸急促、面色灰暗、汗如雨下……

“赶快扶上床！”看见老张后我赶忙摇低了病床让老张坐了下去。

“这个样子多久了？”

张着嘴巴呼吸的老张看了看我，想回答却始终没有发出声音，急促的呼吸已经让他说不出一个字来了。

是什么导致患者呼吸困难如此严重？是呼气性呼吸困难，还是吸气性呼吸困难，又或者是混合性呼吸困难？是常见的支气管哮喘还是急性心力衰竭？有没有急性肺水肿？有没有肺栓塞？除了心肺疾病，会不会有喉水肿、酸中毒等可能？这些问题都在我的脑海中一一闪过，也都是必须搞清楚的。

既然患者自己不能回答，那么我只能从家属口中获得一些有用的信息了。我第一时间为老张接上了氧气，连上了心电监护仪，打开了静脉通路。

此刻的老张心率高达180次/分钟，呼吸达到45次/分钟，血压却只有88/45毫米汞柱，经皮动脉血氧饱和度仅为83%。

“以前有什么病？有没有什么肺病、心脏病？”我一边协助护士为老张做床边检查，一边询问将老张送进医院的人。

站在我眼前的是一位红衣中年女子，戴着黄金耳环，手提着黑色帆布包。

听见我的询问后，她连忙摇头："我不知道啊，我不是他家属。"

"不是家属，你怎么会带他来医院，还帮他挂号？"

起初我想当然地以为这位中年女子就是老张的家属，没想到的是，她只是一位路人。

"我不认识他，我只是路过帮忙的。"

中年女子的话更让我一头雾水，我见过许多送陌生人来医院的热心人，将患者送进医院后还帮忙挂号的热心人却并不多见。

我将中年女子带到一边，悄悄问她："患者的家属呢？"

中年女子回答我："就在医院门口，他家属开车和别人追尾了，去处理事故了，我看着怪着急，就先带他进医院了。"

原来如此，我终于明白了老张和中年女子之间的关系。中年女子没有留下姓名，很快就离开了医院。

端坐在病床上的老张，接上氧气之后症状稍稍缓解了一些，并且能够开口说话了。

事实上，是他自己先开口说话的。

看着围在自己身边的白大褂，又看着连接在自己身体上的监护仪器，听着周边其他患者发出的呻吟声，老张有些着急了："我没有病，把我放在这里干什么？"

老张的话让我有些哭笑不得："你这还叫没有病呀？你的心跳太快了，缺氧太严重了，再不处理就没命了！"

老张又看了看我，想说些什么却没张开嘴，只是无奈地长叹了一口气，又留给我一个无可奈何的眼神。

他不是不想说话，而是没有力气说话了。

几十秒钟之后，恢复体力的老张说："我有什么病？没有必要小题大做！”那么，事实上老张的身体状况又怎么样呢？

暂且不提老张的病史和被送进医院时的症状体征，单就心电图、动脉血气分析和床边心肌酶检查结果来看，老张存在严重的呼吸衰竭、心力衰竭。

这两者如果得不到及时有效的处理，不仅会让老张持续胸闷气喘，而且会索命。

“你自己看看，心跳都快 250 次 / 分钟了，还叫没有病吗？没有病，会流这么多汗？你已经呼吸衰竭、心力衰竭了，再不处理后果很严重。”面对老张这样执拗且缺乏医学常识的人来说，沟通起来应该尽量使用一些通俗易懂的方式。如果你告诉他氧分压是多少、快速房颤是什么，他不仅在短时间内难以接受理解，还会浪费宝贵的抢救时间。

“还是赶快通知你儿子来吧。”

“不要，没关系。”

“没有家属怎么行？”我坚持要求老张通知家属，因为我心中清晰地知道老张的病情有极大可能进展，甚至会出现心跳、呼吸骤停。

但是，老张却误解了我的意思，他以为我在催费呢。

老张给了我一个有些气急败坏的眼神，停顿了几十秒之后叹气道：“你们啊，我自己有钱。”

“这不是钱的问题，你看你来医院没交钱，不还是给你检查、给你用药了吗？你的病情必须告诉你儿子，而且医生护士能给你治疗，谁来给你跑腿呢？”

听到这里，老张终于打开了自己的手机，将他儿子的手机号码给了我。

老张被送进急诊抢救室后，很快便被用上了强心、利尿、扩冠等药，胸闷气喘等症状也有所缓解了。

同老张危重的病情相比，我更加担心的是，老张对自己的病情没有清晰的认识和定位，老张的家属还没有赶到。

万一老张的病情进展了，甚至突发心跳、呼吸骤停，没有丝毫思想准备的家属必定在一时之间难以接受。

我拨通了老张儿子的电话，介绍了老张的病情，电话那头却传来了一阵平淡的回复："我去医院又能做什么呢？"

老张儿子的这句话让我非常惊恐，因为在这句话背后隐藏着许多不确定性。

家属为什么会这么说?

是没有意识到老张的病情，还是因为他根本就不想管老张的事情?

如果按照常理来看，儿子原本就要带老张来医院看病，只不过是因为在医院附近发生了追尾车祸，所以才让老张独自前往医院而自己处理交通事故去了，一旦交通事故处理完毕，必定会第一时间赶往医院的。

让人意外的是，老张儿子的话外之意却是不愿意来医院。

"你父亲现在病得很重，有生命危险，你作为家属是必须来医院的。有些东西要签字，还要缴费，患者也需要照顾。"

我已经说得非常清楚了，老张的儿子却给了更加肯定的答复："今天晚上我不去医院了，明天上午 8 点钟去。"

说完，他便挂断了电话，只留下眼巴巴看着老张的我。

虽然老张的儿子暂时不能赶到医院，但是老张的治疗丝毫不能耽误。因为老张的病绝不是感冒发热，而是会危及生命的心肺问题。

几个小时后，气喘吁吁、面色灰暗、大汗淋漓的老张终于得到缓解，也能够说出完整的句子了。

"除了儿子，就没有其他家属了吗？"

老张有些生气道："这不都是废话嘛，要是有人，还等他做什么！"

他说得有些道理，毕竟年仅 48 岁的老张并不算老，脑子也不糊涂。

可是，我却不明白，也不好意思继续追问，为什么他家中只有儿子一个人呢?

关于老张的病史，我继续追问：“你之前有什么病？比如气管炎、高血压、心脏病？”

老张回答道：“我没有病，连感冒发热都没有。”

“可是看你的样子，不像没有病，你看看腿肿得这么厉害，会没有病？”事实上，老张的腿存在严重的凹陷性水肿。

说着话，我在老张的腿上按下了一个深深的凹形给他看。他却满不在乎：“这个腿啊，也就是最近十几天的事情。”

诚如老张所说，他只不过是最近十几日才渐渐出现了胸闷气喘伴双下肢水肿的症状，但这并不代表老张既往没有病。

生活中，许多人都会将没有症状等同于没有病，却不知任何疾病都有量变引起质变的过程。

以老张为例，在我的反复追问下，病情的真相才浮出水面：老张多年前便有过高血压，只是一直没有明显的症状。2 年前，老张体检时被发现存在心房颤动，服用过不到 3 个月的口服药便自行停药，本次发病前曾“感冒了几天”。

也就是说，老张原本便患有高血压病和心房颤动，却从未规律服药，在发病之前又明确有过呼吸道感染。呼吸道感染又诱发或者加重了心力衰竭，老张却一直未予重视，甚至拖延了数十日。

“为什么一开始不来医院，非要搞到这么严重才来？”我对老张拖延数十日才来医院感到非常不解，48 岁的他并不是行动不便的老人，不是因为距离医院太远就医不便，也不是因为工作繁忙难以脱身，更不是因为没有钱。

没想到老张给出的答案却非常理直气壮：“我不是要等我儿子嘛，等他带我来医院。”

我暗暗揣测着，老张本身不过 48 岁，他的儿子能有多大年纪？或许最多不过25岁吧?

为什么48岁的老张，非要等25岁左右的儿子来决定自己的生死?

老张的病情暂时得以缓解，危险信号却始终没有解除。因为在老张的身体内，还有着严重的感染和电解质紊乱没有纠正。

抗感染治疗和纠正严重的低钾、低镁并非朝夕之间的事情，而且在纠正治疗的过程中依旧充满未知的风险。

老张的家属始终没有来到医院，或许是因为有交通事故要处理。

然而，我追问之后才得知并不是严重的交通事故，只不过是没有任何人员伤亡的追尾擦伤罢了。

这种轻微的交通事故，有时候甚至私了处理，而老张的儿子为何要处理这么久?

就算是有重要的事情要处理，除非自己身体受伤，否则就不能抽身来医院看一看吗?难道下半夜还在处理吗?

老张儿子始终坚持要等到第二天上午8点才来，而老张又不愿意直接通知儿子。

无奈之下，我只得放弃。

好在老张表面上的症状一直在好转，甚至能够平卧位休息，能够一口气说好几句完整的句子了。

但是，在相安无事的表面之下，死神正在悄悄接近老张。

第二天上午9点半，原本答应8点钟便赶到医院的家属又爽约了，改口要第三日才能来到医院。

正当医生对此颇有微词的时候，老张的病情继续恶化：突发意识丧失，肢体抽搐!

“室颤，快除颤!”

正在休息之中的老张突发室颤，命悬一线，危在旦夕!

幸运的是，室颤的老张被第一时间发现，医生又第一时间做了除颤等处理，否则后果不堪设想！

老张病情恶化、心室颤动的根本原因，则正是看似在缓解的呼吸衰竭、心力衰竭、电解质紊乱。

老张很快便恢复了神志，虽然胸前还散发着因为电除颤而存在的焦煳味，但老张并不以为意。

他坐在病床上，对着每一个经过自己面前的医生、护士咧着嘴，终于忍不住喊了一句："我没有事，想出去抽根烟。"

没有人想搭理老张这不可能实现的要求，只有我忍不住佯装严厉地教育他："你不知道自己已经死过一回了吗？"

老张却叹了一口气，留给我一副无可奈何的眼神："不还没死嘛！"
第三日，老张的儿子终于来到了医院。

我没有问他为什么这么晚才来，这个问题或许不应该由我来问，应该留给老张自己。

我只是在向这个25岁左右的家属交代了老张的病情之后，又告诉他："老张现在是48岁的人，78岁的心脏，以后高血压、心脏病要正规吃药，有问题要第一时间来医院，无论如何不能像这次拖延十几天才来，否则真的要连命也没有了。"

家属只是淡淡说了一句："要让他戒烟吃药、来医院看病，比登天还难！"

家属的话说得没错，在现实生活中，像老张这样在不知不觉中丧命的人还有很多。

你又是不是呢？

经过治疗后，老张病情缓解出院了，之后老张也经常因为胸闷气喘来到急诊，每一次我都会问他："像你这样死过一回的人，还在抽烟吗，药吃了没有？"

但老张从来都只会咧着嘴笑，没有正面回答过。

医生，你一定要尽力！

打开急诊抢救室的门，我被吓了一跳！

只见一位白发苍苍的老人正蹲在门口，双手抱着头，身体微微颤抖，口中在不停地嘀咕着什么。

此时已经是凌晨 3 点 30 分，喧嚣的急诊室也已渐渐平静下来。事实上，即使是 4 月的深夜，依旧还会带着一些寒意。

“老爷子，你蹲在地上做什么？旁边有椅子呀。”我提醒这位口中依旧在念叨着的老人。

老人并没有理会我，甚至根本没有抬头看我一眼，他只是将头深埋在臂膀之中，沉浸在自己的世界。

“其他家属呢？怎么只有他一个人？”我拍了拍老人的肩膀，又询问了正在值班的保安师傅。

保安师傅说：“他儿子回家取东西了，老爷子不愿意坐，就这么蹲着。”

拍了拍老人之后，他终于将手放了下来，一脸严肃地问我：“你尽力了没有？”

虽然早在几个小时前我便听见了老人的询问，但再次听见他的问题，我依旧有些错愕。

隐藏在蓝色无菌口罩背后的我无奈地收缩了自己的笑肌和提上唇肌，停顿几秒钟后只得又贴着他的耳朵大声喊道：“会尽力的，你放心吧。”

将这位年逾八旬的老人扶坐在板凳上之后，我关上急诊抢救室的大门，又开始忙碌起其他工作。

冰冷的地板上倒映着老人蜷缩的身形，寂静的空气中传播着老人口中含糊不清的念叨。

刚接夜班没多久，120 救护车便送来了一位老年女性患者。

患者刚被推进急诊抢救室的时候，便给人留下了非常深刻的直观印象：第一，这个患者全身皮肤黏膜黄染，而且是那种黄中透亮般的黄；第二，这个患者很胖，甚至胖到难以挪动身体，腹部脂肪坠积在两边晃动着；第三，这个患者呼吸深快、意识模糊、大汗淋漓。

“这种情况有多久了？”我一边协助 120 急救医生将患者转运到病床上，一边询问着陪同而来的家属。

只见一位手中提溜着大包小包的家属回答道：“快一个星期了！”很明显患者已经处于濒死状态，生死只在须臾之间了。

“不可能这么久的。我是说病情这么严重、已经喊不醒了有多久了？”毫无疑问，患者一定常年患有某些基础病，只是短期内突然加重了。

家属放下手中的东西，恍然大悟道：“哦，你说这种情况啊，就是今天中午吃过饭以后。”

我抬头看了看挂在急诊抢救室正中央的电子钟，上面红色的数字显示时间为晚上 6 点 27 分。

换句话说，此刻距离眼前这位女性患者突发意识障碍已经过去将近 6 个小时了。

说话间，搭班护士赵大胆已经为患者连上了心电监护仪。

“血压只有 60/32 毫米汞柱！”

患者已经处于休克状态了，但问题的关键是，患者为什么会出现休克呢？

“血糖只有 2.3 毫摩尔 / 升！”

原来患者不仅存在严重的休克，而且还存在严重的低血糖。患者意识模糊的原因会不会就只是低血糖昏迷这么简单呢？

“先推40毫升高糖。”赵大胆从抢救车里取出了两支高糖为患者静脉推注进去。

陪同患者来到医院的有两位家属，一位是手里提溜着大包小包的儿子，另一位是白发苍苍甚至有些颤颤巍巍的丈夫。

“以前有什么病吗？怎么会拖了这么久才来医院？”

患者的儿子还没有来得及回答我的问题，这位白发苍苍的丈夫便抢先回答了：“她有很多老毛病，大夫给我们安排住院吧？”

“现在患者的病情严重，要先抢救生命，住院的事情后面再说。”我将两位家属请出了急诊抢救室，又做了一番沟通。

高糖静脉推注之后，患者的血糖已经上升到了5.1毫摩尔/升，但神志依旧处于模糊状态。

“看来患者意识模糊除了低血糖，还有其他原因。”赵大胆一边为患者导尿，一边说出了自己的疑虑。

她说得不错，对眼前这位既往患有高血压、糖尿病、肝硬化、慢性支气管炎的老年女性患者来说，真正要命的并不只是低血糖。

事实上，早在赵大胆为患者抽血化验的时候，端倪便已显露。

只见那些从患者的静脉里抽出的鲜血竟犹如红色墨水一般，失去了红细胞原本应该有的颜色。

这意味着什么？

这意味着患者存在严重的贫血！

对一位肝硬化患者来说，严重的贫血和休克状态是否意味着存在急性或慢性消化道出血呢？

果不其然，没过多久，检验科便打来了电话：“这个患者是怎么回事？血红蛋白只有23克/升，复查了一遍还是这样。”

虽然我早做好了心理准备，但刚听见血红蛋白只有 23 克 / 升的时候依旧有些发蒙。

这个结果对肝硬化患者来说，不仅意味着要输注很多红细胞、血浆等血液制品，更意味着病情随时都会进一步恶化，甚至死亡。

急诊抢救室门外，我再次找到了家属，反复询问了患者近期的病史。

我得到了明确答复，老伴儿声称患者从未有过呕血、黑便，只是发生过两次肝性脑病。

最近一周来，患者自觉头晕乏力，便渐渐不能下床，虽然食欲较差，但依旧没有呕血、黑便、便血。

“真的没有？”

“真的没有。”

一直负责照顾患者的老伴儿斩钉截铁地给了我这个答案，但这个答案不足以解释患者一周前还能下地活动，而此刻血红蛋白仅有 23 克 / 升，并且挣扎在死亡线上了。下了病危通知单，又交代了抢救和转运途中的风险之后，我打算待患者血压稍稳定后便亲自护送她去完善 CT 检查。

就在我转身离开之际，有些颤颤巍巍的老人拉住了我，恳求道：“小伙子，我们都是通情达理的人，也做好了准备，有什么事情不会找你麻烦的，你一定要尽力！”

我笑了笑，因为这句话我从无数患者、无数家属口中听过无数遍。“放心吧，我们会尽力的。”

“对。只要你们医生尽力了，我们家属尽心了，就好了。”老人还想说些什么，却被他的儿子打断了。

急诊抢救室内，已经被用上药物的患者生命体征稍稍稳定了一些。虽然神志依旧处于模糊状态，但血压终于可以勉强维持在 90/60 毫米汞柱左右了。

抽血化验的结果都已经出来了，几乎没有一项是正常的，甚至还有许多让人心惊胆战的数值：血钾 6.1 毫摩尔 / 升、血糖 2.5 毫摩尔 / 升、氧分压 51 毫米汞柱、乳酸 9.6 毫摩尔 / 升……

我站在刚被输上血、全身插了许多管子的患者床前，观察着心电监护仪上变化的数字，关注着输血中的患者会不会出现一些不良反应。

患者自己几乎已经没有了任何意识，但我和家属还要直面着这个世界。

我突然想到自己和家属的对话，不仅没有任何一丝成就感，甚至还有许多挫败感。

是的，面对每一个患者，医者都会竭尽所能。

但是，病魔、死神终归是要带走我们每一个人的。

现代医学固然已经取得了前所未有的巨大进步，但同千万种疾病相比，依旧总是去安慰，常常去帮助，有时去治愈。

曾经有人对我说，血液制品这么紧张，应该留给那些车祸外伤或者有治疗价值的患者使用，像那些肿瘤晚期、肝硬化晚期的患者，输血不就是浪费吗？

不得不说，这句话有一定的道理。

但在这句话背后有着让人细思极恐的朴素真相：大家都是人，都一样花钱，凭什么给你用不给我用？

又或者说，难道肿瘤晚期等慢性消耗性疾病的患者就要被歧视，就注定要被不平等对待吗？

这是医学伦理范畴的问题，也是我们不得不去面对的现实。

我和护工师傅以及家属，艰难地将患者搬上了 CT 机，又艰难地从 CT 机上将患者转运回急诊抢救室。

患者的 CT 结果同样提示着严重的病变：两肺大面积感染伴实变、肝硬化、大量肝腹水……

在看见患者的所有检查结果后，儿子有些迟疑了，他说：“我妈 76

岁了，肝硬化也快20年了，很早之前医生就对我说过会有今天。”

“你要不要同兄弟姐妹商量一下，下一步怎么办，是继续治疗还是不治疗？毕竟花销很大，还极有可能人财两空。”

他迟疑了，想说些什么，话到嘴边却又咽了回去。

“我打个电话吧。我还有一个姐姐和一个妹妹，她们都在外地，我通知她们一下。”患者的儿子给了我这样的答复。

肝硬化是一种以肝组织弥漫性纤维化、假小叶和再生结节形成为特征的慢性肝病，临床症状主要以肝功能受损和门静脉高压为主要表现，在晚期会出现消化道出血、肝性脑病、继发性感染等严重并发症。极有可能出现难以控制的上消化道大量出血，患者会因为循环衰竭或出血误吸而窒息死亡。

引起肝硬化的原因有很多，我国人群主要以病毒性肝炎为第一原因，国外则主要是因为酒精中毒。慢性充血性心力衰竭，长期接触磷、砷等工业毒物，血色病，血吸虫病等也可能引起肝硬化。

需要注意的是，肝硬化不仅会引起消化道大出血，还可能导致鼻出血、牙龈出血、皮肤紫癜等常被我们忽视的轻微症状，这主要是因为肝脏合成的凝血因子减少、脾功能亢进、毛细血管脆性增加。

待患者血压稍稳定后，我再一次找到家属，反复询问病史。

因为我始终不相信一位贫血如此严重的肝硬化患者，竟然没有一丝消化道出血的迹象。

是家属忽略了一些细节，还是隐瞒了病史？

“发病前没有任何不舒服，确定吗？有没有注意她最近排泄的大便是什么颜色？”我一个字一个字地郑重询问道。

患者的老伴儿这时才恍然大悟道：“是的，大便好像是有点黑，很长时间了，和这个有关系吗？”

世界上从来没有无缘无故的病，更加不会有人莫名其妙地突然病情加重。一切都只不过是我们没有发现，或者被我们忽略了而已。

等到家属做好最后的决定，人世间已经迎来了新的一天。

抢救室内，有些颤颤巍巍、佝偻着身躯的丈夫拿着手帕为患者擦了擦眼角的泪水或汗水，反复说着：“老张呀，你不能走啊！”

探视了一会儿之后，我便将家属又请出了急诊抢救室。在抢救室门外，我再次同家属沟通。

“是你签字还是老爷子签字？”我将沟通备忘写好后准备让家属签字。儿子接过笔：“还是我来签吧。”

儿子正在签字，站在一边的老人又说道：“大夫，虽然治不好了，但我们都尽力吧。”

“放心吧，老人家，我会的。”

消化科医生搬来了床边胃镜，ICU 病房为患者准备好了床位，我们在急诊抢救室内便为患者进行了电子胃镜检查并做了内镜下治疗。待患者病情稳定后，我又亲自护送她进了 ICU。

好在最终多次身处鬼门关的患者还是被拉了回来，但她在出院约一个月后因为咳嗽、流涕再一次来到了急诊。这一次依旧是夫妻俩相互搀扶着，虽步履蹒跚，却满是幸福、平凡。

我对得起她了

“你来听听，很明显。”交班时同事将听诊器递给了我。

患者端坐在病床上，戴着呼吸面罩，呼吸急促，额头上正在渗出丝丝汗珠。

一边的心电监护仪因为她过快的呼吸频率和不达标的经皮动脉血氧饱和度而时时发出报警声。患者只是看了看夜班接班的我，并没有说话，或许是因为她连呼吸也感到费力了吧。

果然，从听诊器里传出来的声音很明确、很清晰，也很让人担忧害怕。因为那种广泛的湿啰音和哮鸣音以及左下肺难以听见的呼吸音无一不是死神来临前的进行曲。

简单的体格检查结束后，我的内心已经高度重视起来，我知道眼前这位因为咳嗽、气喘三天、痰中带血一天被送进急诊抢救室的 48 岁女性，将是我夜班关注的重点。

“现在怎么样？好一点没有？”事实上，患者被送进急诊抢救室已经超过 36 小时了。患者又看了看我，依旧没有张口回答，只是点了点头。

接班完毕后，同事又将我拉到一边悄悄告诉我：“患者肺病病史已经将近 20 年，之前出现过严重呼吸衰竭和咯血。”

“这一次来医院后，我已经同她和家属沟通过了，包括需要使用呼吸机、肺移植，病情有出现大咯血、发热、休克、死亡等。”

“家属怎么考虑？”我迫不及待地问道。

同事却笑了笑：“还能怎么说？你没看现在也就只是戴面罩吸氧吗？

患者自己和家属的意思都是不插管，不用呼吸机，不住院，输液止血就可以了，一旦病情进展就回家了。”

同事的话让我非常震惊，毕竟眼前正端坐在病床上的是一位年仅48岁的中年患者，应该有大把的时光可以用来呼吸呀，家属怎么如此轻易就要放弃了呢?

“是真要放弃，还是对病情不重视、不了解?”毕竟这种现象是存在的，不是患者病情不重，而是患者和家属盲目自信，对医生交代的风险不以为意。

“是真要放弃，已经签了字。夜班没有什么特殊的，就是吸氧、输液、监护，要是不行了，就通知家属。”交代完毕后，同事便下班了。

虽然这位支气管扩张伴感染的患者病情已经很明确，而且感染严重、呼吸衰竭严重，甚至时时有发生大咯血的风险；虽然患者和家属都已经表明了意见，也在知情同意书上签了字，但我依旧觉得不安、不甘。

我又翻看了患者的检查资料，胸部CT让我印象深刻，因为我有一种错觉：眼前的图片分明是一双蝴蝶的翅膀，哪里是患者的两肺。可惜，美好的愿望总是要落空的。

支气管扩张指的是直径大于2毫米中等大小的近端支气管，由于管壁的肌肉和弹性组织破坏引起的异常扩张。

引起支气管扩张的原因往往是支气管–肺组织感染和支气管阻塞，也有患者是因为先天发育障碍和遗传因素引起的。

典型支气管扩张的患者会有反复长期咳嗽、咳大量浓臭痰和咯血的症状。每每遇见支气管扩张的患者，我都会提醒他们，支气管扩张不仅会引起咯血，而且会引起大咯血，能够引起休克和死亡的那种大咯血。

对支气管扩张的患者来说，往往生活中常见的轻微呼吸道感染就可能诱发严重的后果。

深夜10点钟，就当我刚刚忙完其他患者之时，这位始终端坐在病床上呼吸的患者病情如预期一般加重了，只听见几声咳嗽之后，她咯出了大口鲜血，量约 30 毫升。

赵大胆惊呼了一声：“9 床又咯血了！”我赶忙来到病床前，患者甚至出现了大咯血、呛咳窒息的情况，没想到患者自己却非常淡定，她擦了擦嘴，对我说：“没关系，这几口血吐出来就好了。”

“有这么简单就好了！”看着一点儿也不紧张的患者，我自己却有些紧张甚至气愤起来了。病情如此严重，怎么能不重视？吐几口血怎么能好，要是大咯血发生死亡呢？

将患者扶好，调高了吸氧浓度，确认垂体后叶激素依旧在源源不断进入患者身体后，我又找到了等候在急诊抢救室门外的家属。

喊了几遍之后，家属才反应过来。眼前这位熬红了眼球的家属是患者的丈夫，看上去 50 岁左右，穿着灰色夹克，胡子拉碴、头发蓬乱。

“她刚才又咳了一口血，量不少。”我一边打量着他，一边将患者刚才发生的情况说了出来。和患者一样，家属也没有什么反应，丝毫不紧张，只是“哦”了一声。

“要是大咯血就可能会没命。这种情况你应该知道吧？”我还在确认家属对患者的病情有充分的了解。家属没有说话，只是看着我。

“这样下去不是办法呀，我说句不好听的话，她才 48 岁，还没有到该死的年龄，你们有没有考虑过好好看一看？”家属还是没有说话，只是用一双长了一些翼状胬肉的眼睛看着我。眼见他无动于衷，我只好再次用最通俗的话来补充：“她的肺几乎已经毁损，两个肺的功能不如别人半个肺。你现在看着是一口口地咯血，严重的情况会一碗碗地咯血，患者也会因为休克、窒息等情况在短时间内死亡。如果真的出现了这么严重的情况，你能不能接受结果？”

急诊抢救室门外，来来往往的人，有人看着我和他匆匆而过，有人根本没有注意到我们的存在。他依旧没有回答，我只是看着他，等待着。

几十秒钟之后，他终于开口说："这个我知道，她的病有 20 年了，想治治不好。"

"是治不好，但以前还能维持生命，现在维持不了了。不谈咯血的情况，就是呼吸衰竭也会让她维持不了多久的。你们考虑过肺移植没有？"对于这样的患者，最终除了肺移植，已经别无他法。

这位丈夫牵强地笑了，又无奈地介绍了最近几年的求医路。原来早在一年前，这对夫妻便经人介绍了解了关于肺移植的情况，但最终还是放弃了。原因有三点：一是钱，二是风险，三是患者总觉得自己还能坚持一段时间。在从家属口中得知这些不为人知的事实后，我才真正注意到，这位站在我面前已经熬红了双眼的丈夫，他是那么平凡，平凡到和你我一样被现实打败，他又是那么真实，真实到和绝大多数患者家属一样。

"现在我最关心的就是今天晚上，如果患者病情进一步加重，怎么办？要不要插管，要不要去 ICU 住院？"虽然我不愿意提及这个问题，但它依旧是绕不过去的现实。家属摇了摇头，再一次告诉我："不要。挂水就可以了。要是不行，我就带她回家。她自己也是这么说的，我也对得起她了。"

"我也对得起她了"这简单的 7 个字在那个秋季的夜里深深地撞击了我的心，在这 7 个字背后是 20 年来对抗病魔的艰辛历程，是夫妻两人共同面对风雨的缩影，是在经历过希望、失望、绝望之后发出的感叹，是要用一生才能书写的短句。

"那孩子呢？你一个人能决定吗？"我再次确认。

这位丈夫告诉我："孩子管不了这事，我和她都商量好的事情。"

急诊抢救室内，9 号抢救病床上的患者已经闭上眼睛开始休息了。长时间的喘息和大量的咯血，已经让她没有多少力气了。

我站在她的病床前，看着眼前这位自小便患有慢性支气管炎，近 20 年来支气管扩张持续进展，多次出现咯血，甚至进行过肺动脉栓塞手术的患者，隐隐有些不安，总觉得她距离我那么近，却又那么远。

那一刻，我才发现自己除了悄悄为她拉上隔帘，竟然再也不能提供任何帮助了，更不用说什么治病救人了。第二天下午，她临时决定离开医院。

几天后，又是一个夜班。

她再次被送进了急诊抢救室，当天事发前一个小时，她突然开始大咯血，继而意识丧失，被送进医院时已经没有了心跳、呼吸。该发生的终于还是发生了，如同冥冥之中自有注定一般。她面色苍白，口角、上衣布满了鲜血和咖啡色样的液体，她头发凌乱、四肢厥冷，就连心电图上也没有了一丝波澜。

不过幸运的是，她倒在了前来看病的路上，又幸运地遇见了一位懂得心肺复苏的路人。于是在持续心肺复苏的借力下转运到了急诊室。

到了急诊室以后，这位之前曾经说过“我也对得起她了”的丈夫却哭着说：“一定不要放弃，一定要积极抢救。”

在经历了 16 分钟的心肺复苏之后，患者总算恢复了自主呼吸和心率，并且被成功送进了 ICU 继续治疗。

在办理完住院手续后，这位丈夫方才认出我是谁，并且说道：“本是要放弃，可真到了这个时候谁又能舍得呢？”

我和他站在急诊抢救室的巨大落地窗前谈着话，那一刻黎明的光刚好照在了他憔悴的脸上，显得那么真实，又那么温暖。

我完全理解他的话，于是只是拍了拍他的肩膀，安慰道：“好好看，还年轻呢！”

后来听说，这个肺部病变像蝴蝶翅膀一样的患者还是克服了重重困难，进行了肺移植手术，希望她在未来的人生里能够健康平安！

救他，到底对不对?

已经记不清哪年哪月哪日了，一位老年女性患者出现在急诊室中。

年逾八旬的老太太是居住在本地的一名退休女工，常年患有高血压、冠心病、慢阻肺等疾病。

第一次见到老人的时候，我从来没有想过为她看病的过程竟然如此艰难，更加没有想到自己会在未来的某一天极度后悔抢救了她。

记得那天中午，秋意正浓，急诊室就像往常一样满是等候就诊的患者和家属。

因为匆忙如厕而路过急诊室转角处的我，一眼便在长廊上的人群中看见了这位白发苍苍的老人，因为等在人群中的她不仅在不停地颤抖，而且在不停地哼着。

同其他老人有家属陪伴不同，这位老年女性患者独自一人坐在墙角的转角处。

出于职业的敏感性，我特意停下了脚步，上前询问道："老太太，你怎么了？"

在我一次比一次大声的询问中，老人似乎依旧没有听明白我的话。她只是抬着头看着我，并没有说任何话。

我不知道她是听力差还是听不懂普通话，一时间我们就像两个世界的人，我问着我的话，她只是抬着头听着。

一时之间特别尴尬，我欲离开去完成尚未完成的工作，却又不敢轻易离开。

“有家属吗？老太太的家人呢？”我环顾四周，匆匆而过的病患并没有做出回应，只有远处的几位清洁阿姨做观望状。

好在另外一位热心的老人趴在她的耳边帮忙翻译着，几经周折之后我才搞明白老人来到医院的原因。

“这么大年纪，怎么只有一个人来看病？”几个围观的阿姨七嘴八舌地说着。

这个问题也正是我所困惑的，子女如何放心让一位极难与人交流的老人独自来到医院？

查体后发现这位老人很可能是因为慢性阻塞性肺疾病再次发作而出现了不适，而老人不住的颤抖正是高热所致，要立刻予以处理。

我赶紧喊来赵大胆帮忙，为老人挂号、缴费，带老人去检查。

幸运的是，虽然没有人陪同老人前来看病，但老人自己带了医保卡和现金，这样就会省去很多麻烦，只要老人同意治疗方案就可以了。

“你的家属呢？子女呢？有电话吗？”我和赵大胆先后反复询问老人，希望能够联系上家属。

一是因为如此高龄行动不便的老人独自就医存在风险，二是身在急诊的我们还有其他工作，难以时时刻刻盯着这位老人，比如伺候老人饮水、如厕等。

但是，老人却告诉我说：“孩子都忙，来不了，挂完水后，我就回家了！”老人的这个解释让我有些哭笑不得，甚至觉得自己有些自作多情。

看见老人难受的状态，了解了她行动不便、交流困难的现实，作为陌生人的医务人员尚且觉得不容易，应该尽量予以帮忙，患者却认为自己并无大碍。

就像那些愤愤不平者说的那样：“这就是将家庭矛盾转化为医患矛盾，子女都忙，难道别人就不忙吗？”

然而，我却没有回应这样的批评。

虽然老人始终拒绝提供子女联系方式的行为让我颇为不满，但我也知道在每一段悲凉的故事背后，都有着不为人知的人世沧桑。

输液雾化治疗之后，老人胸闷气喘的症状得到了明显缓解。她拒绝了留观，拄着拐杖一步步地离开了急诊室。

我站在急诊室门口目送她离开，夕阳的余晖映照在急诊室冰冷的地板上，我又突然想到：这位佝偻着身躯、满头白发的老人又会是谁的母亲？

我无法忘记这位年逾八旬的老太太，因为不久之后我便在急诊室再次遇见了她。

大约不到 1 个月后的深夜，老人再次来到了医院。

和上次不同的是，这一次老人是由 120 急救车送入医院的，而陪同前来就诊的是一位 50 岁左右的女性。

老人大口地喘着气，似乎拼命地想将所有空气都吸进肺脏里去。

很明显，老人这一次慢性阻塞性肺疾病急性发作要远比上一次严重。

开始的时候，我认为这位陪同前来就诊的中年女性正是老人的家属。因为对上次家属没有陪同老人就医而心有不满，我特意仔细打量了这位家属。

“这种情况有多久了？在家中服用了什么药物？”

她喋喋不休的话却让我震惊了：“这个我也不知道，我只是她的邻居。她每次不舒服都会敲我的门，不管她也不好，半个小时前她敲门的时候就这样了！”

原来老人自觉不适后敲开了邻居的大门寻求帮助。

“她的家属呢？”

“她没有家属，自己一个人过，老伴儿早就死了，有一个儿子住在外地，每年就回来两次。”

“你能联系上她的子女吗？”

这位无奈而又好心的邻居自然没有老人子女的联系方式，我只好把这个难题交给了民警。

“有这样的孩子还不如没有，关键时刻不顶用！”就连抢救室里的护工都在发牢骚。

我果然猜测得没错，老人之所以坚持不肯透露子女的联系方式是有原因的。

老人的病情很重，存在严重的呼吸衰竭和肺部感染。

对这样的老人来说，呼吸衰竭和肺部感染同样是排在前列的致死原因。

按照常理来说，面对这样的患者，我必须做一件事：下达病重或病危通知书。

但是，具有讽刺意义的是，我找不到接收病重通知书的对象，更加找不到签字的对象。

民警找到了老人儿子的电话号码，却因为是深夜而关机。

“还有没有其他电话号码？”这位好心的邻居趴在老人耳边反复地问。

此刻气喘吁吁、满头大汗的老人根本无法提供，因为每说出一个字都会耗尽她所有的力量。

最后老人因为严重的呼吸衰竭而被用上了呼吸机辅助通气，在为老人调节呼吸机之时，我又瞥见了挂在老人脸颊上的泪水。

很快，办理了各种手续之后，我将老人送进了病房准备接受进一步的治疗。

直到老人在医务人员和邻居的照顾下住院第三天后，她的儿子才来到医院。

我同事问他：“为什么不和老人一起住，为什么现在才来到医院？”

他只用一句淡淡的话便打发了我的同事：“她平日里身体好好的，没有什么病，这种情况很少见。而且，她不愿意和我们住在一起。”

或许他说得没错，至少那个时候我认为他可能永远也没有机会看见自己母亲独自躺在抢救室里默默流泪的场景了！

事实上，老人被送进病房后，我便没有机会再见到她，更加没有直面过数日后才来的儿子。

我也曾一度将这位独自来到医院的老人忘记，因为在急诊，这样的老人太多。

没有想到的是，第二年春天的时候我便在抢救室中再次遇见了这位老人。没有想到的是，这第三次见面竟差一点便是永别。

那一晚，老人因为在胸闷气喘后突发意识丧失被家属送进医院。

将老人送进医院的是她的儿子、儿媳妇，一对 50 岁左右的中年夫妻，儿子穿着黑色的皮夹克，儿媳妇戴着草绿色的帽子。

此刻的老人已经处于昏迷之中，因为经皮动脉血氧饱和度仅有 50% 左右，这意味着如果不及时就诊的话，老人会在极短的时间内出现心跳、呼吸停止。

来不及询问老人的具体病情，摆在我面前最迫切的问题便是：“这种情况需要气管插管，不插管就没有命了，要不要插？”

说这句话的时候我已经在准备气管插管的物品，赵大胆也正在为患者打开静脉通路和准备吸痰。

“快给我们插吧，医生你不要耽误我们的时间呀！”儿媳妇焦急地说，看起来态度非常积极。

“你快出去吧，就在抢救室门口等着，有事我会喊你，现在不正在抢救嘛！”我一边准备着物品，一边解释后将家属请了出去。

吸痰的赵大胆忍不住说：“好多痰，又浓又多！”

赵大胆说得不错，在老人气管和喉咙之间来回翻滚涌动的脓痰正在吞噬着老人的生命。

气管插管、呼吸机辅助通气后，老人的生命体征逐渐得到了稳定，我才得以再次找到老人的家属了解具体病情。

原来所谓突发意识丧失只不过是家属的说辞罢了。事情的真实情况是，老人 5 天前开始出现发热咳嗽，自行服药两天后无明显缓解。3 天前，老人开始出现胸闷气喘、明显咳嗽、大量咳痰的症状，但尚能同家属电话联系。三四个小时前，老人开始出现意识模糊，最终陷入昏迷。

事实上，老人昏迷的根本原因正是慢性阻塞性肺疾病急性发作，而向老人索命的正是涌动在气道之中的那些脓痰。

“我知道，这就是老百姓口中的一口痰上不来……”

原来老人的儿子对老人的病情有一定的见解，这一点让我对他不好的印象有所改观。

老人的生命体征虽然趋于稳定，但始终处于昏迷之中。

完成急诊的工作后，老人被建议转入病房进一步治疗。但是，家属却开始犹豫起来：“住院能治好吗？要花多少钱？”

经常有人问我这两个看似简单的问题，但这是非常难以回答的问题，难以回答的原因是它们没有标准答案。

“这些慢性病哪里能治好，只能缓解，而且谁也不能保证治疗效果。至于要花多少钱，那要取决于患者的病情变化情况，治疗措施不同、时间长短不同，肯定价格不同呀。”我能提供的答案仅此而已。

“那我们商量一下再说吧！”儿媳妇暂时拒绝了第一时间将老人转入病房的建议。

家属还在抢救室门外商量着老人的命运，老人还在抢救室内同死神抗争。

我站在老人的床头调整呼吸机参数，无意之间竟瞥见了堆积在老人眼角的泪水。

我知道此刻昏迷的患者已经没有了意识，但我不知道在昏迷之前老人的眼角是否已经堆积了泪水。

“我们知道危险性，可我们也不想让老人太受罪。”儿子找到我后哆嗦着回答，言下之意似乎是想要放弃了。面对这个回答，我有些气愤，因为我之前花了许多努力去稳定患者的生命体征，正当我想要继续努力的时候，家属却要放弃了。

“她已经昏迷了，并不会感到太大的痛苦。实事求是来说，虽然有一些风险，但风险和希望并存！”我还是希望能够再尽一份努力去挽回患者的生命。

几分钟后，家属还是同意了我的方案，而患者在进入急诊抢救室大约 14 个小时后也终于从昏迷中醒了过来，就连呼吸衰竭也得到了极大的缓解。

我同这位老人仅有三次短暂的交集，却注定让我难以忘怀。

我在想，如果抢救室也有灵魂的话，那么心电监护仪便是它的心脏，呼吸机便是它的肺脏，洗胃机便是它的胃吧。

那整日在抢救室里忙忙碌碌的我们又算什么呢？寄生虫吗？

或许，我们只是它身上终将要被代谢掉的上皮细胞吧？或许，我们就如同尘埃一样无足轻重吧？

只不过我们或许终此一生都无法明白自己存在的意义，只不过我们一直都会在生命的尽头才去后悔一些事情。

有人说，铁打的医院，流水的患者。

事实上，又何尝不是铁打的抢救室，流水的医生、护士呢？

身披白大褂，肩负重责，我们会忘却自己的健康、生死，手握武器，站在奈河桥头，干着从死神手中抢人的活。

卸下这份重担，医者也是有血有肉的普通人，有忧虑，有害怕，有理想，有纠结，而且也终将成为他人的患者。

一周前的凌晨 3 点，我正趴在电脑前研究着那些没有情节，只有骨与肉的片子。

抢救室里躺满了不停呻吟的患者：慢阻肺、呼吸衰竭、脑出血、过敏性休克、消化道出血、重症肺炎、急性脑卒中、急性胸痛……

每一天我都是这么度过的，这些也是我时刻都要面对的。

但是，此刻最让我内心感慨的是一位99岁的老年男性患者，他已经在抢救室里超过48小时。

两天前，抢救室里来了一位99岁的男性患者，陪同前来的是同样满头白发的女儿。

跟随120前来医院的除了这位已经年逾古稀的女儿，竟再也没有其他人。

而且在这两天，除了这位女儿同一个孙子，并无其他人前来探视。女儿告诉我："父亲已经99岁了，平日里精神很好，吃饭、上厕所都能够自理，就是最近发热后才卧床不起。"

为什么年关对老年人来说是一道坎？

因为冬季有较低的气温、肆虐的呼吸道病毒，还有常常袭来的雾霾……事实上，这位将近百岁的老人病情很明确：重症肺炎、呼吸衰竭。

对如此高龄的老人来说，重症肺炎和呼吸衰竭随时都会要了他的性命。

我甚至能感觉到身着一袭透明薄衣的死神正站在抢救室内的某个角落中，它已经做好了随时带走老人的准备。

按照诊疗疗程来说，老人应该住院，而且需要住进重症监护病房。但是，生活中却有很多牵绊需要顾及。

患者如此高龄，病情如此严重，随时有发生死亡的可能，家属做好心理准备了吗？

即使住进了重症监护病房，即使花了很多钱，也完全有可能出现人财两空的可能。

患者的儿女都已高龄，有人甚至丧失了独自生活的能力，巨大的医疗费用由谁来承担？

真的有必要让我的患者在99岁高龄的时候还要承受现代医学的折磨，丧失掉最后的尊严吗？

这位全程陪同的女儿对生死看得很明白，她说："这些我都知道，现在我最希望的就是他能够安安静静地离开。"

既然家属早有了这样的准备，我作为医生又能怎么样呢？

虽然对患者来说似乎有些不公，但因为肺部感染和呼吸衰竭，已经意识模糊的患者再也不能表达自己的意愿了。

或许，患者依旧眷恋着人世间。或许，患者早已渴望着升空。

无论他愿与不愿，都已经不重要，因为没有人会去征求他的意见，甚至没有人会考虑他的感受。

沟通签字后，这位70岁的女儿准备将患者带回家。

临行前，我叮嘱："如果方便，可以将老人带到附近医院输液抗感染纠正休克，对症治疗，也许能拖上几天，尽人事听天命。"

"没关系，我知道，其实我也是一名医生！"眼前这位满头白发的女儿突然说出了自己的身份。

原来她曾经是一名赤脚医生，退休前是当地镇卫生院的内科医生。既然如此，别无他言。

面对死亡，是一名医者的必修课。

但是，我却忘记了一点：医者也是人，也是脱离不了现实的人。

原本我以为这个99岁的老人会很快离开这个浮浮沉沉的人世间，没想到的是：某日夜班，家属再次将老人送进了医院。

只不过这一次陪同前来的家属有很多，包括几个孙子在内。

这一次患者已经处于深昏迷，生命体征很微弱，就像狂风中的烛火一般。

"怎么又把老人带了过来？"

我询问这个退休前也是内科医生的女儿，她却说："送过来抢救一段时间，这样也好对亲戚朋友交代。"

几个孙子也附和道："再给我们输点药水吧！"

"这根本就不是输点药水的问题，是性命垂危，随时会死亡的问题！"我再次强调着。

如果要积极治疗，一周前为何要放弃？被浪费的一周对患者来说何其重要？

这种想法实在让我从理智上难以接受，因为它体现了人性自私无知的一面。

难道为了对亲戚朋友有所交代，就要让患者承受更多的痛苦？难道为了让自己免于社会舆论的压力，就要虚伪地假装抢救？

他们来医院不是为了治病，而是为了花钱。

明知道治不好，却还要花钱，让老人承受痛苦。

只是为了在亲朋好友面前说一句："不是我们不给看，是病情太重了，医生都说了治不好！"

更何况，说出这句话的人自己也曾经是一名医生。更何况，做出这个决定的人自己也是风烛残年。

可惜的是，虽然我心中百般感慨，却只能干着这份出卖灵魂的工作。可悲的是，虽然患者的女儿是一名老医生，却逃脱不了现实的人情世故。

就这样，这位已经深昏迷的99岁老人再一次被推进了抢救室，家属在病历上签了字：拒绝气管插管、心肺复苏。

他们唯一的要求便是："挂点消炎水。"

他们的目的就是让患者将最后的生命时刻留在医院中。

清晨6点钟，我看着蜷缩在病床上只是等着心跳、呼吸停止的老人，突然有一种残忍的希望患者早点"离开"的想法。

早一点离开便意味着早一点结束痛苦，早一点满足家属的愿望便意味着早一点走向天堂。

9 点钟，我已经可以下班的时候，这位 99 岁的重症肺炎患者，还在顽强地同死神对抗。

而作为医生的我，此刻又能做些什么呢？

或许患者的曾经身为医生的女儿也有不得已的苦衷吧？或许等我老了也会面临这样的窘境吧？我带着这样的困惑离开了医院。

几天后我又翻开了抢救记录：患者在我下班离开医院后，又艰难地同死神抗争了 3 个多小时……

或许我们永远也学不会如何在生与死之间做出正确的选择。

向 上

夜色中，一只知了正在急诊抢救室门前的梧桐树上艰难爬行着，虽然从没有人注意到它，但它依旧要向树枝的最上方前行，因为它知道在那里能够看见其他知了都看不见的星空。

一阵刺耳的报警声慢慢响起，又带着蓝绿相间的灯光疾驰而过。

知了停止了向上爬行的脚步，只是缓慢地看着这人世间常常发生的一幕，在它凝视的那一刻，这时间或许便是静止的。

“快，患者没有了自主呼吸！”打开 120 救护车的车门之后跳下来的急救医生慌忙说着。

“有心跳吗？”我赶紧上前查看患者。

只见这位被插着气管插管的年轻患者已经处于深昏迷状态，全身散发着浓烈的酒精味。

“到现场时已经没有了心跳、呼吸，大概按压了 20 分钟……”

直到此刻我才注意到身边满头大汗的急救医生，因为连续的心肺复苏，汗水已经浸透了他的上衣。

“现场是什么情况？”

“这个人醉酒后呕吐窒息，昏倒在了卫生间，现场有很多呕吐物，插管时可见大量的分泌物。我们赶到现场时，他已经没有了心跳、呼吸，到现在为止刚好 28 分钟！”

他看了看挂在抢救室正中央的电子钟，给出了准确的时间。

对年轻醉酒者来说，呕吐窒息是较常见的致命原因之一。

我眼前的这位年轻人何时醉酒的？呕吐后窒息多久？在 120 急救医生赶到现场之前意外情况已经存在多久？是否只是普通醉酒那么简单？

“家属呢？”为患者接上呼吸机后首先要做的便是向家属了解情况。有五六个男性挤在门前，却没有人回应我。

“谁是患者的家属？”我大声地重复道，因为患者的病情不允许我浪费哪怕一秒钟的时间。

这几个人相互看了看，却还是没有人回答我。

“你说什么？”一个中年男子说着我听不明白的方言站了出来。

重复几次之后，我才明白男子的意思，他们已经通知了患者的妻子。

“那你们了解情况吗？他什么时候喝的酒？喝了多少酒？除了喝酒，有没有其他特殊情况？”这些问题对患者的治疗都是非常重要的。

然而，我能够得到的消息却只是，从患者自行离开酒桌到被送进急诊抢救室，最少已经过去了 40 分钟，没有人知道他到底喝了多少酒。

这些同乡原本便说着一些我听不明白的方言，更何况是在都已经被酒精麻醉了的状态下。

“开绿色通道，先检查处理，等他老婆来了再说。”我向领导汇报后第一时间开通了先抢救后付费的绿色通道。

对心肺复苏后的患者来说，在我们手中流失掉的每一分钟、每一秒钟都事关患者的生死存亡。更何况，我需要明确的是，患者是单纯的醉酒呕吐窒息后心跳、呼吸骤停，还是饮酒后诱发了脑出血等心脑血管疾病。

“不等他家属了？”

“不等了，要是等太久岂不是浪费时间！”

在将患者转运往 CT 室时，我才再次注意这位昏迷之中、呼吸器辅助通气之下的年轻患者：几根沾着呕吐物的头发覆盖在眼角、鼻部外伤后还没有愈合的伤口、被脱光衣物后全身黝黑的肌肤、身材较矮且瘦弱的躯体、裸露在被子之外的右脚上穿着破漏的黑色袜子……

CT室中，我呼唤患者的几个同乡前来帮忙。

除了那位首先回答我问题的男子，其他人依旧没有回答我，依旧只是漠然地看着我和眼前的患者。

因为他是急诊抢救室的抢救患者，所以一切检查都遵循优先原则，患者的CT很快便完成了。

同预想之中肺部大量的呕吐物相比，患者颅内的情况更加让人揪心，因为已经有十分明显的颅内水肿，有严重缺血缺氧性脑病了！

以患者的病情来判断，如果放弃积极抢救治疗，必定是死路一条；如果不惜一切代价抢救治疗，最大的可能便是植物人或者脑死亡。

“家属呢，来了没有？”戴着外科无菌口罩的我站在抢救室门口大声地呼喊着。

还是那名同样身材瘦小、皮肤黝黑的男子用极难明白的话回答了我：“来了！”

既然患者的妻子来了，那么一切都好办了，只需要患者妻子给出一个治或不治的答案。

然而，让我意外的是，这男子却给了一个我从没有听过的答案：“他老婆来了，她不敢进来，她害怕。”

这个答案让我非常错愕，自己丈夫病危、九死一生，有什么好害怕的呢?

以往遇见这种情况，都是妻子哭天抢地双手紧紧拉着抢救病床不愿离开，都是妻子不顾众人反对要求继续抢救。

现在，这位已经被死神夺走一大半的患者正躺在抢救病床上，仅有心跳而没有自主呼吸，而他的妻子却徘徊在医院的大门外不敢进来。

凌晨1点钟，我一个字一个字认真地对眼前这位有些尴尬地笑着的男子大声说：“对他老婆说，再不进来看看，就永远看不到了！”

“会不会在醉酒的背后另有隐情？”患者妻子的反常表现让我不得不

思考。

很快，患者的妻子被我带进了抢救室。她同样身材瘦小、皮肤黝黑，穿着一件蓝色外套，梳着两根齐腰的辫子。

她开口说了几句话，除了“喝酒”两个字，剩下的我完全听不明白。

好在那位始终同我沟通的老乡能够从中翻译，否则我真不知道该如何向患者的妻子解释了。

患者妻子的意思是，患者常常喝酒，每天都要喝酒。当天上午起床后，他便已经喝了将近一瓶白酒，晚上又继续喝酒，自己知道丈夫早晚要出事。

“下一步要怎么办？治还是不治？”决定这个问题的既不是患者本人，也不是医者，而是患者的妻子。

“要多少钱？”患者同乡翻译着。

这个问题很难回答，因为这要取决于患者的治疗情况。如果患者很快死亡或许不需要很多费用，如果患者生命体征能够稳定需要进一步治疗则可能需要很多，如果出现脑死亡或者植物人状态则更加可能是一笔巨大的费用。

当然，以患者的状态来看，脑死亡的可能性极大。

如果患者是一名老人，或许还容易决断。但眼前的患者是一名既往没有任何疾病的 27 岁年轻人。

他是一个丈夫，是一个儿子，是一个父亲，是一个家庭的顶梁柱，在没有百分百宣判死刑前，又有谁能够轻言放弃呢？

“家属人呢？去缴费取药！”

家属未赶到医院时，因为患者病情危重，可以走先抢救后付费的绿色通道，这是所有医院都有的制度。但是，当具有民事行为能力的家属赶到之后，便应尽可能自己付费。毕竟医疗资源是有限的，毕竟绿色通道是留给那些真正需要的危重患者的。

然而，家属却没有了踪影。

只有那名能够为我翻译的男子前去缴费取药。

“家属人呢？进来帮忙！”

患者很快大便失禁，夜间值班护士原本人手不足，为患者清理大小便必须有家属的协助。

然而，家属却迟迟不到。

只有这位同样皮肤黝黑的男子可以忍住酒精同大便一起发酵后的恶臭，耐心协助护士为患者清理大便并擦净身体。

“家属人呢？做好决定了没有？”

虽然患者病情危重，生命在一点点消逝；虽然我郑重其事地大声告诉了她，甚至当着她的面打开了手机的录音功能。

但是，她却始终没有任何反应，没有慌张，没有哭泣。或许，只是我看不见她表面镇定背后的失措吧？

答应我只是考虑商量一下的患者妻子，几度从凌晨的抢救室门外消失不见。患者的同乡向我解释：“她在打电话。”

然后又向我解释：“她还要考虑考虑。”

一会儿他又向我说道：“她害怕，不敢进来。”

凌晨3点，那几个始终不愿说话的同乡已经躺在抢救室门外的板凳上睡熟了。

仿佛整个世界只有我一个人在拼命地奔跑。

抢救室中，我问这位可以勉强沟通的男子：“你们都是一个村子的吗？”

“我们不是一个村子的，我们上小学的时候在一起。”

“他老婆为什么不敢进来？患者随时都可能没命，现在不看，以后就没有机会了！”我再次表达了自己的愤怒。

他却没有回答我，不知是没有听明白我的话，还是不愿回答。“你们这里怎么这么臭？”一位会诊医生捂着鼻子抱怨道。

这种恶臭的味道正是来自患者失禁的大便和被发酵后的酒精，它是这个人世间最真实的味道。

我站在患者的床头，看着他睁开的却透露着冰冷的双眼，盯着他瘦弱的随着呼吸机而起伏的胸膛，闻着他在人世间留下的最后一丝让人恶心欲吐的味道。

凌晨3点半，梧桐树上的那只向上爬的知了也暂停了脚步。它太疲惫了，它需要停下来再次仰望树叶之中的星空。

患者的妻子给出了最终答复：“放弃抢救，但要等他的父母赶到！”

“你知道放弃抢救就是死吗？”我生怕患者的妻子做出了自己并不知情的决定。

她没有说话，只是看着患者沉默不语且没有签字确认。

“我不能保证可以等到他的父母赶到，他随时都会死亡！”等待父母的这个决定我可以理解，但我不能答应，因为患者远在千里之外打工的父母最少需要10个小时才能赶到。

清晨6点钟，抢救室门前树上的那只知了准备开始新一天的鸣叫，而黎明的光也再一次和我相遇。

我的患者也迎来了转机。在经过一整夜的积极治疗后，患者的生命体征全部稳定在正常范围内，而且从查体结果来看，神经系统似乎也并不是特别糟糕。

我为患者评估时，突然发现黎明的光刚好透过抢救室巨大的落地窗照射在患者的右脚上。

赵大胆说：“这算是抢救成功了吗？”

从急诊的角度来说，算是抢救成功了，但患者之后还有很长的路要走，还有许多困难要去面对。

交班前，患者的妻子似乎才从震惊和害怕中缓过神来，她问我：“下一步该怎么办？”

我告诉她，把努力交给医生，把奇迹交给命运。

交班后，我顶着烈日走出了医院，庆幸自己又迎来了新的一天，又听见了知了的鸣叫。

一个让人心酸的谎言

这些声音，从我的泪珠中汩汩冒出，却又堆积在眼角偷窥着人世间。天已微微发亮，清洁工阿姨正在为急诊抢救室“梳妆打扮”。

她们用手中的抹布和扫把将笼罩在尘世间的最后一丝黑暗一点点抹去，就像小时候的我拿着板擦抹掉老师留下的整齐的板书一样。

她们清理掉的不仅是昨夜的尘埃、垃圾，还有一场又一场大抢救留下的印迹，以及一张又一张躺在抢救室里的面孔和面孔之后的悲欢。

只是，她们从来没有清理干净抢救室里的故事。

只是，那些悲欢总是一幕又一幕地向我袭来，乃至将我淹没。

阿姨时而弯着腰清理着黄色垃圾袋，时而又踮着脚擦拭着墙壁。

这是劳动的场面，让我想起小时候每一次擦掉黑板上的字后都会感到一阵恐慌，因为那意味着教师又会重新写上密密麻麻的字。

这最普通的生活，让我意识到死神、病魔从未真正离开。

我认真地去看，戴着厚厚的镜片去辨识。

我努力地去学，在这些方块字中艰难爬行。

许多年之后，我才突然发现在这些密密麻麻带着石灰膏味道的板书之中隐隐约约藏着“生命”两个字。

一觉醒来，我才看清自己的位置，不知从何时起，我已经从那些难懂的方块字中爬到了一座又一座高耸入云的心电图上。

急诊抢救室将我与世隔绝，时间也在以生命的形式流逝。

清晨6点半，我手拿着听诊器站在清洁的地面上，迎来了又一位患者。

患者是一位78岁的老年男性，40分钟前因为突发胸闷不适被120送进了医院。

“具体是什么情况？”我询问道。

“没有家属！”120急救医生给了一个让我有些恐慌的答案。

让我恐慌的并不是患者的病情，而是在“没有家属”这四个字后隐藏的家庭矛盾和社会问题。

原来患者40分钟前在公园里散步时突发胸闷气喘，被其他散步的市民发现并帮忙拨打了120急救电话。

“报警了没有？联系家属了没有？”

120急救医生却又给了我一个神秘的微笑，只是这微笑让我觉得不寒而栗：“我问过了，他说自己没有家属，家属都死光了。”

这算什么答案？

很明显，老人给出的答案并不是实际情况，甚至带有一些赌气的情绪。什么叫家属都死光了呢？

就算没有子女，总该有侄儿侄女、堂哥堂姐这样的亲戚吧？

听到120急救医生的回答后，我又追问老人道：“有没有手机，有没有电话号码，找一个家里人来照顾您？”

“不用，我没有家里人，他们都死光了！”老人戴着呼吸面罩费劲地回答着我的问题。

在我侧身低头询问的那一刻，我看见的不仅是他额头上微微沁出的汗水，也不仅是他急促起伏的胸膛和腹部，还有他绝望和淡定的眼神。

也许在老人危重的病后有着不为我们所知的故事？

也许在“家属都死光了”这句让人震惊的话背后有着一段辛酸往事？

120急救医生放下老人之后没有收费便径直离开了，因为老人除了随身携带的一张社保卡，别无他物。

甚至就是这张社保卡里，也没有一分钱的余额。

“已经请示过领导了，开绿色通道吧！”在我向老人询问病史的同时，搭班护士已经为患者开通了绿色通道。

对于这样没有家属、没有钱甚至没有身份信息的病情危重的患者，医院里是有先抢救后付费的制度以供实行的。

此刻，3 月的阳光已经透过抢救室巨大的落地窗投射进来，它们照在一尘不染的地板上，折射出毫无温度的光芒。

阳光的温度已经被落地窗的玻璃和冰冷的地板吸收而去，就像患者的生命也正在被死神带走一般。

患者有高血压病和冠心病近 30 年，有心房颤动病史 10 余年，虽然平日里不规则服药，但病情尚算平稳。

半个月前，患者在散步之时意外跌倒，导致下肢疼痛，影响行走。

“我一直躺着，没怎么动，想着养养就好了。今天刚出门，就开始喘了起来……”

听着老人的话，看着心电监护仪上始终上不去的经皮动脉血氧饱和度，一股不祥的预感隐隐涌上我的心头。

没有听完老人的话，我便匆忙掀开他的裤脚。

果然，半个月前摔伤的那条腿已经明显地肿胀起来。

一位 78 岁的老人，半个月前摔倒在地，下肢疼痛，长期卧床，突发胸闷气喘，血氧饱和度仅仅 85% 左右，这些信息似乎都在提示一个恶魔：急性肺栓塞！

急性肺栓塞是临床上常引起患者猝死的原因之一，是指内源性或外源性栓子阻塞肺动脉引起肺循环障碍的一系列综合征，包括肺血栓栓塞症、羊水栓塞、空气栓塞、肿瘤栓塞等。

教科书上肺栓塞的典型症状是胸痛、咯血、呼吸困难，但临床上真正有如此典型症状的肺栓塞患者不到 20%。

事实上，肺栓塞的危险性不仅在于较高的致死率，更在于缺乏典型症状和临床表现，常常被误诊或漏诊。

高危人群主要包括近期下肢外伤或手术者、心房颤动者、长期卧床者、有动静脉置管者、肿瘤患者、孕期或产后者等。

如果指望用教科书上的典型症状看病，就只能沦为死神、病魔的帮凶。

既然考虑到了肺血栓栓塞的可能，就需要通过CT肺动脉造影等检查来验证结果。

有一个难题摆在了我的面前，如果患者在检查途中病情加重甚至出现心跳、呼吸骤停怎么办？

事实上，我担忧的是这种疾病风险背后的社会风险。毕竟老人是否真的没有家属我们无从得知。

患者的家属会不会这样质问："没有经过家属同意就做这么贵的检查？没有经过家属同意就冒这么大风险去检查？我们来的时候好好的，怎么会突然就不行了？"

这些问题必须考虑在内，因为这已经不止一次出现了。

但面对我的多次询问，老人始终只是摇着头说："没有家里人，都死光了。"

"你儿子呢？"

"你老太婆呢？"

"有没有其他亲戚？"

老人再也没有回答我的问题，那张消瘦的脸在呼吸面罩下急促地呼吸着。清晨7点钟，有早班的同事已经赶到了医院准备开始新一天的工作。

在跟领导汇报完、准备完医疗文书之后，我和搭班护士又亲自带着老人去同病魔、死神相抗争了。

搭班护士赵大胆说："他说的可能是真的，谁会一大把年纪还咒自己的家人呢？"

我没有回答赵大胆的话，因为我在心里也默认了老人口中的这种大不幸。

很快检查结果便出来了，那些无声的黑白影像似乎在嘲讽老人日益衰败的躯体。

面对证据确凿、不容置疑的肺血栓栓塞的诊断，我的内心充满了复杂的情感。

从开始推测到最终确诊，自己的想法得到验证，对一名医生来说是一件值得开心的事情。

但面对这位病榻上的老人，面对这位自称全家都死光了的患者，这种会危及生命的危重疾病却又让我心中悲痛且不安。

悲痛的是，我不知道这位 78 岁的老人能不能挺过这一关。

不安的是，我知道如此高龄且身无分文、孤苦可悲的老人，在治疗上将会面临巨大的困难。

作为医者，无数人有着同我一样的梦想：只是单纯地治病救人，抛去那些金钱银两的困扰，不管那些人情冷暖的牵绊。

作为患者，无数人有着同我一样的梦想：看病自由，自己患病后影响治疗方案的因素只有科学，而没有金钱等其他。

就在我一筹莫展之时，曙光却又出现了。

民警已经联系上了老人的家属——他的儿媳妇。

得知这个消息之后，赵大胆感觉自己被骗了："明明有家属，却非要说家属都死光了，他怎么想的？"

这个问题也让我百思不得其解。

为什么要骗我说自己没有家属呢？

为什么要将自己的家庭矛盾转移成社会矛盾呢？

患者的儿媳妇住在城市的另一边，驱车 50 分钟就可以赶到。

我在电话里向她做了简单的介绍，希望她能够联系其他家属给出最终决定。

她没有正面回答我的问题，只是告诉我："等我到医院再说。"

"老爷子，你不是说没有家属吗？我联系了你儿媳妇，等她来做决定！"我得意扬扬地向老人说出了实情，甚至为戳穿他的谎言而感到自得。

老人睁开眼睛，看了我一眼，并没有说话。

上午 8 点，急诊室里熙熙攘攘的人群宣示着又一天的开始。

急诊抢救室墙壁正中央的电子钟依旧不慢不快地走动着，它似乎永远不在乎我的患者是生还是死，似乎也从来不在乎我的内心是喜还是痛。

老人的儿媳妇是一位 50 岁左右的衣着朴素的人，穿着一件灰色的外套，手提着一个墨绿色的包。

紧跟在她身后的是一位十六七岁的年轻女孩，扎着马尾辫，有些不知所措的样子。

"医生，人呢？"老人的儿媳妇敲开了急诊抢救室的大门。介绍完病情之后，我将两人带到老人的床前。

年轻女孩一个箭步冲到床前，拉起了老人的手，红着眼睛说不出一个字来。睁开眼睛的老人看着自己的孙女，费劲地说："你们怎么来了？"

孙女没有回答，站在数米之外的儿媳妇说："我不来，谁管你？"

"我不想麻烦你们！"说着话老人已经泣不成声了，和他的孙女一起哭了起来。

我将老人的儿媳妇带到抢救室门外："老人自己说没有家属，也没有带钱，但我们还是积极抢救了。现在你看哪位家属能够做主决定下一步该怎么办，顺便把我们的抢救费用结算了。"

让我没有想到的是，老人儿媳妇的话让我再次对老人心怀愧疚，因为老人根本没有欺骗我，老人的子女真的已经死光了。

她说："哪里还有什么家属？他儿子死了好几年了，老太太也没有了，就一个孙女，还小，还在上学。"

我沉默了，我不知道该要说些什么了。

事实上，老人的老伴儿早在10年前便已经去世，而他唯一的儿子也在5年前因为突发脑干出血而去世，只留下儿媳妇和当时未成年的孙女。

老人脾气偏执，独自居住在城市的另一边。

平日里老人同儿媳妇和孙女并没有过多的联系，甚至连自己跌倒后行动不便都没有告诉她们。

最终老人的儿媳妇做出了将老人转院的决定，因为她居住在城市另一边，转到那边的医院照顾老人也相对方便一点。

出于义务和责任，我必须将转运途中的风险一一告知。

结完抢救费用后，她握着笔在签下自己名字的时候自嘲道："这个字应该让他儿子来签。"

听到这句话，我看了赵大胆一眼，赵大胆也看了我一眼。

这个世界上就是有这么多的苦难，这个世界也永远都是这么真实。

临行前，赵大胆为老人整理，我站在床头向儿媳妇做着最后的交代。

"我不想麻烦你们，你们还是来了！"老人哽咽着，似乎在道歉。

他的儿媳妇说："我们来都来了，你还说什么？有病只管看病，你孙女不是也来了嘛！"

我不知道儿媳妇这些话的背后是否有什么深意，我也不知道老人的内心有什么样的想法。

但我知道，这些声音，从我的泪珠中汩汩冒出，却又堆积在眼角偷窥着人世间。

老人的身体被拉到了城市另一边的某家医院里去了，他的魂却不知丢在了何处。

我们常常遇见谎报自己没有家属的患者，这一次我们都心照不宣地没有说话，只是各自偷偷地擦去眼角的泪水，生怕被对方发现。

或许是因为压在心头的那件东西太过沉重，又或许是因为藏在泪珠之中的声音太过晦涩吧？

香烟与眼泪

患者以半卧位躺在病床上，闭着眼睛努力呼吸着，嘴巴里不停地哼着我听不懂的话。

我知道她并没有睡去，她也知道我就站在病床边。

我们没有对话，而且她已经没有了说话的力气。该说的话我早已经同患者和家属说过，家属甚至已经签好了所有的知情沟通协议。

凌晨 3 点 20 分，我站在病床边默默地关注着她，看着心电监护仪上的数字变化，忽然有一种莫名的感觉袭上心头：我站在患者的右边，死神站在患者的左边。

急诊抢救室天花板上空调口吹过一阵冷风，冷风拂过我的身体，犹如来自地府的阴风一般寒冷。

我知道眼前这位患者的命运已经注定，这个世界上没有任何神医、神药能够拯救她衰竭的多脏器，特别是几乎等同于报废的肺脏。我也知道患者的子女都已经做好了最坏的打算，甚至早已为患者准备好了那些花花绿绿的衣服。

但是，看着眼前以半卧位躺在病床上辗转反侧的老人之时，我却有一些不忍。

曾经有人问我：“你觉得哪一种疾病导致的死亡是最痛苦的？”

有人认为车祸外伤导致的死亡最痛苦，因为外力导致的暴力性伤害一定很痛、很血腥；有人认为癌症引起的死亡是最痛苦的，因为患者会在一点点的肉体消耗和精神崩溃之后死亡；有人认为心肌梗死、主动脉夹层这样的急症导致的死亡才是最痛苦的，因为患者可能会感受到一生之中最剧烈的疼痛。

这些答案或许有道理，但是我有不同的看法。

这个世界上最痛苦的死亡便是各种原因引起的呼吸困难而死，那种拼尽全力却呼吸不到一口气的状态，便是我们所说的“垂死挣扎”。

无论是肺癌晚期患者，还是那些中风后反复感染吸入性肺炎的患者，抑或是肺纤维化等其他原因引起的严重肺部感染、呼吸衰竭者，他们都会在生命的最终阶段表现出对每一口空气的渴望。

如果没有呼吸机辅助通气，大多数这样的患者会在很短的时间内远去天国。

即使有呼吸机辅助通气，现代医学也很难动摇那些病入膏肓的患者远去的“决心”。

更何况，生命健康对我们来说，并不只是简单的医学问题。

就如同我眼前这位老年女性患者一样，虽然她此刻存在严重的呼吸衰竭，我却并没有按照常规使用呼吸机来治疗、缓解危重的病情。

“这个患者不用呼吸机吗？”护士赵大胆提醒我道。

“不用呼吸机不行吧？”赵大胆忍不住又唠叨起来，用奇怪的眼神看着我。

“不用呼吸机能不能撑到天亮？”搭班的小伙伴又开始在我耳边碎碎念。

事实上，我何尝不知道这一道理呢？

然而，决定权并不在我手中，也不在患者自己手中。

“上呼吸机不要钱吗？家属拒绝使用呼吸机，拒绝任何积极有创的抢救，已经签字了！”虽然对于这种违反诊疗常规的事情我也是满腹怨言，但在现实条件下，我又能怎么样呢？

有时候，让我们一败涂地、毫无尊严的并不是医疗技术上的难题，而是金钱和经不起考验的人性。

患者是一位 70 岁的老年女性，因为突发胸闷气喘 3 小时被子女送进了抢救室。

她入院时病情极其危重，嗜睡状态的患者经皮动脉血氧饱和度仅有 63%。

这种严重的呼吸衰竭在必要时甚至是需要气管插管的，因为如果呼吸衰竭不能在短时间内解决，有可能会导致心搏骤停。

患者病情危重的根源则正是慢性阻塞性肺疾病急性发作，这是伴随老人 20 年的慢性病了。

慢性阻塞性肺疾病是一种具有气流受限特征的肺部疾病，而且气流受限不完全可逆，呈进行性发展。这种病一般都和慢性支气管炎、肺气肿有关，当肺功能检查发现气流受限不完全可逆时，就可以诊断为慢性阻塞性肺疾病了。

同样是胸闷气喘，慢性阻塞性肺疾病和支气管哮喘完全不同，因为支气管哮喘发作时的气流受限是具有可逆性的。

引起慢性阻塞性肺疾病的确切原因至今不明，但不可否认的是，吸烟、感染、空气污染、职业性粉尘等均是重要原因，其中又以吸烟为首要原因。

如果慢性阻塞性肺疾病患者在急性发作期治疗不及时的话，会因呼吸衰竭而死亡。

需要提醒大家的是，对慢性阻塞性肺疾病患者来说，戒烟是预防疾病发作的重要手段。

我一边询问病情，一边告知患者的儿子和女儿，老人的病情非常危重，随时会死亡。

但是，患者的儿子却对此不以为意，他甚至笑着对我说："没那么严重，这种情况有过好几次了，每次都挺过来了！"

患者危重的病情并不会让医生害怕，因为任何疾病都有对应的诊疗常规，也都有对应的预后转归。患者全身淋漓的大汗、发绀的口唇、满是哮鸣音的双肺、大如战鼓的腹部、严重水肿的肢体都并不足以让医者心有戚戚，真正让医者心有畏惧的是家属满是无知无谓的笑容。

正如眼前这位70岁的老年女性一般，有经验的医生完全可以推测出，患者必定存在呼吸衰竭、心力衰竭、肾功能衰竭等病变，甚至这些病变本身就处于恶性循环的可怕状态。

在我们面前的不仅是垂死挣扎的老人，更有可能是一具即将出现的尸体！

然而，在心急如焚的医者面前，家属却显得异常淡定！

“这种情况要是不能很快改善的话，需要气管插管、上呼吸机！”我第一时间告知了患者的子女。

子女异口同声地回答：“不需要，我们不用！”

“检查后如果各项指标都很严重的话，不仅需要住院，可能还要住重症监护病房！”

患者的儿子又说道：“不用，你给我们开几瓶药水就可以了！”

事实上，70岁的患者有着将近40年的烟龄，将近30年的高血压、糖尿病病史，将近20年的慢性阻塞性肺疾病病史，将近10年的糖尿病足和冠心病病史……

我拿着病危通知单让患者儿子签字，他却拒绝签字：“不用签这个，死了不会找你麻烦！”

倒是患者的女儿赶忙上前来解释道：“我来签字，我们都知道病情，没有什么。”

虽然患者的女儿看起来更加通情达理一些，但是我从字里行间可以看出来：家属根本没有意识到患者病情的危重性，甚至还在认为医生是小题大做！

事实上，我在急诊常常遇见这样的家属，而这样的家属又总是让我心中愤愤不平。

这种医者心急如焚、家属不慌不忙的原因主要有两种：一是家属缺乏医学常识，以自己的有限经验甚至错误经验来推断患者的病情；二是家属明明知道患者的病情和可能发生的结果，心中已经做好了放弃的打算，但不愿说或者不能说出来。

经过简单的处理后，患者胸闷气喘的症状稍有缓解，生命体征也能够暂时稳定住了。

但是，包括胸部 CT 在内的各项检查结果都非常糟糕，它们都预示着患者正在朝向死亡的方向前进着。

再次同子女沟通后，我终于明白了他们心中的真实想法：拒绝上呼吸机、拒绝住院，输液到天明后便带患者回家。

“我要强调一点，你们要明白患者回家意味着什么，这种病并不是在家输几瓶抗生素那么简单的！”我需要确定这对兄妹能够明白自己做出的选择会有什么样的后果。

儿子没有说话，女儿说道：“前年在别的医院医生也是这么说的，她能活到现在已经算是命好的了。放心吧，后果我们都知道！”

说实话，从家属轻松的表情和说话的口吻来看，我很难判断，他们是否真的明白患者严重的病情。

但这些都不是最重要的。最重要的是，稍有缓解的患者本人也不愿意继续住院治疗，要求女儿立刻带自己回家。

签完字后，患者的儿子便离开了医院，留下妹妹照看患者。

我坐在办公电脑前看着这些长长的医嘱和那些需要签字留档的危急值，心中不免想到一个问题：患者自己对自己的病情又了解多少呢？

此刻身形肥胖、腹部膨隆、拼命呼吸的患者或许正在等待天明，等待儿子能够接自己回到家中，又或许在等待来自另一个时空的使者早一点结束自己的痛苦。

“铛——”

患者一翻身，一个长方形的东西从病床上掉了下来。我赶忙上前捡起它，仔细一看，原来是一个打火机。

“她现在还抽烟吗？肺病这么严重最好不要抽烟！”我将打火机交给了患者的女儿。

“没有抽烟，不抽了！”虽然这样回答，但她的眼神却在躲闪。我知道她一定在撒谎：“不抽烟的话，口袋里怎么会有打火机？”

这原本是很普通的对话，我的本意也只是教育子女以后不要让老人抽烟。没想到的是，这句话却让患者的女儿突然哭了起来。

我完全没有想到，眼前这位三四十岁，看上去一直很坚强的女性会突然哭了起来，我甚至有些手足无措了。

“我今天回家偷偷给她买了几包烟，才抽了一支香烟就犯病了。你们都在骂我……”

原来儿子不让患者抽烟，但女儿回家后经不住妈妈的唠叨，偷偷买了四包烟给老人，其中的三包烟藏在了老人的床下。

吃过晚饭，老人抽了一支烟，没过多久便开始出现胸闷气喘的症状。

知道真相后的哥哥已经在路上痛骂了妹妹一顿，而发现打火机之后的我又教训了她。

她就像犯了错误的小孩子一般抹起了眼泪，在凌晨时分的急诊室不安起来。

我知道她哭的并不只是予之香烟，香烟和打火机只是一个情感宣泄的理由，真正让她流泪的原因应该是对母亲的一丝愧疚或者不舍吧？

虽然老人突然病重的原因不一定就是那一支出自孝心的香烟，但我知道患者女儿或许一辈子都难以原谅自己了。

黎明的光驱散了那犹如来自地府一般阴冷的风，老人肺腑之间难以吸出的痰液却又在拼命地吞噬着她仅有的生命。

或许是经过了一整夜的思考，又或许是看见了老人的症状没有明显缓解，子女又改了主意，继续抢救治疗。

子女说服了吵着要回家的老人，又没收了她口袋中的打火机。

老人有些不开心，但看见女儿脸颊上的泪痕之后，又不得不配合无创呼吸机继续治疗了。

这位老人几天后便出院了，虽然谈不上治愈，但总算又一次从鬼门关闯了回来。

离开医院那天，这位老人竟然还没有忘记向我索要打火机。

“你不能抽烟了，要打火机做什么？”我开玩笑地向老人进行健康宣教。而这位老人显然很倔强：“没事，没事，我少抽点。”

女儿见状，一边向我道谢，一边将老人拉了回去，像责骂孩子一样教育道：“再抽，命就没有了。”

看着这对母女离开的背影，我突然有些莫名羡慕起来。

在抢救室里立遗嘱的人

“这种情况很危急，坚持不了多久，少则几分钟，多则几小时，快做决定吧！”

我看着端坐在病床上气喘吁吁的患者对家属说道。

即使患者的情况很危急，家属也依旧没有表态，甚至看上去有些木讷。

眼见站在病床边的家属对我说的话没有什么反应，我又赶紧指着心电监护仪屏幕上闪烁的数字说道：“你看他现在呼吸急促，根本透不过气来，这个氧气指标只有55%，太危险了，坚持不了多久！”

我口中的氧气指标正是经皮动脉血氧饱和度，即使是55%的经皮动脉血氧饱和度，也是在戴着储氧面罩的情况下。

“你快点决定，我没有时间给你考虑了！”患者危重的情况可谓命悬一线，留给患者的时间已经不多了。

家属没有表态，患者自己也不同意插管上呼吸机。

患者和家属看上去比较淡定，我作为接诊医生却急得像热锅上的蚂蚁。

我让搭班护士赵大胆继续准备需要的抢救设备，又将家属拉到了角落里：“你知道你做的这个决定意味着什么吗？你能承担这个决定带来的后果吗？”

家属点了点头，缓缓地说道：“这不是我一个人的决定，也是他自己的决定。现在就这样决定吧，有什么问题我会和你说的。”

即使如此，我作为医生在尽到了告知义务之后，也只能尊重家属和患者本人的决定。

但是我不放心，只好再一次当面询问患者本人的意思："你现在严重呼吸衰竭了，要插管，不然就要没命了。"

患者看了看我，并没有说话，只是点了点头。

再一次签字后，我只得暂时离开了患者的床边，将患者最后的宝贵时间留给唯一在场的家属，也就是患者唯一的儿子。

几个小时前，刚满 60 岁的患者因为胸闷气喘半日被儿子送进了急诊抢救室。

患者的情况非常危急，在胸闷气喘、呼吸急促的背后，是严重的呼吸衰竭和心力衰竭，最根本的原因则是严重的间质性肺炎并发急性感染。

虽然来的时候患者还能够断断续续地说话，但凭经验来看，面色灰暗的患者已经大限将至。

休克状态的血压和让心电监护仪持续报警的经皮动脉血氧饱和度数值便是最简单明了的证据，就算是没有什么医学常识的普通人也能够看出一些端倪来。

将患者送进医院的是他的儿子，一个看上去 30 岁出头的年轻人。

在了解了年轻人和患者之间的关系后，我直言不讳地告诉他："不管是什么导致的肺部感染，现在最重要的是保命，要是稳定不了血压、呼吸这些指标，患者会随时昏迷、死亡！"

但家属还没有意识到情况的严重性，甚至还在幻想着："会有这么严重？他这个病有好几年了，是老毛病了！"

看着家属慌张的眼神，听着家属有些幼稚的理由，我必须在最短的时间内让家属了解最真实的情况："是有这么严重，这就是老毛病新问题，如果不是以前的老毛病，可能还不会有现在的问题。"

"如果面罩吸氧不行的话，后面需要气管插管上呼吸机的。家里还有其他人吗？赶快通知一下，商量一下吧。"

说完话，我将家属丢在了急诊抢救室门外，又投入抢救工作中去。

虽然在储氧面罩和药物的作用下患者可以勉强维持一下，但我知道这并非长久之计，因为不仅动脉血气分析提示着严重的 1 型呼吸衰竭和酸中毒，而且胸部 CT 也提示着“白肺”。

“白肺”其实是一种临床综合征，其特征是重度肺炎患者的肺部积累了大量渗出物，影响多个肺叶，使肺部影像学检查呈现出大范围的白色区域。白肺的病因多为细菌性肺炎、中东呼吸综合征、严重急性呼吸综合征、急性呼吸窘迫综合征和急性心力衰竭等呼吸和循环系统疾病。在 X 射线或 CT 扫描下，白肺表现为肺部间质组织呈现大片状白色病变。

要想拯救患者的性命，必须采取更多的抢救措施，包括有创呼吸机、血流动力学检测和强有力的抗生素。

但是，此刻最关键的问题不是没有设备或药物，而是患者和家属都在犹豫，甚至拒绝。

趁着家属要考虑商量的空当，我又询问了患者一些情况，包括既往病史和现实考虑。

原来患者在 5 年前被查出结缔组织病和间质性肺炎，5 年来因“肺部感染”反反复复在多家医院治疗过，而这一次是最致命的一次。

“情况就是这样，这件事是你自己做主还是要你儿子做主？”在交代了情况后，我再次向患者征求意见。

他从储氧面罩里深吸了一口气，又停顿了几秒钟，然后向我摆了摆手。

我不知道患者摆手的意思是什么，是自己放弃了治疗，还是自己不做主?

在我和患者对话的几分钟内，搭班护士已经将抢救物品准备好并放在了床头。

现在的情况已经很清晰明了，救的话或许还能有一线转机，不救的话必定是死路一条。

虽然在急诊抢救室内放弃抢救治疗的情况常常出现，但眼前这个还能够张口说话的患者毕竟只有 60 岁，并非已经风烛残年了。

估摸着家属的电话已经打完了，我再一次找到家属：“商量的结果是什么？”

患者的儿子有些难为情地告诉我：“不好意思啊医生，他的家庭情况有些复杂，现在就这样吧，我不是已经签字了嘛。”

虽然早在患者被送进急诊抢救室的时候，家属便已经签字了，但我还是想努力一下，不想眼睁睁看着一条生命从自己手中溜走。

家属坚持放弃的话并没有出乎我的意料，但家属用的字眼让我满是疑惑，所谓“他的家庭情况”是什么意思？

难道说患者的家庭不是家属的家庭吗？情况复杂又是什么意思？

“你不是他儿子吗？你有几个兄弟姐妹？你妈妈呢？”

发现我的不解后，家属更加不好意思地道出了实情：“就我一个人，有一些家庭纠纷。”

寥寥数语，道尽沧桑。

当着我的面，儿子俯下身去征求患者本人的意见：“医生要给你插管子，让你去监护病房住院，你去不去？”

患者摆了摆手，家属便向我摇了摇头。

既然如此，我唯一能做的便是在自己的能力范围之内尽量救治患者，虽然我知道死神已经将患者吞噬了大半。

时间在一点点流逝，希望也在一点点变成绝望。

就在我已经在内心接受了自己的无能为力时，转机出现了。

患者的姐姐来到了医院，言语之中对患者十分关切，甚至透露出不愿轻易放弃的想法。

虽然时间已经被耽搁了许久，但总算还并没有完全断绝放手一搏的希望。我再一次介绍了患者当下的病情，告知家属可能会出现的各种情况。

站在患者的病床前，姐姐抚摸着患者的额头，儿子站在一边沉默不语。

或许是因为痰堵，或许是因为情绪激动，患者的病情突然再次加重了，心电监护仪上闪烁着的报警值剧烈地波动着。

用来进行气管插管的物品已经准备好，就放在床头柜上，家属却阻止了抢救工作。

“再耽搁下去恐怕性命不保。”我再一次郑重地向患者的儿子和姐姐交代了情况。

但是，这位戴着黑色边框眼镜的儿子却给出了理由：“我怕插管后他就不能说话了，等他立完遗嘱之后再说吧？”

“现在是救命要紧，还谈什么立遗嘱？”我心中对家属的这个理由颇为不解，和救命相比，立遗嘱有那么重要吗？就算是要立遗嘱，早做什么去了？为什么非要在生死关头才立呢？

可惜的是，我只能做到提醒，并不能违背患者自己和家属事先达成的抢救协议。

进行吸痰等对症处理后，患者暂时稍稳定了。

在患者被送进医院的 5 个小时后，落日跌进了远山的深渊。

家属带来了一行人，说是律师和证明人，要为患者立遗嘱。

我原本以为立遗嘱不过是写几行字或录一段音频，没想到会如此大费周章。

难怪家属会担心，一旦插管镇静后，患者便不能立遗嘱了呢。

我坐在抢救室的角落里，看着隔帘之中这行人举着相机，记着笔记，录着声音。

我不免感到好奇，却又分明感到不安。

我感到好奇是因为第一次在急诊抢救室里看见如此大场面的立遗嘱，我感到不安是因为我知道患者一直顽强坚持就是为了立遗嘱。

我并不知道遗嘱的内容，但我知道患者的生命即将走到尽头。

只用了十几分钟的时间，这一行被家属请来立遗嘱的人便离开了。

这些人离开后，家属又将我请到了患者的床边。

起初我以为是患者有什么不适或者有什么需求，却没有想到这位有些气喘吁吁的患者竟然艰难地开口向我说出了两个字：“谢谢。”

这两个字既让我受宠若惊，又让我感慨难过。

准确地说，我并不能够为患者做些什么，甚至不能减轻他所承受的痛苦。

但他依旧在人生即将走到终点的时候，用这种方式向我这个萍水相逢的人道别。

当夜幕真正拉开的时候，心电监护仪屏幕上先是出现了一连串曲曲折折、毫无规律的波澜，室颤了！

我立即进行电除颤、胸外按压等积极抢救，最终将患者暂时从鬼门关拉了回来。

虽然有着气管插管、呼吸机持续辅助通气，但患者的神志依旧是清晰的。我站在他床边，他看着我，似乎有话要说，却什么也说不出来。

“不要担心，安心治几天病吧。”我替患者擦拭了泪水，又帮其调整了床头的高度。

后来，患者康复出院了，我却永远记住了这位在急诊抢救室里立遗嘱的人。

一个亲自把“遗像”挂上墙的人

两个月前，寒潮再次来袭。

气温突然下降，即使急诊室里开着不断循环的中央空调，也依旧能够感受到丝丝凉意。

江淮的寒冷，带着一股湿气。

每当寒潮来袭或者气温骤降，都是急诊医生分外忙碌的时候。因为气温是各种疾病的罪魁祸首之一，尤其是心脑血管疾病和呼吸系统疾病。

那些天，急诊室里会集中出现一批高血压急症、急性心肌梗死、脑出血、慢性阻塞性肺疾病急性加重、呼吸衰竭的患者。

这是季节变化带来的后果之一，也是疾病发生发展的规律。没有人能够改变它，即使现在多数家庭都安装了空调或暖气，也依旧如此。

深夜 10 点钟的时候，急诊室里来了对老年夫妻，他们相互搀扶着走进了急诊中心。

两个人都已经白发苍苍，步履蹒跚，听力较差，沟通时我必须将嗓门提高一些。

虽然这对老夫妻年纪都比较大，但好在两个人都还算神志清楚，最起码能够对答切题。

走进急诊室后，老太太将老爷子安顿在板凳上坐着。解下自己的围巾后，又帮忙解下老爷子的围巾。但很明显，围巾一时之间难以解下，似乎是打了个死结。

“老爷子怎么了？有点喘？”趁着老太太给老爷子解围巾的工夫，我询问道。

老太太并没有正面回答我的问题，而是抱怨老爷子道："你这个死老头子，让你不要系这么紧，非要搞成这样……"

"没关系，这个先不要急着解开，老爷子怎么不舒服？"既然一时间解不开围巾，我便让老太太先停下手。

"天冷了，他又犯老毛病了。每年这个时候都犯病，去年还在你们医院住过院呢。好多医生都认识他。"老太太说着话笑了起来。

虽然老太太认为这只是患者的老毛病，但是老毛病不代表是小问题，反而可能会因为患者和家属的麻痹大意而引发严重的后果。

"我看着有点喘呀！"很明显，眼前这位老年男性有点呼吸急促，甚至有些哮鸣音。"把衣服解开，我来听听。"

对这位看上去有些呼吸急促的老年男性患者来说，这一次可能是老毛病又一次发作，但在其背后，会不会隐藏着某些致命的问题呢？

我伸手去帮忙解开患者颈前的围巾和衣扣，老太太附和道："天太冷了，年关难过呀。"

"天这么冷，三更半夜的，怎么就你们两个人，小孩呢？"我很好奇，为什么没有年轻一点的家属陪同两个老人来到医院。毕竟天气很冷，又是深夜，两位老人行动起来十分不便。

"小孩都在上班。"患者终于开口了，但说完这一句话后明显喘得更厉害了一些。

将围在患者颈前的红色围巾取下，又解开老人的层层衣扣，我终于成功将听诊器放在老人的胸膛上。

"这个点还上什么班？肯定是不肯通知家属。"我一边进行体格检查，一边在脑子里揣测两位老人深夜独自来到医院的原因。毕竟这种情况经常发生，要么是因为附近真的没有家属，要么是老人自己不肯麻烦子女。

听诊很明显能够感受到患者体内的哮鸣音和湿啰音，体格检查也发现患者双下肢已经出现中度凹陷性水肿。“喘了多久？”

老太太伸出手指比画道：“最少有四五天了。”

患者看了老太太一眼，却不满意这个答案，他告诉我：“她胡说八道，我感觉最起码有一个礼拜了。”

听着患者的反驳，老太太撇着嘴，摇着头，纠正道：“他糊涂了，没有那么久，星期天的时候，你还去散步呢，好着呢。”

患者瞪着老太太，十分不满意她的回答：“哪有，我不知道嘛！”言下之意，他对自己的病情十分清楚。

两句话争执下来，患者喘得更厉害了。

“好了，好了，我知道了，四五天和一个星期差不多嘛。白天怎么不来看病，现在才来？”我赶紧将话题岔开，免得两位老人继续为这个问题争吵下去。

“不能睡觉了，才来看看。”老太太站在老爷子身后，说着话，噘嘴示意都是因为患者白天不愿意来看病，非要到了夜里不能睡觉才来到医院。

我又打开患者上一次的住院记录，发现老人的疾病不只是表面上的“气喘”这么简单，他有许多基础病：慢性阻塞性肺疾病、肺气肿、肺大疱、高血压3级（极高危）、2型糖尿病、糖尿病肾病（CKD期）、冠心病。经皮冠状动脉介入治疗术后，甚至因为气胸做过胸腔闭式引流。

“还是检查一下吧，你的问题有很多，都很严重。”虽然老人很明显心肺、肾都有问题，但是总归还是需要完善检查，以便进一步明确评估。

患者同意检查，老太太却不愿意，她说：“每次住院都要检查，就是这些病，我们都知道了。”

“大夫让你干什么，你就干什么。”患者又和妻子争吵起来。

“还是检查一下，我看看具体情况，这样也好对症下药。要是检查结果严重就住院去，要是还可以就在急诊挂几天药水。”很多老人并不愿意住院治疗，能在门急诊坚持一下就坚持一下，因为他们总是觉得住院便代表自己得了大病。

见我这么说，老太太也没有意见了。

我请实习同事帮忙推来了一辆轮椅，让患者坐了上去。虽然患者此刻的呼吸、心率、指脉氧都还可以，但我可以估计到，如果活动一番必然会加剧病情。

老太太推着患者去做检查了，却将患者的红色围巾丢在了急诊室。因为两位老人用不了多久就会返回急诊室，所以我便没有喊他们回来取围巾。

我顺手将围巾拿起，准备丢在办公桌的角落上。但当我拿起围巾时，却被围巾上的一块小布吸引住了。

那是一小块正方形白色布块，就像商品标签一样，却是被手工缝制在围巾上的。白色布块上面密密麻麻布满了字。我定睛一看，上面竟然写着《金刚经》里的文字。

这让我非常好奇，因为我从来没有见过有谁会在这种小布片上写字，而且字迹小而工整，很明显是用了心思的。

过了一会儿，检查结果便出来了。

问题有很多，而且比较严重，看来仅靠在急诊输液治疗是不够的。

胸部 CT 提示着大面积的肺部感染，右肺中下 1/3 均已感染且实变。血气分析提示着 2 型呼吸衰竭，生化结果则几乎都是高高低低的箭头，脑钠肽（BNP）结果则已经超过 35 000 皮克 / 毫升。

难怪患者会胸闷气喘，甚至昏迷不醒也不足以为奇。

实际上，在急诊，时常能够遇见这样病情的患者。有时候，在急诊抢救室里躺着的患者中，有一大半都是这样心脏衰竭合并呼吸衰竭的老人。

“这种情况要住院，不是挂几天药水的事情。你还是通知一下子女吧。”我用通俗的语言同两位老人做了沟通。

因为病房暂时无床，所以老人夜里只能在急诊抢救室里接受监护输液治疗，以等待翌日的床位。

两位老人对治疗意见并没有异议，只是要求，要是不行了，就不要进行气管插管了。因为老人曾多次住院，也多次病情危重，对于难以纠正的呼吸衰竭可能会有什么后果非常清楚。

“我，83了，什么都活明白了！”患者为了证明自己神志清楚，特意举起胳膊向我舞动着。

“我知道，只要你自己知道情况，自己签字就好了。”对于神志清楚的患者，一切决定自然要自己做主，但前提必须是患者明白自己做出的决定可能会导致什么样的后果。

就这样，患者被安排输液、使用无创呼吸机去了。

患者躺在病床上正在接受治疗，胸闷气喘的症状也有所缓解。

忙完其他患者后，我才想起老人丢在急诊室里的红色围巾。我将围巾送还给老太太，特意问她：“这上面的字是《金刚经》吗？”

老太太很诧异，我竟然会知道上面的内容。

“是的。这个是保平安的。”

“你们信佛呀？”

老太太将围巾收进了包里，告诉我：“我原本是不信的。这围巾是女儿织的，字是我写的。图个吉利。你们医生肯定是不信的。”

人总归要有些信仰，有信仰才能有希望。虽然有人的信仰是科学，有人的信仰是宗教，甚至有人的信仰是迷信。

但是从某种意义上来说，都是一种寄托、一种愿望。

“这种情况要不要和你女儿说一声，要真变严重了，也好有个准备，不然她要怨你不告诉她了。”虽然患者自己已经签了字，但总归还是要通知家属，毕竟两位老人都年事已高，真要发生了什么意外情况，或许并不能镇定处理。

老太太道出了实情："她在国外呢，帮不上忙，真要告诉她，也是明天的事情了。"

"哦。"我终于知道两位老人为何会在深夜里独自来到医院了。

见我若有所思，老太太骄傲地告诉我："你不要看他脑子不清醒，他把事情安排得明明白白，都已经挂到墙上去了。"

"把什么挂到墙上了？"

看着我有些不明白，这位白发苍苍的老太太掷地有声地告诉我："他把自己挂到墙上了。"

"啊？"

"他把自己的照片挂到墙上去了！"在老太太的解释下，我终于明白了，原来老人早就准备好了遗像，并且已经把遗像挂到墙上去了。

听见老太太的话，我一时间不知道该怎样回答了。

人还活着，便已经准备好了遗像，这本就是一件让人十分忌讳的事情，更何况是将遗像早早挂在家中。

老人为什么要这么做？或许是有很多原因的。但有一点我是可以看出来的，那就是我的这位患者并不畏惧死亡。

作为一名医生，我自然不可能去打听老人为何要这么做，老人的家中有什么样的故事，我也只能敷衍、附和老太太："没事，他现在脑子清醒着呢。"

经过无创呼吸机一整夜的工作，在呋塞米和甲强龙等药物的帮助下，老人又熬过了一个冬夜，就连呼吸也顺畅了许多。

我已经联系好病房，现在只需要等待上一个患者办理好出院手续，就可以为老人办理入院手续了。

患者恢复得很好，甚至还在安慰隔壁病床的患者："人嘛，就是这样，谁还能不死？两眼一闭，两腿一伸，没什么感觉。"

隔壁病床上的患者没有心思搭理他，甚至有些不耐烦了。因为这是一位年仅 60 岁，正等待被送进手术室手术的急性心肌梗死患者。

我赶紧打住了老人的话茬，生怕他的言论会影响其他患者。

“你好好休息吧，不要多说话。我知道，你都已经把自己挂到墙上了。”我伸出大拇指，给他做了个点赞的手势。

他没有再说话，就像犯了错的孩子一样，总是在偷看急诊抢救室里来来往往的人。

急诊室里时常出现这样的老人，他们不怕死亡，只怕孤独。

天明的时候，家属办理好了住院手续，我和赵大胆将患者送出了急诊抢救室，病情已经平稳的患者还在道谢：“医生、护士，谢谢你们了！”

我还没有来得及说话，赵大胆便接话：“好好看病吧，你的遗像用不上了！”

患者和家属听后都忍不住笑了起来。

我不能死，还有老娘在

夜间，10 点 26 分。

斜躺在沙发上看电视的他突然摔了下来，没有任何反应。刚出卧室走到客厅的妻子刚巧看到了这一幕，妻子慌忙上前询问，却发现他已经没有了任何反应。

“我使劲拍他，他没有一点反应。我只好掐他的人中，喊他的名字。”

妻子发现他从沙发上摔下来之后，便第一时间将他从地上扶了起来，虽然在他耳边大声呼喊，又掐他人中，但他依旧没有任何反应。

直到大约 3 分钟之后，他才缓缓睁开了眼睛。虽然恢复了神志，却面色苍白，冷汗直流。

“当时他一句话也不能说了，我吓坏了。”提起当时的情景，他的妻子依旧心有余悸。

当天晚上，他在外喝酒应酬到夜间 9 点半。回到家后，他便躺在沙发上看着一些平日喜欢的节目。妻子并没有在意，因为从他的言行举止来看，当时他并没有醉酒的迹象。但是，谁也没有想到，意外发生了。

他恢复神志后，妻子提议去医院检查一下，却被他拒绝了。他说一定是空腹饮酒的原因，让妻子给他冲一些糖水喝。妻子争辩不过他，只好照办了。

喝完糖水后，他的脸色确实好看了一些。

夫妻二人原本以为事情就这样过去了，却没有想到，大约 40 分钟之后，意外再次发生了。就在他准备上床睡觉时，再一次突发意识丧失，妻子呼之不应了。

这一次，妻子直接拨打了 120 急救电话。

救护车很快就将他送进了医院。

刚被送进急诊室的时候，他还在纳闷：我就是来检查检查，为什么进了急诊?

很显然，他还没有意识到问题的严重性，甚至还以为自己没有什么问题呢。

赵大胆告诉他："你已经晕厥两次了，不是检查检查那么简单，现在是夜里，只有急诊。"

我作为当晚值班的急诊医生，和他聊了起来。因为我要了解患者的病史信息，也要知道他现在的症状和体征。

这是一位 44 岁的中年男性患者，有高血压病史，平日里不规则间断吃药。

他想起来就吃几天降压药，出现头昏、头晕等症状便吃几次，如果没有想起来或者没有明显不适的症状，便不服用了。

虽然他患有多年的高血压病，平日里也不会监测血压，但他依旧时常喝酒、熬夜。

他告诉我，他最近并没有任何不舒服，只是在喝酒前觉得有一点胸闷，但饮酒后，便什么感觉也没有了。倒是回家躺在沙发上看电视时，出现过一阵胸闷、恶心，但他以为那是空腹饮酒的原因。

"血压也偏低，只有 90/50 毫米汞柱。"赵大胆测出了患者的血压，而且双上肢血压几乎都是这样偏低。

"平日里血压也是这样吗？"我询问道。

他告诉我："不知道，应该差不多吧，反正我也没怎么量过。"

病史信息还没有询问到一半，他却不愿意配合了，并且试图从病床上坐起来："我老婆呢？我老婆呢？"

因为急诊抢救室里不准许家属陪同，所以他的妻子被我请了出去，此刻她正站在一墙之隔的地方等待着呢。

“她就在外面，有事的话我会喊她，会第一时间通知她的。”我示意他不要着急，继续配合我完成诊疗工作。

他却并不愿意，甚至有些烦躁了。

“我没有什么问题，就是来检查检查，没有必要搞得这么复杂，你问东问西，有什么用？”他说出这番我时常听见的话。

很明显，他还没有意识到自己在短时间内两次晕厥的可怕性。虽然晕厥很常见，甚至有一些人根本无法明确原因。但对一位既往有高血压病史、饮酒后反复晕厥的中年男性患者来说，这很可能是一个致命的信号。

患者有些不耐烦，我却不能不耐烦。

“检查一下，没有问题不是更好嘛，也放心一点。你老婆三更半夜把你送进医院里来是为了什么，是为了和我聊天吗？”

听见我的话后，他没有反对意见了。

对所有晕厥的患者来说，第一时间完成心电图都是非常必要的。在急诊室里可以很方便地完成这一项检查，高危人群甚至不需要先缴费，可以先检查后缴费。

我一边和他对话，一边将心电图机推到了床边。

“我去年体检时，心电图没问题。”说着话，他便将上衣掀了起来。

“心脏病说来就来，也会随时变化，就算你今天上午做的没问题，现在也需要做。”这是我常常用来回答患者疑惑的答案。

果然，心电图已经可以发现明确的问题了。此刻，距离患者第一次发生晕厥已经过去了 90 分钟。

“有问题吗？”他开始有些焦急地询问答案了。

“有问题，这些不该抬起来的线段抬起来了，这意味着你可能是严重的急性心肌梗死。”患者的心电图上明显提示急性广泛前壁心肌梗死。

“你没有感觉到胸痛、背痛吗？”我很纳闷，心电图改变这么明显，为何患者没有任何胸痛症状呢？甚至连明显的胸闷也没有。

“没有啊，要是胸口痛，我肯定早来医院了嘛。”他肯定地告诉我自己并没有任何胸痛、背痛的感觉。

因为考虑患者存在急性心肌梗死，我便要求患者绝对卧床，同时要完成心肌酶等相关检查。

因为对急性心肌梗死患者来说，绝对卧床休息、避免任何可能造成心肌耗氧量增加的活动都是非常必要的。

“你让我躺在床上呀？那我可受不了，太难受了。”这位44岁的中年男性，此刻就像一个不听话的孩子一样。说的话既让人有些生气，又让人觉得有些可笑。

我还没有来得及拒绝患者下床的要求，护士便已经看不下去了：“大哥，你就不能坚持一会儿吗？又没让你一辈子都不下床，坚持几个小时不行吗？”

他终于不说话了，乖乖地伸出胳膊让赵大胆抽血扎针去了。

我拿着刚做的心电图找到了在急诊抢救室门外等候的家属。他的妻子赶忙迎了上来，询问道：“没事吧，大夫？”

家属的愿望自然是好的，但残酷的现实是无法回避的。

“有问题，而且问题还不小。从心电图上来看，十之八九就是急性心肌梗死，而且梗死的程度还很严重。”我又将心电图上那些不正常的地方指给家属看。

听见心肌梗死四个字，家属已经开始慌了：“怎么办，大夫？怎么办，怎么会这样？”

对没有经历过如此重大疾病的人来说，突然从医生口中得知这样的信息，甚至是一些关于死亡的信息后，自然是紧张、慌张的。

“你不要怕，事情已经发生了，怕也没有用。我们会尽力的，这种情况我们处理过很多了。”我安抚了家属后，又向她询问了其他信息。

实际上，患者不仅有没有认真控制的高血压，而且还有高血糖，甚至是糖尿病。

他的妻子告诉我，他有糖尿病家族史，3 年前体检时就发现血糖偏高，因为那个时候空腹血糖只有 6.5 毫摩尔 / 升，而且也没有什么糖尿病症状，所以从来没有重视过。

或许，这可以解释患者为何没有明显胸痛、背痛的症状了。

下达病重通知书后，我便回到了急诊抢救室，以等待急诊心肌酶的结果。急诊心肌酶属于急诊床边快速检查，20 分钟就可以出结果。

但就在这短短的时间内，他的病情出现了变化。

正在进行床边护理的赵大胆发现，患者再一次突发意识丧失了，并且肢体抽搐。

很明显，他这是室颤了。

“按压！”

“除颤！”

所有人立刻投入抢救工作中，这样的一幕是急诊抢救室里经常发生的场景。

“心电图怎么样？”

“就是室颤，除吧。”

“肾上腺素准备好了吗？”

“准备好了！”

“大家离开！200 焦耳，非同步！”

很快他恢复了自主心率，并且抬起手将我挡开：“你干什么！”

听见这句话，我便放心了，因为它代表患者恢复得不错。“你刚才病情突然加重了，现在好一点了。”

这个时候急诊心肌酶也有了结果，肌钙蛋白、肌红蛋白都明显升高了。

患者暂时从死亡线上被拉了回来，但警报依旧没有解除，随时有可能再一次发生室颤，乃至猝死。现在需要做的不仅是稳住患者的生命体征，还要第一时间解决患者冠脉存在的问题。

心内科医生会诊后，决定立刻为患者进行手术治疗。

家属已经签下了所有医疗文件，只需等待手术室通知，即可进行手术治疗了，估计 10 分钟之内就可以将他送入手术室。

但是，此刻的患者却表现出异常的焦虑。

他将我喊到床边，神情沉重地询问道："你老实告诉我，我会不会死？"

说实话，有这种可能，甚至存在下不了手术台的可能。

但我该如何回答他呢？总不能如此直白地回答吧。这样的话，可能会加重患者的顾忌，导致焦虑加重，甚至令他因为惧怕而不肯配合治疗了。

"心肌梗死肯定是很危险的，但现在的医学技术这么发达，心肌梗死也是常见病了，是有人死了，但活下来的人更多。你放心吧，听医生的话，就是最安全的选择。"我这样告诉他，却并没有能够完全打消他的疑虑，他甚至要求道："不行，你把我老婆喊进来，我要交代后事。"

"一会儿我送你去做手术，你就能看见她了。"我拍了拍他的肩膀，示意他暂且放心。

但是，他却坚持马上就和妻子对话，并且试图在病床上坐起来。

"你不要动，我帮你喊。"眼见他并不听劝，我只好请实习同事帮忙将家属喊到了床边。

看见患者后，妻子训斥道："医生让你干什么你就干什么，怎么不听话？"

"我快要不行了，听什么话。我告诉你，我要是不行了，你把老娘照顾好。药都在冰箱里，一个月去医院开一次，找张医生就好了。"

妻子听着他的话，又训斥道："你瞎操什么心，现在说这些做什么，不要说话，你把眼睛闭上，睡觉！"

和妻子交代完这些"后事"后，他便真的闭上眼"睡觉"了。

好在他并没有再次出现严重的恶性心律失常，平安地熬到了上手术台。

在送他去手术室的路上，我向他的妻子打听道："他说的冰箱里的药，是什么药？"

据我所知，他并不怎么用药，所以好奇他为何又要交代这样的"后事"。家属告诉我，冰箱里的药，并不是他自己使用的，而是给他的母亲使用的。

他的母亲，因为患有高血压、糖尿病、脑梗死、冠心病等很多病，所以每天都需要用药，而他的日常工作之一，就是定时给老人发药吃。

"老人 80 岁了，有些老年痴呆，要是不定时给她发药，她就不会吃，也会吃错药。"家属跟在我身后，边走边说道。

没想到这位 44 岁的男性患者，平日里对自己的身体健康毫不在意，却对自己母亲的健康问题格外用心。

在进入手术室之前，妻子给他打气加油："没有大问题，你听医生的话就好了。"

他点了点头，便又闭上眼睛睡了过去。很快，手术完成了。他成功下了手术台，并且在一周后，特意为我送来了锦旗。

人到中年，肩负着更多的责任，却往往会忽略自己的身体健康。中年人猝死，尤其是中年男性患者猝死的情况，在急诊室里更加常见。

虽然这是有很多原因的，但最重要的原因是，我们忽略掉了那些身体早期发出的求救信号。

如果这位患者能够早日认真控制自己的血压、血糖，如果他能够在明明知道自己血压、血糖均有异常的前提下，戒掉酗酒、熬夜这些不良嗜好，这场生死危机就可能化于无形，最起码不会来得如此之早。

可惜的是，人总是这样，在没有症状时不会轻易听医生的唠叨，一旦事情发展到不可逆转的时候，又要怨天尤人。

最后提醒大家，不是所有急性心肌梗死都存在典型的胸痛症状，有部分患者可能会以晕厥为首发症状，甚至会以消化道症状为首发症状。

患者告诉我：有一种东西要捍卫

人是一种很奇怪的动物，能够将思想建立在器官感受之上。

眼前的患者已经让我有些不耐烦了，我甚至在想：他的家人是如何忍受下去的？

这句话自然是不能说出口的，我只是在内心想着，但患者的要求是不能轻易答应的。

虽然不能答应，但也不能总是拒绝。起初我只是嘴上答应，后来我却不得不故意躲开。可急诊抢救室就那么大地方，无论我躲在什么地方都不可避免要听见他的吆喝声。

这就是生活的无奈，就像他的无奈一样。

他的要求其实很简单，就是拔掉输液管路，自己上厕所，但心力衰竭和消化道出血已经让他没有足够的力气站起来了，更何况严重的病情根本不允许他前往卫生间了。

“我要去上厕所！”他又一次提出了要求，而这个要求已经被护士赵大胆拒绝了很多次。

我告诉他：“你现在不方便上厕所，要绝对卧床休息，可以在床上解决问题。”

患者因为消化道出血已经处于严重休克状态，血压最低仅有 63/35 毫米汞柱，血红蛋白也只有 51 克 / 升，当患者与我纠缠这个问题时，护士正在核对血液，将要为他输注悬浮少白细胞红细胞。

“你克服一下吧，现在血压太低，去厕所的话搞不好就晕倒在里面了。等输完血，挂完水，好一点了再去。”虽然眼前的这位男性患者只有62岁，但我不得不像哄孩子一样安慰他，因为我知道让任何一个既往正常的人躺在病床上大小便都是一件困难的事。

患者并没有答应，还是坚决要前往厕所，甚至戳破了我的“谎言”：“你就是在糊弄我，这么多药水什么时候才能输完，我现在就要去，能有什么事，你们医生就喜欢骗人。”

听见患者的这句话，我几乎哑然失笑了，他说得不错，我是在骗他，他不仅不可能有机会自己去厕所，甚至没有机会活着走出医院了。

虽然我是考虑到患者的现实病情和高度的风险才哄骗他的，但被戳破谎言后依旧有些心虚，有些不知该怎么回答了。

“你听不听我的话？你还要不要看病？进了这个房间就要听我的安排。”眼见软的不行，我也只能来硬的了。

还差两个月，患者就年满62周岁了。

虽然只有不到62岁，但患者患有多种疾病，而且非常致命，其中最重要的便是扩张型心肌病、心力衰竭、消化道出血，而这一次他也正是因为胸闷、乏力、黑便才被家属送进了医院。

患者戴着棕色鸭嘴帽和黑色边框眼镜，眼窝有些凹陷，颜面部却明显浮肿着。和颜面部相比，双下肢浮肿更让人触目惊心。

一个月前，患者曾在门诊检查过心脏超声，射血分数仅31%，B型利尿钠肽却超过30 000皮克/毫升。一周前，患者开始间断出现黑便，却没有在意，直到不能活动，甚至只能步行几十步以后才来到医院。

我问他，既然常年患有心脏病，为什么还不及时来到医院？患者告诉我，正是因为自己长年患病，以为自己只是心衰，幻想着在家口服利尿剂便能够缓解，所以才这么晚来。

既然来到了医院，就好好治一治吧，虽然扩张型心肌病、心力衰竭已经没有什么好的治疗方法了，但总归要治疗缓解一下，生命还需要延续，生活还需要继续。

接诊这个患者那天，气温很低，患者的肢体也很冰冷。

我在急诊抢救室门外，和患者唯一赶到医院的家属沟通了起来，她是患者的妻子，一个看上去满是疲惫的女性。

“他的病很重，光是心脏问题就随时可能会要命，现在又加上消化道出血，风险就更大了。不仅要治疗，还要检查、评估一下。”我一边说着话一边打量着这位送患者来到医院的家属。

她身上斜挎着一个黑色的皮包，手里拎着一个装着患者既往检查资料的方便袋，脚下又放着一堆打包好的衣服、卫生纸等生活用品。

看来家属是做好了住院的准备，东西都带着呢。我心中盘算着家属接下来可能会提出住院，甚至直接住院的要求。

家属出乎意料地通情达理，她开口说道：“我知道情况，他要是能够稳定，就让我们住院吧。要是不行了，我也知道，没有办法，通知我一下就好了。”

家属看上去很淡定，我听见后却有些不淡定了。

虽然患者病情十分危重，但此刻还没有到弥留之际，还能够态度坚决地向我提要求，而我还没有向家属下达病危通知书呢！很显然，因为长年患病，多次病重病危，家属对患者的病情已经有了充分的了解和万全的准备。

“好吧，既然你已经知道了，我就不多说了，该检查检查，该用药用药，要是能够稳定，能够有机会走出抢救室的话最好，要是病情恶化，昏迷、死亡等，你也可以接受？”我将病危通知单和输血知情同意书给家属签了字，而家属也没有任何异议。

关于患者的治疗计划，我和家属很快达成了一致意见。

那个曾让我厌烦的患者，用生命告诉我，有一种东西要捍卫。

患者还在提出要去厕所的要求，甚至因此有些不满。我知道他除了固执，更多的是在乎颜面，是在捍卫自己的尊严。

即使拉起了屏风帘子，即使让护士回避，他依旧不能满意。人是一种很奇怪的动物，能够将思想建立在器官感受之上。比如这个患者，明明自己危在旦夕，而且根本没有站起来的力量，却始终在坚持捍卫自己作为一个人的尊严。

也许有人会说，这是胡闹。也许有人会说，这个患者根本不听医嘱，让人头痛。

但是，我知道，自己并不能因此就去埋怨、责怪患者。对有些人来说，卫生和隐私是比性命还重要的东西。

我能做的便是不理会他的这个要求，甚至假装听不见他的抱怨。

眼见我不再理会他，而他也确实没有力气站起来之后，他便接受现实在床上大便了。

果不其然，在解下约300毫升鲜血便之后，他的症状更加严重了，甚至连说话也费劲了。

护工师傅还在说："你看，不能让你去厕所吧，要是去了厕所出不来了怎么办？"

我示意护工不要再说话，因为此刻的患者已经非常难受了。

即使非常难受，患者还是艰难地向我挥了挥手。他告诉我，自己想和妻子交代几句话。

"你还是先休息吧，不要说太多的话，等好一点再说。"绝对卧床休息对患者来说是非常重要的一项治疗措施，患者虽然说不出来话，但一把拉住了我的手，用虚弱的眼神看着我，恳求着我。

握着患者冰冷的手，我扭过头去看了看几米之外那道冰冷的大门，我仿佛看见了正在门外焦急等待的家属，内心告诉自己没有理由拒绝。

我将他的妻子带进了急诊抢救室，叮嘱他少说话之后便转身做其他工作去了。

原本以为夫妻二人只是沟通一些日常问题，比如医保卡放在哪里、住院谁来陪护等，却没有想到，患者要向妻子交代的是家里钱放在什么地方，自己去世后该通知谁……

当夫妻二人说着这些话的时候，我正坐在几米之外的地方工作着。虽然我没有关注他们，但他们的对话格外清晰地传入了我的耳内。

听见这有些悲凉的话后，我内心竟再也没有因为患者一次次提出的要求而产生的厌烦或不满了，甚至对他充满了敬佩。

行医多年，我在急诊抢救室里见证了无数次生死，却很少遇见能够这样从容淡定安排自己后事的患者，也几乎没有遇见过临死还特别在意自己尊严的患者，甚至也没有遇见过多少这样从容理性的家属。

也许他只是一个平凡的人，也许他只是一个普通的患者，也许他是一个在别人看来有些麻烦的患者，但我从他身上看见了一些不一样的东西。

这种东西或许就是人性的光辉，或许就是生命的微光。

夫妻二人交谈了几分钟，达成了一致意见后，妻子便离开了抢救室，患者也闭着眼睛不再提出任何要求了。

当天晚上，患者陷入短暂的昏迷之中，甚至一度出现了恶性心律失常，那个时候我有些愧疚，曾对他有些不耐烦，又有些庆幸，曾握住他冰冷的手。

不过，患者最终还是战胜了病魔，甚至某一次来到急诊就诊时还会和我打趣："医生，你现在知道我家的钱放在哪了吗？"

难忘那哀求的目光

“25 床患者又不见了，要不你打个电话吧？”那天下午，值班护士赵大胆发现原本躺在 25 号病床上的患者又一次不见了，便向我这个管床医生报告。

患者不在病房，又会去什么地方呢？

那个时候病房对住院患者还没有特别严格的出入限制，有些患者会在治疗间隙在医院里散步，到医院里的小超市购物。

“这个人怎么这样，打个电话让他回来！”听见患者不见的消息后，我也有些恼火，不仅是因为这已经不是他第一次偷偷溜走，而且在他住院之初，我就已经和他沟通过要留在病房里监护治疗。

虽然患者已经在知情同意书上签字，但他依旧三番五次不打招呼就离开病房。

我和搭班护士为什么会对这个患者如此重视？

因为他的病情非常重，甚至已经下了病重通知书。

电话打通后，我毫不客气地质问他：“你怎么又不打招呼就走了？难道非要我 24 小时看着你吗？”他在电话那头打着马虎眼：“我才离开一小会儿，就被你发现了。”

“你抓紧回来吧，如果下次还是这样，就请你去其他医院治吧。”说完我就挂断了电话，告诉管床：“他马上就会回来，回来后你再好好教育他一下，他自己不拿自己的性命当回事，也不要祸害别人。”

直到下午晚查房的时候，我才看见这位不听医嘱、让人头痛的患者又躺在了病床上。

患者是一位40多岁的中年男性。那个时候我到消化内科轮转学习，从其他医生手中接手了25号病床的患者。床边交接班的时候，患者苍白的脸色和腹胀如鼓的大肚子便引起了我的注意，当然还有肚皮上那一团团曲张的静脉。

患者因为肝硬化晚期而出现了严重的肝腹水，更糟糕的是，一周前出现了黑便、便血。

“我换医生了？”这是他同我说的第一句话，也是我至今难忘的一句话。

难忘倒并不是因为有什么感动的故事，而是彼时年轻气盛的我感到自己被这位患者轻视了，甚至觉得患者可能并不信任我这个刚来到的管床医生。

交班后我才知道患者的病情，他患有乙型病毒性肝炎20多年，被确诊肝硬化也已经超过5年，曾经因为消化道出血多次住院，这一次因为黑便、便血住了进来。

虽然患者的黑便、便血次数并不多，但血红蛋白只有不到45克/升，而且住院后已经多次输血。

上一班医生向我交代了一个特殊情况：“这个患者没有家属陪护，好在他自己行动自如，大小便和吃饭，他都能解决，但要注意，让他不要轻易离开医院，尽量多在床上休息。”

“他的家属呢？”这样一位被下达了病重通知书的危重患者，怎么能够没有家属陪护呢，万一在住院期间出现了病情进展，该怎么联系家属？

同事并没有和我解释为什么没有家属陪护便同意将患者收住进了病房，只是在向我介绍了病情、检查结果、治疗方案后便结束了自己在消化内科的轮转工作。

接手患者后，我要做的不仅是熟悉自己负责的病床患者的基本病情，还要和他们一一沟通。

来到 25 号病床前的时候，患者正躺在病床上跷着腿玩手机呢。

“有没有什么不舒服的？”这是切入沟通的开始。从外表上看，患者并没有任何不适。

他放下手机，坐了起来，笑嘻嘻地问我：“我晚上能回家吗？”

我摇了摇头，拒绝了他：“不能，你这种情况很危险的，既然住院了就好好看病，总想着回家做什么？”

实际上，就在接诊这个患者之前，我便遇过一例类似的情况。那也是一个肝硬化、食管胃底静脉曲张、消化道出血的中年男性患者，当时治疗后，我要求患者绝对卧床休息，患者却坚持自己下床去厕所方便，结果在厕所里发生了心跳、呼吸骤停，后来抢救无效死亡。

“孩子小，回家带孩子。”患者给出的这个理由让我意外，因为这是一位将近 50 岁的患者，按常理推算他的孩子应该 18 岁左右了，又怎么会还离不开他呢？

“你老婆呢？让她管着就是了。”我并没有仔细追问，只是觉得这是一个千方百计要离开医院、不听医嘱的患者。

“老婆管不好，忙不过来。”患者还想征求我的同意，但被我拒绝了，我甚至还说出一句冰冷刻薄的话来：“克服一下不可以吗？你要是在半路上出了事，你老婆会不会来找我麻烦？你不要将家庭矛盾转移成医患矛盾，好不好？”

“好吧，好吧，听你的。”患者终于还是在口头上听从了我的医嘱。

正是因为不久前我才同患者沟通过，让他卧床休息配合治疗，没想到两日后他又偷偷跑回了家，所以我才在电话里告诉他：“如果再次发生这种情况，就请你以后去其他医院住院。”

见到我后，自知理亏的他掏出一支烟来递给我，解释道：“家里有事处理一下，刚离开就被你发现了。”

“你不知道病房里不准抽烟？”我拒绝了他的烟，又将护士发在我身上的牢骚转移到他的身上。

他倒没有生气，也没有再解释，只是听我唠叨。

一时间气氛有些尴尬，我反倒有些担心这位戴着金链子、手臂上有文身的患者发起火来。

“你不会出去偷吃了吧？”这不仅是我对这位消化道出血禁食患者的担心，更是缓和气氛的玩笑话。

他假装气急败坏道：“你真把我当小杆子了。”小杆子是本地方言，意思是小伙子、年轻人。

后来住院期间，他再也没有偷偷离开过医院，也再也没有出现黑便、便血的症状。

在我接手管理25号病床大约一周后，这位我现在已经记不起名字的患者便也出院了。3个月后，我自己也结束了院内轮转，离开了消化内科病房。

如果不是我后来干了急诊这份工作，我可能再也没有机会见到他了。如果不是后来我又一次遇见他，我可能永远也不会知道他为什么总要在住院期间偷偷溜回家了。

大约11年前的一个冬天的夜班，我坐在急诊室里被患者里三层外三层地围着，工作状态就像有些患者说的那样：“我排了两个小时的队，医生都没有抬头看我一眼。”

直到夜里11点钟，急诊室里患者渐渐少去的时候，我才在无意之间瞥见了他。

只见他一个人坐在急诊室角落里的板凳上倚墙靠着，面色苍白。

“你怎么来了？”我有些诧异，不仅是因为其他患者不管有没有到号就一股脑地挤进来，他却安安静静地坐在那里，更是因为他苍白的脸色让我深感不妙。

安排好已经接诊的患者后，我快速走到他的面前，只见他已经没有力气站起来了。

我赶紧将他转移到对面的急诊抢救室里，再次监测血压，他已经休克了。

“这个患者为什么没有被直接分到抢救室里？”我一边为患者做体格检查，一边询问患者的情况。

原来，患者是独自来到医院的，刚来急诊室时，除了有些上腹不适，并没有其他不适，而且生命体征完全正常。

然而，死神来得如此之快，患者已经休克了！

“赶快打电话让家里来人吧，你这次很严重，搞不好又出血了。”

虽然情况危急，但他依旧拒绝了。他摇了摇头，说道：“现在太晚了，明天再说吧。”

眼见患者不愿意通知家属，我着急了：“把你手机给我，我来打电话，你现在就要没命了，有可能一口血就吐没命了，分分时候好不好？”

对肝硬化、食管胃底静脉曲张的患者来说，如果发生食管胃底静脉曲张破裂出血，很可能会在极短的时间内出现循环衰竭、休克死亡或呕血误吸窒息死亡。

“孩子才 3 岁，就老婆一个人带，父母早死了，没办法，天亮再说吧。”见我就要拿起他的手机，他便说出了原因。

听到这个原因后，我犹豫了，他说得不错，那个夜晚特别寒冷。看见他几乎哀求的目光后，我迟疑了，我终究向他妥协了。

“那看看情况吧，不行就明天，病危通知书你自己签字吧。”虽然我知道这样一位病危的患者没有家属陪护是一件很麻烦、很被动的事情，但我依旧答应了他。

也许是患者不愿让自己的妻儿忍受寒冬深夜的冰冷，也许是患者不想让妻儿看见自己狼狈的模样，甚至也许是患者还没有意识到医生说的话很可能会成为现实。

但是，不管怎么样，我不得不承认，自己在处理这件事情时有些感情用事。

直到今天，我依旧不知道自己当初没有坚持让他的妻儿第一时间来到医院这个决定到底是对还是错。

血压初步稳定后，患者再一次被收进病房进一步治疗了。

患者被送进病房后，我在下半夜急诊室的灯光下和同事说起了他的八卦：“没想到他的孩子才 3 岁，没想到这就是他多次偷偷离开医院的原因……”

第二天，我追踪病历方才得知：患者在被收进病房几个小时后便进展恶化了，呕血 3000 毫升，连夜输液、输血无数。

虽然他的妻儿最终还是来到了医院，但患者已经昏迷。虽然患者最终得救，但情况万分危险，险些丧命！

直到我写下这篇文章的前两个月，患者还来到急诊室要求检查肝功能。

虽然我每隔几个月就能够见到他一次，但至今我都难以忘记他同我说过的第一句话和最后哀求的眼神。